AF290393

Norbert Oliver Pity

Die Sprache der Toten

Some call it **Horror-Thriller**,
some call it **Black Fantasy**

»Die Sprache der Toten«
ist der erste Teil der Tot-Trilogie.
Teil 2: »Der Atem der Toten«
Teil 3: »Der Hass der Toten«

Armbrustverlag

Empfohlene Altersfreigabe: 16 Jahre

ISBN: 978-3-946966-08-1

<u>Deutschland 1992:</u>
Es war das Jahr mit dem heißesten Sommer
der 90er Jahre. Bezahlt wurde in D-Mark,
und wer unterwegs telefonieren wollte,
der musste in eine Telefonzelle gehen.

Kapitelübersicht:

Prolog

Tod.

Das bedeutet den sicheren Tod.

Die Computersuche im Zentralarchiv für Organspender war ergebnislos verlaufen. Auf dem Monitor leuchten nur vier Worte: *»SUCHE BEENDET, ERGEBNIS NEGATIV«*. Doch für Dr. Peter Alban ist es, als steht da noch ein fünftes Wort geschrieben, unsichtbar, unübersehbar: *»TODESUR-TEIL«*.

Aber ... für wen ist es das Todesurteil? Für das Opfer? *Wirklich?* Normalerweise kämpft man doch im Krankenhaus für die Opfer, kämpft gegen den Tod, will ihn wenigstens für ein Weilchen besiegen.

Doch vielleicht ist diesmal der Tod in der Klinik will-kommen.

Dass Peter, erschöpft und ausgelaugt, den Blutgeruch noch in der Nase, über den Tod nachdenkt, sogar über einen gewaltsamen Tod, hat seine Gründe außerhalb der Klinik, hat Ursachen, die mit der Geburt eines Mädchens zu-sammenhängen.

Und mit Max.

Ursachen, die schon ein paar Monate zurück liegen ...

1. Die Fähigkeit zu hassen (1976)

Max hasste es, wenn das Baby schrie. Geduld war nicht seine Stärke. Genau genommen hatte er überhaupt keine Stärken, wenn man mal von seiner Körperkraft absah – und natürlich von seiner Fähigkeit, zu hassen. So war es fast schon ein Wunder, dass er in den ersten zwei Monaten noch nicht zugeschlagen hatte. Doch dann begannen die Schläge. Zunächst kamen sie in unregelmäßigen Abständen, die aber immer kleiner wurden. Nach weiteren zwei Monaten erfolgte seine Reaktion schon fast mit der Präzision eines Uhrwerks. Er hörte ein Wimmern oder Weinen, und er schlug zu.

Weinen – Schlagen.

Weinen – Schlagen.

Zugegeben, es gab Ausnahmen. Wenn sich seine Gedanken nicht allein auf ihn, auf sein Wünschen und Wollen konzentrierten, wenn er nicht ganz einfach seine Ruhe haben wollte, dann schlug er auch nicht zu. Dann kam es sogar vor, dass er Sahra auf seine starken Arme nahm, und Sahra strahlte über ihr ganzes Gesichtchen, so sehr, dass selbst die blau-schwarzen Flecken auf diesem kleinen Gesicht an Intensität zu verlieren schienen.

Dieses Vergnügen hatte Sahra genau drei Mal gehabt. Denn leider war Max meistens mit eigenen Problemen beschäftigt, die ganz eindeutig den Vorrang hatten. Zum Beispiel fragte er sich, warum dieser blöde Wichser in der Sportschau nicht endlich Fußball brachte, sondern dieses bescheuerte Turnen. *TURNEN!* – Man braucht doch nur diese Schwuchtel-Trikots zu sehen, um zu wissen, dass diese Affen alle schwul sind!

Oder Max grübelte, wo dieser beschissene Flaschenöffner steckte. – Den hatte doch sicher Sandra verschlampt!

Wahrscheinlich sogar mit Absicht, nur um ihn zu ärgern! Na, die konnte was erleben, wenn sie nach Hause kam.

Max war oft in dieser Stimmung.

Max wollte oft seine Ruhe haben.

Weinen – Schlagen.

Sollte er sich denn von diesem Balg, selbst wenn es seine Tochter war, auf der Nase herum tanzen lassen? Er hatte nicht unbedingt Spaß daran, seiner Tochter weh zu tun. Aber wenn Max auch sonst nichts hatte: Sein Kind und seine Frau gehörten ihm. Sie *gehörten ihm*, also warum sollte er seine Macht nicht nutzen? Und er hasste es so sehr, wenn dieses Gör plärrte.

Er hatte schließlich oft genug selbst von seinem Vater, diesem Mistkerl, Prügel bezogen. Und Prügeln, das war das einzige Mittel, wenn dieses Balg schrie, wenn dieses Balg plötzlich die ganze Welt zu sein schien, die ganze Vergangenheit und die ganze Zukunft. Prügel. Selbst wenn sie nicht immer half. Jedenfalls nicht gegen das Geschrei, denn genau genommen wurde Sahra sogar meistens lauter, statt leiser. Trotzdem genügten in der Regel zwei, drei Schläge, um Max abzukühlen, denn wenn dann plötzlich dieser rote Nebel nicht mehr vor seinen Augen war, wenn dieser Nebel weggewischt war durch das Klatschen einer rauen Hand auf zartes Fleisch, dann störte ihn auch das Wimmern nicht mehr so sehr, und seine Tochter kam die nächsten Tage mit einem trockenen Klaps davon, wenn sie weinte.

Dieses Glück hatte Sahra auch, wenn Max seine Wut schon in ihre Mutter hineingeprügelt hatte. Aber das passierte nicht sehr oft. Denn Sandra wusste – nicht ohne Lehrgeld zu zahlen – wann sie am besten den Mund hielt und mit welchen kleinen Tricks sie Max aus dem Weg gehen konnte. Max wiederum hatte die Erfahrung gemacht, dass er im Bett mehr von Sandras zierlichem Körper hatte, wenn sie ohne Schmerzen war.

Die Jahre, die hinter Sandra lagen, waren nicht gerade überwältigend, und an ihre Zukunft ... welche Zukunft? Wenn sie nicht arbeitete oder von Max beansprucht war, verkroch sie sich am liebsten in Fernseh-Seifenopern.

Wenn sie an den Wochenenden etwas ausgeruht war, entsprach ihr Aussehen manchmal noch ihrem Alter. Nur die Augen zeigten, wenn man genau hinsah, weniger Leben als man es bei einer jungen Frau von 21 Jahren erwartet hätte. Noch vor knapp drei Jahren hatten ihre Augen einen wesentlich lebhafteren Ausdruck gehabt, das Grün in ihnen schien kräftiger. Doch das war bald nach ihrer Hochzeit vorbei gewesen.

Hätte sie jemand gefragt, warum sie Max damals das Ja-Wort gegeben hatte, Sandra wäre vermutlich erstaunt gewesen, dass sie die Antwort nicht wusste. Falls es überhaupt jemals eine Antwort gegeben hatte, dann war es vielleicht die, dass sie endlich von ihren Eltern weg wollte. Worüber ihr Vater durchaus nicht unglücklich gewesen war, denn so blieb ihm mehr Geld für die große Liebe seines Lebens – den Schnaps.

Möglicherweise war es anfangs auch der Sex gewesen, der Sandra an Max beeindruckt hatte, eine Vergleichsmöglichkeit hatte sie ja nicht gehabt. Dennoch erkannte sie ziemlich schnell, dass die ungestüme Wildheit von Max nicht einer Leidenschaft für sie entsprang, sondern dass diese Wildheit nur ein Ziel kannte: das Verlangen von Max möglichst rasch und ohne Umwege zu stillen.

Aber es war ohnehin niemand da, um sie zu fragen, warum sie Max geheiratet hatte. Ihr Vater und ihre Mutter waren vollauf damit beschäftigt, mit Alkohol und bedeutungslosen Streitereien ihr Leben aufzuzehren. Ihre wenigen alten Freundinnen hatte Sandra bald nach der Hochzeit verloren. Max waren diese Freundschaften nicht recht gewesen. Unter den Kolleginnen ihrer Putzkolonne war sie die

Schweigsamste, und wenn sie einmal sprach, dann sicher nicht über ihren Mann.

Sandra war aus ihrer eigenen Kindheit Schläge gewöhnt, vielleicht war ihre Überraschung deshalb nicht einmal allzu groß gewesen, als Max sie sechs Wochen nach ihrer Hochzeit zum ersten Mal verprügelt hatte. Aber es war ja auch ihre eigene Schuld gewesen. Wie es dazu gekommen war, wäre einem Außenstehenden vermutlich ziemlich klischeebeladen erschienen. Doch es war nun mal wie es war: Max schaute Fußball und hatte Sandra gesagt, dass sie den Staubsauger abstellen solle. Sie dachte, da sie eh gleich fertig wäre, könnte Max ruhig noch ein paar Sekunden warten. Das war ein Fehler. Für Sandra war es jedenfalls kein Klischee, sondern sehr real, sehr brutal und sehr schmerzhaft gewesen.

Als Sandra im zweiten Jahr ihrer Ehe schwanger geworden war, hatte sie irgendwie gehofft, ihr Mann würde dadurch etwas umgänglicher werden. Doch der hatte sich von *ihrer* Schwangerschaft ganz und gar nicht beeindruckt gezeigt.

Auch sein letzter Job war gerade flöten gegangen, und wenn Sandra wegen der Schwangerschaft nicht mehr putzen konnte, würde die Ebbe in seiner Kasse noch chronischer werden, zumal so ein Balg ja nicht gerade billig im Unterhalt war.

Als Sandra ein gesundes, kräftiges Mädchen zur Welt gebracht hatte, schien Max die ersten Tage tatsächlich etwas freundlicher zu werden. Doch das änderte sich rasch, nachdem Sandra mit dem Kind das Krankenhaus verlassen hatte.

Sandra wusste nicht mehr, in welchem Alter man sie zum ersten Mal geschlagen hatte. Aber als Max die kleine Sahra zum ersten Mal schlug, war das Baby gerade zwei Monate alt. Als sie Max gegenüber andeutete, das könne womöglich etwas zu früh sein, bekam auch sie ihren Teil ab.

Sahra war fünf Monate alt, als kam, was kommen musste. Man könnte sich wundern, dass es nicht schon früher passierte, aber Babys sind manchmal härter im Nehmen als man es für möglich hält.

An diesem Tag war es ohne erkennbaren Grund besonders schlimm gewesen. Sonst schlug Max seine Tochter mit der flachen Hand. Auch diesmal begann er so, mit einem Schlag ins Gesicht. Doch dann folgten zwei harte Schläge mit geschlossener Faust auf den Körper. Zu hart für einen fünf Monate alten Säugling.

*

Als sich am nächsten Tag noch keine Besserung bei Sahra eingestellt hatte und es Sandra nicht gelang, ihr Nahrung einzuflößen, nahm sie all ihren Mut zusammen und trat zögernd auf ihren Mann zu, der auf der Couch am eindösen war und träge in der Nase bohrte.

»Max, ich glaub, Sahra geht es sehr schlecht, wir sollten …«

Ein Zeigefinger wechselte vom rechten ins linke Nasenloch, und ein böser Blick traf Sandra.

»… ich meine, darf ich sie nicht zum Arzt bringen?«

»Biste jetz' ganz verblödet, oder was? Zum Arzt? Mit *den* blauen Flecken?«

»Aber so schlimm war es noch nie!«

Sandra kämpfte mit den Tränen, ihr schwirrte der Kopf, schon lange hatte sie Max nicht mehr widersprochen. »Wenn sie … stirbt … die Polizei … die wird doch dann Fragen stellen, oder?«

Jetzt horchte Max auf. »Polizei« war das Stichwort.

Er zog den Finger aus der Nase, stand auf und wischte zerstreut einen kleinen Popel an seinem rechten Hosenbein ab – was sonst nicht seine Art war, normalerweise benutzte er sein Taschentuch zum Popelabwischen. Im Taschentuch konnte man die Dinger wenigstens noch einmal begutachten.

Max trat an Sahras Bettchen, und als er seine Tochter zehn, zwanzig Sekunden angestarrt hatte, machte sich tatsächlich so etwas wie Sorge auf seinem Gesicht breit. Sorge darüber, dass wohl ein Haufen Ärger auf ihn zukäme, wenn er den Tod seiner Tochter erklären müsste.

Seine Hand fuhr schabend über seine Bartstoppeln; die Unterlippe über die Oberlippe gestülpt, sog er langsam, mit leise schmatzenden Geräuschen seine Lungen voll Luft und fasste einen Entschluss. Hätte er länger nachgedacht, vermutlich hätte er es riskiert, seine Tochter verschwinden zu lassen, aber er war noch nicht in der Lage, die ganze Tragweite des Problems zu übersehen. Außerdem bereitete es ihm Unbehagen, sich mit Problemen auseinanderzusetzen, zumal wenn sie ihn betrafen.

Langsam wandte er sich zu Sandra um. »*Jaa*, fahr mal besser mit der Kleinen zu Doktor.« Dann packte er Sandra am Arm und drückte zu, und da er glaubte, dass sie ihm noch nicht ihre volle Aufmerksamkeit schenkte, weil ihre Gedanken vielleicht bei ihrer Tochter waren, drückte er fester zu, bis er den Schmerz in ihrem Gesicht erkennen konnte. »Aber sach' ihm, die Kleine wär' aus 'm Hochstuhl gefallen, hörste? Lass dir bloß nich' einfallen, irgendwelche Geschichten zu erzählen!«

Wie immer, wenn Sandra ihre Tochter mitnahm, schaffte sie zuerst den Kinderwagen mit dem abgeschabten dunkelblauen Stoffverdeck, den sie auf einem Trödelmarkt erstanden hatte, die drei Stockwerke bis zur Straße hinunter. (Max war nie der Gedanke gekommen, ihr dabei zu helfen, und sie hatte ihn – Gott bewahre – auch nie darum gebeten.) Dann kam sie noch einmal herauf, nahm das wimmernde Bündel aus seinem Bettchen und trug es vorsichtig die Treppe des tristen Stiegenhauses eines noch tristeren

50er-Jahre-Baus hinunter. Nachdem sie ihre Tochter sachte in den Kinderwagen gelegt und zugedeckt hatte, beeilte sie sich, zur Bushaltestelle zu kommen. Sieben Minuten später half ihr dort ein freundlicher älterer Herr, den Kinderwagen in den Bus zu tragen. Der Mann hoffte, eine Gesprächspartnerin für die langweilige Fahrt gefunden zu haben. Vielleicht konnte er ihr ja etwas über seine vier Enkelkinder erzählen und ihr die Bilder zeigen, die er immer in seiner Brieftasche bei sich trug? Immer noch lächelnd sah er in den Kinderwagen, dann wurden seine Augen groß, in schneller Folge wurde das Lächeln von Zweifel, der Zweifel von ungläubigem Staunen, das Staunen von Wut und die Wut von zorniger Abscheu abgelöst. Er warf der jungen Frau einen, wie er hoffte, vernichtenden Blick zu und setzte sich in die hinterste Ecke des nur schwach besetzten Busses. Eigentlich war der ältere Herr eine Frohnatur, doch dieses kleine, von Blutergüssen und Schwellungen bedeckte Gesicht hatte ihn so mitgenommen, dass er erst zwei Tage später wieder lachen konnte, als ihm ein Freund am Stammtisch einen guten Witz erzählte.

Sandra hatte die ganze Zeit nur verlegen unter sich gestarrt, aber bald hatte sie andere Sorgen: Während der Fahrt war das Wimmern aus dem Kinderwagen erst lauter geworden, doch dann verstummte es fast ganz, sank herunter zu einem kaum noch wahrnehmbaren, quietschenden Atmen.

Die viertel Stunde Fahrt bis zur Bleichstraße wurde für Sandra zur Ewigkeit. Doch endlich betrat sie die Praxis. Sonst gab sie dabei nur, verlegend unter sich blickend, schweigend ihre Versicherungskarte ab, um sich schnell ins Wartezimmer zu verziehen. Heute aber fragte sie ohne Zögern die zierliche Praxisgehilfin, die hinter einem monströsen Schreibtisch fast zu verschwinden schien, ob sie nicht ausnahmsweise gleich zum Doktor dürfe, sie sei zwar nicht einmal angemeldet, aber ihre Tochter sei schwer *gestürzt*, und es sei vielleicht etwas ernsthaftes.

Die junge Angestellte war skeptisch. Seit sie vor zweieinhalb Jahren mit der Arbeit für Doktor Braun begonnen hatte, war kein Monat vergangen, in dem nicht eine besorgte Mutter darauf bestand, dass sie unbedingt *jetzt* zum Doktor müsse, ihr Liebling habe sich bei einem Sturz bestimmt *innere Verletzungen*, wenn nicht gar *schlimmeres* zugezogen. Meistens waren diese Fälle mit einem Heftpflaster und einem Bonbon kuriert worden. Dennoch stand die Praxismitarbeiterin auf und warf einen Blick auf das Kind.

Umgehend wurde sie blass und eilte in das Behandlungszimmer des Doktors. Sandra hörte ihre aufgeregte Stimme hinter der verschlossenen Tür, und Sekunden später stand Doktor Braun neben ihr, ein drahtiger Mann von fast sechzig Jahren, der aber dank seines noch immer dichten schwarzen Haarschopfs jünger wirkte.

Als er sich nun Sahra ansah, ihr kurz den Puls fühlte, sagte er kein Wort und blickte nur einmal traurig zu Sandra auf. Dann eilte er zum Telefon und rief einen Krankenwagen. Mit einem zweiten Anruf bereitete er die Hubertusklinik darauf vor, dass sich eines ihrer Operationsteams auf einen Kampf einstellen sollte. Auf einen verzweifelten Kampf, den es wahrscheinlich verlieren würde.

*

Dr. Peter Alban saß zusammengesunken in dem roten, abgeschabten Plüschsessel im Mitarbeiter-Aufenthaltsraum Nr.4 der Hubertusklinik. Schon seit drei Minuten hielt der junge Chirurg die große Kaffeetasse in beiden Händen und starrte in die schwarze Flüssigkeit. Nicht nur körperlich war er völlig am Ende. Klar, als Chirurg – und ganz besonders in der Unfallchirurgie – musste man schon einiges ertragen können. Aber so deprimierende Stunden wie heute hatte er lange nicht mehr durchlebt.

Die ganze Woche war ungemein hart gewesen. Erst innerhalb von zwei Tagen diese beiden jungen Motorradfahrer und jetzt auch noch das.

Drei Stunden hatte er die Kleine operiert, hatte sein Bestes gegeben, das Unmögliche versucht. Dann war sie ihm unter den Händen gestorben. So winzig war sie gewesen. So kurz auf dieser Welt. Er hatte noch nicht einmal die grünen Latexhandschuhe ausgezogen, da hatte ihn Karl benachrichtigt, dass in wenigen Minuten noch ein kleines Mädchen auf ihrem Operationstisch liegen würde, ebenfalls in sehr kritischem Zustand. Diesmal sei es aber kein Verkehrsunfall, sondern ein Haushaltsunfall – angeblich, dem Augenschein nach allerdings eher ein sehr übler Fall von Kindesmisshandlung.

Also hatte sich Peter mit seinem Team, das von den vorausgegangenen drei Stunden genauso erschöpft war wie er, auf den neuen Einsatz vorbereitet. Der Operationstisch war desinfiziert, neue grüne Laken und neues, wie Eis glitzerndes Operationsbesteck waren bereitgelegt worden, und sie hatten noch einmal weit über drei Stunde gekämpft. Doch was hatten sie erreicht? Noch lebte das Mädchen, und das allein war schon erstaunlich. Doch was nutzte das, wenn die Kleine praktisch keine Chance hatte, noch viel länger durchzuhalten. Wie war doch gleich ihr Name? Sahra.

Noch lebte Sahra. Aber Peter bezweifelte, dass ihm mehr als ein Aufschub gelungen war. Vielleicht zwei, drei Tage, vielleicht nur Stunden. Er kam einfach nicht weiter. Die Prellungen allein waren schon schlimm, aber nicht lebensgefährlich. Die drei gebrochenen Rippen waren für den Säugling schon gefährlicher, doch das Schlimmste waren die inneren Verletzungen. Die inneren Blutungen waren zwar nur gering gewesen, aber viel zu lange unbehandelt geblieben.

Wenigstens hatten sie die Blutungen bei der Notoperation stoppen können, und die verletzte Milz könnte sich erholen, falls sie die Zeit dazu bekam. Aber eine Niere war so stark geschädigt, dass sie nur noch einen Bruchteil ihrer lebenswichtigen, reinigenden Funktion ausüben konnte und vermutlich bald völlig nutzlos war. Die zweite Niere war derart zerquetscht gewesen, dass keine andere Wahl geblieben war als sie ganz zu entfernen. Es würde nicht mehr lange dauern, und dieser kleine Körper würde sich selbst vergiften. Natürlich würden sie es mit einer fortgesetzten Dialyse versuchen, doch diese Prozedur der Blutwäsche war anstrengend, und das Baby schwebte ohnehin am Rande des Todes – sehr wahrscheinlich wäre das letzte bisschen Kraft, das noch in diesem kleinen Menschen steckte, bald überfordert. Und das wäre dann das Ende.

Einzig eine Organtransplantation hätte noch eine gewisse Hoffnung geboten. Aber Peter wusste, wie verschwindend gering die Chance war, dass gerade in diesem Augenblick passende Transplantate bereitstehen würden. Schließlich besaß jeder Körper die Schutzfunktion, Fremdkörper abzustoßen. Und genau diese Schutzfunktion würde sich in ihr Gegenteil verkehren, würde den Körper töten, wenn das Spenderorgan nicht exakt zum Empfänger passte. Nicht nur die Blutgruppe, auch die verschiedenen gewebetypischen Merkmale müssten identisch sein. Ja die Übereinstimmungen müssten so genau sein, wie man es allenfalls bei Blutsverwandten findet. Eine weitere Schwierigkeit: Noch viel zu wenig Organspenderausweise waren im Umlauf, und Angehörige von Unfallopfern wollten die Organentnahme bei ihren verstorbenen Verwandten oft nicht gestatten.

Natürlich kam es wie befürchtet: Die Suche im Zentralarchiv für Organspender war erfolglos geblieben. Auf dem Monitor war ein schlichtes »SUCHE BEENDET, ERGEBNIS NEGATIV« erschienen – und das war dann das Todesurteil.

Während Peter noch in seinen Kaffee starrte, flog die Tür des Aufenthaltsraumes auf. Karl Palusky, kaum durch den Türrahmen passend, kam wütend herein gestapft und ließ das Zimmer gleich ein paar Nummern kleiner erscheinen. Dem Anästhesist auf dem Fuß folgte OP-Schwester Roswitha Zapf. Die beiden befanden sich in einer erregten Unterhaltung, Peter konnte gerade noch hören, wie sein Narkosearzt zornbebend einen Satz beendete: »... und dann auch noch die eigene *Tochter! Himmelherrgott* – wenn der Scheißkerl morgen hierher kommt, wenn der mir über den Weg läuft, den zerlege ich in sämtliche Einzelteile.«

Mit sarkastischer Stimme, aber mit traurigem Gesicht entgegnete Roswitha: »Ja, mach das, und das Resultat davon ist dann, dass wir einen ausgezeichneten Anästhesisten verlieren. Du müsstest vielleicht länger in den Bau als dieser Dreckskerl für das, was er seiner Tochter angetan hat.«

»Verdammt, VERDAMMT, *VERDAMMT*, können wir denn gar nichts tun?«

»Tun? Klar, das Übliche tun wir: Wenn die Kleine tot ist, werden wir sie zur Pathologie bringen. Die Kollegen werden sie obduzieren und einen Bericht schreiben. Der Bericht wie auch unser eigener werden besagen, dass Klinger und seine Frau gelogen haben, dass ihr Kind nicht aus dem Hochsitz gefallen ist, sondern dass es zu Tode geprügelt wurde, dass es einen langen, qualvollen Tod starb. Diese Berichte werden dann vor Gericht als Beweise angesehen, und sie werden Max Klinger, vielleicht auch seine Frau, verurteilen. Oh, natürlich werden sie dabei alles Mögliche berücksichtigen, zum Beispiel, dass dieser Max aus zerrütteten Verhältnissen stammt, dass er arbeitslos ist, und wenn er ein bisschen Glück hat, dann ist er auch noch Alkoholiker. Und in fünf, sechs Jahren, mit ein wenig guter Führung schon früher, wird dieser Max wieder beim Bier in seiner Stammkneipe sitzen. An Sahra denkt bis dahin eh kein Mensch mehr.«

Roswitha, die erregt auf und ab marschiert war, ließ sich nun in einen Sessel neben Peter fallen und starrte düster vor sich hin. Karl sah verzweifelt zu dem Chirurgen hinüber: »Gibt es denn keine Chance für die Kleine? Wir könnten uns noch einmal direkt bei der Organbank erkundigen?«

»Zwecklos«, winkte Peter müde ab, »ich habe schon alle Möglichkeiten doppelt und dreifach prüfen lassen. Oh ja, wenn uns ihr *Vater* den Gefallen tut und fällt auf der Stelle tot um! – Aber nein, selbst das wäre keine Hilfe. Ich würde mein Leben darauf verwetten, dass der Kerl keinen Organspenderausweis hat. Wenn er abkratzt, dann gäb es zwar passendes Material, aber wir kämen nicht dran.«

Schwester Zapf sprang nun wieder aus ihrem Stuhl auf und begann von neuem ihren Marsch durch den Aufenthaltsraum. »Und selbst wenn doch noch ein Wunder geschieht und die Kleine überlebt. Was dann? Vermutlich wird sie ihren Eltern weggeholt, vermutlich sage ich, denn nicht einmal das ist sicher. Bis das Gerichtsverfahren beendet ist und sie dann zur Adoption freigegeben wird, ist sie schon fast drei Jahre alt, also wird es auch weniger Interessenten für sie geben. – Die meisten Adoptiveltern wollen lieber Babys.«

Sich nachdenklich sein Kinn reibend murmelte Karl: »Ich frage mich nur, warum die Mutter nichts unternommen hat.«

»Ich habe Sandra Klinger in der Aufnahme getroffen. Möglich, dass sie ihre Tochter mag, vielleicht sogar auf ihre Weise liebt, aber diese Frau wird ja nicht mal mit ihrem eigenen Leben fertig. Sicher kein Einzelfall, so was. Die steht unter der Fuchtel von ihrem Alten. Ich glaub', sie kann es sich einfach nicht vorstellen, plötzlich alleine mit ihrem Kind da zu stehen, selbst wenn ihr Mann noch so ein mieser Kotzbrocken ist.« Unvermittelt wandte sich Roswitha dann an den Chirurgen: »Sag mal, weißt Du eigentlich, ob man die Eltern der kleinen Anna schon ausfindig gemacht hat?«

Für Peter kam der Themenwechsel zu schnell: »Anna? Welche Anna?«

»Na das Unfallopfer von heute morgen.«

Schuldbewusst musste sich Peter eingestehen, dass er über den Säugling, der im Sterben lag, den toten Säugling fast vergessen hatte. Nicht einmal den Namen des toten Mädchens hatte er gekannt. Nur über den Unfall wusste er Bescheid, der Fahrer des Notarztwagens hatte die entsprechenden Informationen schon über Funk durchgegeben: Ein Motorradfahrer hatte beim Linksabbiegen übersehen, dass die Fußgängerampel ebenfalls grün zeigte. Er prallte mit ziemlicher Geschwindigkeit in den Kinderwagen, den eine Dame mittleren Alters gerade über den Zebrastreifen schob. Mit einem Integralhelm wäre der Motorradfahrer vermutlich glimpflich davon gekommen, aber er hatte überhaupt keinen Helm getragen. Sein Genick brach, als er mit gebeugtem Kopf voran auf die Straße prallte.

Obwohl der Kinderwagen die Hauptwucht des Aufpralls abgefangen hatte, war auch die Frau schwer verletzt worden. Peters Kollege Dr. Klapsch hatte sich ihrer in OP-4 angenommen. Sie würde wohl durchkommen, aber noch lag sie ohne Bewusstsein auf der Intensivstation. Und Anna? Was aus ihr geworden war, wusste Peter ja. »Woher kennst Du eigentlich ihren Namen?«, fragte er die OP-Schwester.

»Na, die Buschtrommeln haben halt funktioniert: Ein Streifenbeamter, der am Unfallort erste Hilfe geleistet hatte, ist mit ins Krankenhaus gekommen. Er hat dann von der Rezeption aus noch einmal im Revier angerufen und 'n bisschen mit Irmie vom Empfang gequatscht ... Auf jeden Fall hat die Polizei durch die Papiere der Frau herausgefunden, dass sie die Großmutter der Kleinen ist. Der Vater ist Anwalt. Er hat offenbar bei einer Wohltätigkeitstombola eines betuchten Klienten einen Kurztrip nach Paris gewonnen und ist gestern mit seiner Frau abgezischt, und die Tochter ...«,

Roswithas Blick verdüsterte sich noch mehr, »tja, auf die sollte die Oma aufpassen. Man darf gar nicht dran denken ... Da bummelt jetzt ein junges Ehepaar durch Paris, freut sich über einen kleinen zusätzlichen Urlaub, und wenn dann die Polizei ihr Hotel ausfindig gemacht hat, müssen sie erfahren, dass ihr Kind gestorben ist, während sie vielleicht gerade gemütlich in einem kleinen Bistro gesessen haben.«

»Nein«, schaltete sich Karl ein, dem gerade ein Gedanke gekommen war, der ihm eine Gänsehaut über den Rücken schickte, »im Augenblick würden sie nur ins Ungewisse gestürzt werden, denn außer unserem Operationsteam weiß ja noch niemand, dass Anna tot ist. Wir hatten doch kaum Zeit, uns auf die nächste OP vorzubereiten. O Gott – Ich selbst hab' den Leichnam schnell in die Leichenhalle gebracht, aber zu irgendwelchen Formalitäten blieb keine Zeit, ich musste ja wieder im OP sein, als Sahra eingeliefert wurde. Das muss ich gleich in Ordnung bringen.«

Mit einem Seufzer wandte sich Karl der Tür zu. Doch er wurde von Peter zurückgehalten, der eigentümlich ruhig meinte: »Warte mal. Für Anna können wir nichts mehr tun. Aber vielleicht gibt es eine Möglichkeit, wie wir Sahra doch noch helfen können.«

Peter war wütend.

Er war wütend und verzweifelt, weil es Motorräder gab, die Familien zerrissen und weil es Väter gab, die ihre eigenen Kinder erschlugen. Er war wütend und verzweifelt, weil es keinen gütigen Gott gab, der seine schützenden Hände hob und keinen jungen Chirurgen, der mit seinem Skalpell die randalierende Ungerechtigkeit aus der Welt schneiden konnte. – Peter war wütend und verzweifelt genug, um einmal, wenigstens einmal in seinem Leben den Göttern ein Schnippchen zu schlagen, um nur dieses eine Mal selbst das Schicksal zu sein. Oh ja, diesmal würde er das schadenfrohe Gelächter auf dem Olymp ersticken, denn er gedachte, die

Gerechtigkeit mit einem festen Tritt in ihren trägen Arsch zum Sieg zu treiben.

Es war Peter bewusst, dass es eine gewagte, eine *sehr* gewagte Idee war. Aber unmöglich? Nein, aus seiner Position heraus konnte es klappen. Doch würden Karl und Roswitha mitmachen? Roswitha hatte selbst eine Tochter. Und sein Freund Karl? Ein Bär von einem Mann, aber als Sahra nach der Operation mit wenig Aussicht auf Rettung in die Intensivstation gebracht worden war, da hatte er sich schnell einmal verstohlen über die Augen gewischt.

Ja, sie würden, sie *mussten* einfach mitmachen. Und der Rest seines Team? Er müsste es ungewöhnlich klein halten. Randy, Sabine und – nun ja – auch noch Kurt, das musste genügen. Er würde sie einfach vor vollendete Tatsachen stellen, dann würden sie ihn schon nicht reinreißen. Außerdem brauchten sie nur einen Teil des Planes zu erfahren. Doch es wäre sicherer, wenn er auch noch Unterstützung in der Verwaltung hätte ... der alte Lutz! Dem Haudegen würde es vermutlich sogar Freude bereiten, so kurz vor der Pensionierung noch ein ordentliches Ding zu drehen.

Roswitha und Karl hatten Peter gespannt angesehen, doch schließlich hielt es Roswitha nicht mehr aus: »So red' doch endlich! Was hast Du vor?«

Von Peter schien jede Müdigkeit gewichen. Eben noch war er mit geschlossenen Augen und gefurchter Stirn in seinem Sessel zurückgesunken, schon im nächsten Augenblick sprang er auf und knallte die Tasse mit dem jetzt kalten aber immer noch unberührten Kaffee so heftig auf den kleinen Beistelltisch, dass ein Viertel des trostlosen Inhaltes überschwappte. Dann schloss er die Tür des Aufenthaltsraumes ab, fasste seine Freunde scharf ins Auge, sammelte sich und begann: »Hört zu, wir sind heute ganz schön mitgenommen, aber das ist ja auch kein Wunder. Mit dem Tod sind wir zwar schon oft in Berührung gekommen – man kann nun mal im

Operationssaal nicht immer Erfolg haben. Auch Kinder haben wir schon sterben sehen. In unserem Beruf härtet man entweder ganz schnell ab oder man geht vor die Hunde.«

Zustimmendes Nicken von beiden Seiten.

»Nun, wir sind zwar abgehärtet, aber Gott sei dank noch nicht völlig abgestumpft, und Kindesmisshandlung, besonders ein solcher Fall wie heute, der durchdringt selbst unseren Abwehrpanzer. Was mich ärgert, was mich rasend macht: Dieser Kerl, der angeblich ihr Vater ist, spaziert munter durch die Gegend, aber die Kleine muss sterben, ohne jeden Grund und Zweck. Es war nicht einmal wie bei Anna, die das Unglück hatte, zur falschen Zeit am falschen Ort zu sein – und durch einen Verkehrsunfall zu sterben ist wahrhaftig schon sinnlos genug! *Die ganze Ursache der Katastrophe besteht darin, dass ein erwachsener Mann absolut unfähig ist, sich zu beherrschen*«, bei jeder Silbe hatte er die fest zur Faust geballte rechte Hand in die linke Handfläche patschen lassen.

»Sicher«, fuhr Peter fort, »dieser Mann ist vielleicht selbst ein Opfer. Ein Opfer seiner Erziehung, seiner Lebensumstände und seiner Dummheit. Mag sein sogar ein Opfer der viel gescholtenen Gesellschaft. Das ist eine Wahrheit. Aber genauso eine Wahrheit ist es, dass es ...«, Peter suchte nach dem passenden Wort, aber schließlich fiel ihm nur das eine ein: »dass es *böse* ist, ein kleines Kind halb tot zu prügeln, dass es unerträglich ist, seine eigene Tochter derart zuzurichten. Ich könnte schreien über diese Ungerechtigkeit. Die Kleine wird in ihr Grab geprügelt, noch bevor ihr Lebe richtig begonnen hat.« – Peter holte einmal tief Luft – »Freunde, ich habe mich entschlossen, dieses eine Mal selbst Schicksal zu spielen. Und wenn ihr mir helft, mein kleines Wunder zu inszenieren, wenn wir zusammenhalten, und wenn Sahra nur noch ein paar Stunden durchhält, dann retten wir sie vielleicht doch noch!«

Peter erklärte seinen Plan. Roswitha stimmte nach kurzem Bedenken mit düsterer Entschlossenheit zu. Gemeinsam hatten sie bald auch Karls Einwände zerstreut und ihn überredet, bei dem Wagnis mit zu machen. Schon fünfundzwanzig Minuten später verließen sie den Aufenthaltsraum, wobei jeder für sich ein kurzes Stoßgebet zum Himmel richtete, dass Sahra noch etwas durchhalten möge. Dann begannen sie mit den Vorbereitungen.

*

Obwohl Max am Abend noch ein paar Biere mehr als gewöhnlich in sich hineingekippt hatte, und obwohl er ansonsten nicht unter Schlaflosigkeit litt, wollte sich der Schlaf in dieser Nacht nur schwer eingestellt. Denn so ganz langsam war in ihm die Erkenntnis gereift, dass er es Sandra etwas vorschnell erlaubt hatte, ihre Tochter ins Krankenhaus zu bringen. Nachdem seine Frau zurückgekommen war, hatte er ihrem Gestammel zuerst nur entnehmen können, dass er diesmal wohl zu hart ..., dass der *Unfall* lebensgefährlich war. Erst nach zwei kräftigen Ohrfeigen riss sich Sandra zusammen und Max erfuhr, dass die Geschichte mit dem Hochstuhl nicht so gut angekommen war und dass das Krankenhaus die Staatsanwaltschaft und die Polizei informieren würde. Im Gegensatz zu Max war es dem Krankenhauspersonal natürlich gleich aufgefallen, dass fünf Monate alte Babys noch nicht im Hochstuhl sitzen können. Aber auch ohne diese Lügengeschichte hätten die Verletzungen eine deutliche Sprache gesprochen. Da kam einiges auf Max zu, was ihn mit Unbehagen erfüllte: Polizei, Anwälte, Gericht und wahrscheinlich würden ihn bald ständig irgendwelche Sozialfuzzis zulabern. Ja am Ende – sein eigener Gedanke ließ ihn vor Erstaunen die Augen aufreißen – am Ende musste er gar ins Gefängnis! Und wer war schuld? Als

Max vor dem Zubettgehen an Sahras Kinderbettchen vorbeigekommen war, hatte er sich ganz automatisch darüber gebeugt, um seiner Tochter auf seine Art zu erklären, was er
davon hielt, dass sie ihm soviel Ärger bereitete. Aber das
Bett war natürlich leer gewesen.

Bevor Max einschlief, kam er zu der Überzeugung, dass
er am nächsten Tag ins Krankenhaus gehen sollte, um allen
zu zeigen, was für ein besorgter Vater er war. Doch er sollte
früher ins Krankenhaus kommen als er es geplant hatte.

*

Kurz nach Mitternacht begann das Telefon im Wohnzimmer der Klingers zu läuten. Max schreckte aus dem
Schlaf hoch und begann ansatzlos zu brüllen: »So ein Arsch-
loch! Hat der denn keine scheiß Uhr? Sandra, geh 'ran und
sag dem Idioten, er soll sich das scheiß Telefon in seinen
scheiß Arsch schieben!«

Aber Sandra, die ohnehin noch nicht geschlafen hatte,
war schon im Wohnzimmer und nahm gerade den Hörer ab.
Nach etwa zwanzig Sekunden hörte Max seine Frau ausru-
fen: »Oh Gott, nein!« Und dann: »Ja – ja, wir kommen sofort.« Dann wurde aufgelegt, erneut abgehoben, und Max
vernahm mit wachsendem Erstaunen, dass seine Frau mit
zitternder Stimme ein Taxi bestellte. Na, das wurde ja immer
besser! Mitten in der Nacht wollte sie ihn irgendwo hin
schleifen? Und dann bestellte sie auch noch ohne seine Er-
laubnis ein scheiß Taxi?

Sandra kam leichenblass ins Schlafzimmer zurück. »Das
Krankenhaus!«

Erst da fiel Max der *Unfall* wieder ein.

Er brummte: »Was 'n los?«

»Sie sagen, es ginge Sahra sehr schlecht, und sie – oh
Gott – sie wird die nächste Stunde nicht überleben!«

Ihre Stimme war immer lauter und schriller geworden, jetzt begann sie unkontrolliert zu zittern und zu weinen.

Max stand nun endlich auf, versetzte seiner Frau eine schallende Ohrfeige, dass sie gegen die Wand geschleudert wurde, und brüllte: »Verdammt, jetzt reiß dich bloß zusammen! Zieh dich an und denk dran ...«, er schüttelte sie heftig, »... erzähl ja keinen Quatsch im Krankenhaus!«

Sandra hörte auf zu weinen und brachte sich wieder unter Kontrolle. Weniger, weil Max sie geschlagen hatte, sondern einfach deshalb, weil sie immer das tat, was Max sagte.

Die Fahrt zum Krankenhaus verlief schweigend. Selbst der Taxifahrer, der sonst nichts gegen einen Plausch einzuwenden hatte, hielt lieber den Mund. Er spürte, dass er den großen Kerl da hinten im Fond besser nicht ansprach, und die junge Frau schien ohnehin nicht ansprechbar zu sein.

Der Nachtportier der Klinik war schon auf die Ankunft der Klingers vorbereitet. Er führte sie zu Dr. Albans Büro im vierten Stock, klopfte und ging zurück zu seiner Arbeit.

Auf das »Herein« von drinnen öffnete Max die Tür und trat ein, gefolgt von seiner zögernden Frau.

Hinter einem funktional wirkenden Metallschreibtisch saß ein junger Arzt, auf der Kante des Schreibtisches hockte eine übermüdet aussehende Schwester, die sich offenbar gerade mit dem Arzt unterhalten hatte und nun dem Ehepaar Klinger mit unverhohlener Feindseligkeit entgegen starrte. Der Arzt kam um seinen Schreibtisch herum, begrüßte das Ehepaar aber nicht und bot auch keinen Platz an. Er musterte sie nur einen Augenblick schweigend mit verschränkten Armen und sagte, gerade als Max den Mund aufmachen wollte, mit ernster Stimme: »Es tut mir leid, Ihnen mitteilen zu müssen, dass sie zu spät kommen. Ihre Tochter ist vor wenigen Minuten verstorben.«

Sandra konnte nicht länger an sich halten, schlug die Hände vors Gesicht und begann hemmungslos zu weinen.

Max wollte sie schon, aus reiner Gewohnheit, anbrüllen, als ihm gerade noch einfiel, dass sich das wohl nicht sehr gut machen würde. Stattdessen tat er etwas, was er noch nie gemacht hatte, er murmelte: »Schon gut, Liebes« und legte seiner Frau die Hand auf die Schulter; dabei hoffte er, es würde dem Doktor entgehen, dass er durchaus fester zudrückte als es für ein tröstendes Handauflegen notwendig war. Aber er erlebte eine Überraschung, denn auch seine Frau tat etwas, woran sie bisher nicht einmal im Traum zu denken gewagt hatte: Sie wischte seine Hand von ihrer Schulter und trat einen Schritt beiseite. Doch sie sagte nichts und weinte weiter vor sich hin.

»Nun, Herr Klinger, kommen Sie bitte mit«, meinte Dr. Alban mit einer Stimme, die keinen Widerspruch duldete, »Sie müssen noch ein paar Unterschriften leisten, die bestätigen, dass es sich bei der Toten um ihre Tochter handelt«, und mit einem Blick auf die weinende Sandra Klinger fuhr er fort: »Ihre Frau lassen wir wohl besser hier in der Obhut von Schwester Zapf.« Dann öffnete er die Tür und winkte Max, ihm zu folgen.

Nachdem die beiden gegangen waren, bugsierte Schwester Zapf Sandra sanft auf einen Stuhl. Obwohl sie sich fest vorgenommen hatte, es nicht soweit kommen zu lassen, hatte Roswitha Zapf nun doch fast etwas Mitleid mit der jungen Frau, zumal ihr inzwischen die blaue, hässliche Verfärbung auf Sandras linker Wange aufgefallen war.

Schwester Zapf setzte sich wieder auf die Schreibtischkante und verschränkte die Arme, Sandra saß mit tief gesenktem Kopf auf ihrem Stuhl. Abgesehen von einem gelegentlichen Schluchzer Sandras warteten die Frauen schweigend. Nach etwa zehn Minuten hörte man draußen eilige Schritte von mindestens zwei Personen, dazu das Rollen eines Wagens, der hastig vorbeigeschoben wurde und weiter unten gegen eine der zweiflügeligen Schwingtüren rumste, die den Flur unterteilten. Nach weiteren fünfundvierzig Minuten kamen die eiligen Schritte – diesmal nur von einer Person – zurück und hielten vor der Tür.

Dr. Alban kam herein. Roswitha Zapf fiel gleich auf, wie blass und nervös er war, doch als er ihr verstohlen zunickte, beruhigte sie sich wieder. Sandra starrte immer noch zu Boden, ihr war es nicht einmal aufgefallen, dass Max so lange fortblieb.

Peter Alban stellte sich nun direkt vor Sandra: »Frau Klinger, ich habe eine ...«, der Ausdruck schlechte Nachricht wollte ihm nicht über die Lippen kommen, »... ihr Mann ...«

Bei dem seltsamen Klang der Stimme des Arztes sah Sandra mit verweinten Augen auf. »Was ist mit Max?«

»Frau Klinger, ihr Mann ist im vierten Stock über das Treppengeländer gesprungen. Wir haben eine Notoperation versucht, aber ... Ihr Mann hat sich das Leben genommen.«

Das war zu viel für Sandra.

Dieser neue Schock war so groß, dass ihr nicht einmal auffiel, wie überaus merkwürdig es war, dass ausgerechnet ihr Max sich das Leben genommen hatte. Erst Tage später sollte ihr dieser Gedanke kommen, doch dann sprach sie nicht darüber, denn bis dahin hatte sich ein ganz anderes Gefühl bei ihr eingestellt: *Frei! Endlich frei!*

Im Augenblick allerdings war Sandras Welt vollends aus den Fugen geraten. Sie sank ohnmächtig vom Stuhl. Dr. Alban sorgte dafür, dass sie in ein Einzelzimmer gebracht wurde und ein starkes Beruhigungs- und Schlafmittel verabreicht bekam. Er selbst, wie auch Schwester Roswitha Zapf und der Anästhesist Karl Palusky hatten noch einiges zu tun.

*

Einen Tag später erschien der Fall in sämtlichen Zeitungen, vor allem die Boulevardpresse stürzte sich darauf:

»MANN ERSCHLÄGT EIGENES BABY – STÜRZT SICH AUS REUE IN DEN TOD«, so oder ähnlich lauteten die Überschriften, darunter folgten dann die wildesten Vermutungen und Gerüchte. Ein Reporter des *Purpur-Blattes* versuchte am nächsten Tag sogar, in das Krankenzimmer der Mutter vorzudringen. Den Polizist vor der Tür hatte er mit einem fingierten Anruf weggelockt. Doch im Zimmer sah er sich plötzlich einem riesigen Mann im weißen Kittel gegenüber. Statt einer Story bekam der Reporter ein dickes blaues Auge und eine Anzeige wegen Hausfriedensbruch.

Die seriöse Presse ging alles etwas sachlicher an. So stand zum Beispiel in der Saarfurther Zeitung: *»... schließlich stand Kommissar Pauli von der Mordkommission in einer Pressekonferenz Rede und Antwort. Mit ernster Stimme erklärte er, die Untersuchungen deuteten bisher darauf hin, dass die kleine Sahra von ihrem eigenen Vater, Max K., zu Tode geprügelt wurde.*

Max K. hat sich durch einen Sprung in den Tod der Verantwortung entzogen. Er und seine Frau waren noch in der Todesnacht der kleinen Sahra in die Hubertusklinik bestellt worden. Im mittleren Treppenhaus der Klinik ist der Abstand zwischen den einzelnen Treppen besonders groß, um Platz für eine Spezialhebebühne zu lassen, die dem Transport schwerer Gerätschaften dient. Dort, im vierten Stock, stieg Max K. plötzlich über das Geländer und sprang, ohne einen Laut von sich zu geben, in die Tiefe, so der Augenzeuge Dr. Peter Alban. Der Doktor, der auch schon die kleine Sahra betreut hatte, leitete sofort eine Notoperation ein, doch Max K. erlag schon kurze Zeit später seinen schweren Verletzungen.

Als Sandra K. vom Tod ihres Mannes erfuhr, erlitt sie einen Nervenzusammenbruch. Sie steht derzeit noch unter ärztlicher Aufsicht und konnte noch nicht vernommen werden.«

In einem Kommentar zu dem Bericht folgten die üblichen Fragen: Warum denn den Nachbarn nichts aufgefallen sei, oder ob sie die Schreie der kleinen Sahra einfach nicht hören wollten?

Das Sozialamt wurde ebenfalls heftig angegriffen, und da der zuständige Reporter der Saarfurther Zeitung eher der Opposition zuneigte als der Regierungspartei des Bundeslandes, sparte er auch nicht mit Seitenhieben auf den Minister für Soziales, der am darauffolgenden Tag in einem Fernsehinterview seine Betroffenheit zum Ausdruck brachte und sich im selben Atemzug aufs heftigste verwahrte.

Nach zwei Wochen war das Interesse der Medien schon merklich abgekühlt, keine zehn Tage darauf erloschen. Ein halbes Jahr später flammte es noch einmal kurz auf, als es zur Verhandlung gegen Sandra Klinger kam und man die ganze Story wieder aufwärmen konnte.

Die Richterin hatte durchaus den richtigen Eindruck, dass Sandra den Tod ihrer Tochter noch immer nicht verkraftet hatte und dass sie einfach zu schwach gewesen war – und zu dumm, was natürlich in der Verhandlung etwas umschrieben wurde –, um das Verbrechen zu verhindern. Außerdem sagten Dr. Alban und Schwester Zapf zu ihren Gunsten aus, dass sie wohl selbst ein Opfer von Max Klinger gewesen sei. Sie attestierten ihr für den Tag von Max Klingers Tod blaue Flecken und Schwellungen im Gesicht und Blutergüsse an den Schultern.

Das Gericht kam zu dem Schluss, dass Max Klinger alleine den Tod seiner Tochter herbeigeführt hatte, betonte aber die Mitschuld Sandras. Verurteilt wurde sie jedoch lediglich wegen Vernachlässigung der Fürsorgepflicht. Die Richterin hatte es sich nicht leicht gemacht, aber die Angeklagte kam mit einer Bewährungsstrafe davon.

2. Zwei Narben (1986)

Nach zehn Jahren waren die Ereignisse in Saarfurth fast vergessen. Nur noch selten konnte man die Geschichte an Stammtischen aufschnappen, wobei die meisten Versionen um die Komponenten »Vergewaltigung« und »Inzucht« bereichert worden waren. Sandra Klinger wohnte schon lange nicht mehr in der Stadt. Einige glaubten zu wissen, dass sie in einen Vorort gezogen sei, doch ein Jahr nach ihrer Verhandlung, es war gerade Sauregurkenzeit, hatte ein Reporter versucht, sie dort aufzustöbern. Es war derselbe Mann, der sich in der Hubertusklinik – »wegen ihr«, wie er meinte – ein blaues Auge eingefangen hatte. Doch obwohl ihn noch immer der Zorn wegen seines Reinfalls von damals antrieb, suchte er vergeblich. Sandra Klinger blieb verschwunden.

*

An einem Abend, auf den Tag genau zehn Jahre nachdem Max Klinger in der Hubertusklinik den Tod wenn auch nicht gesucht so doch gefunden hatte, kletterte ein Mädchen in einem Einfamilienhaus am Rande von Saarfurth gut gelaunt aus der Badewanne. Abgesehen davon, dass ihr schlechte Laune ohnehin so ziemlich unbekannt war, hatte sie gleich vier Gründe für ihre fabelhafte Stimmung: Es war ihr erstes Bad in dem schönen neuen Haus, außerdem gehörte das Bad im ersten Stock ihr ganz allein (na ja, und ihrem Bruder Tom, aber kleine Brüder zählen nicht, oder?) Und ihr Bad war sogar größer als das einzige Bad ihrer alten Wohnung, das mit einer Dusche für alle reichen musste. Das Beste aber war natürlich, dass sie es geschafft hatte, ihren Bruder zu schlagen, der ebenfalls der Erste in der Wanne sein wollte – natürlich nur um sie zu ärgern, was konnte man von einem kaum siebenjährigen Wicht auch anderes erwarten? Aber sie hatte ihm die Tür vor der Nase zugeschlagen, und nachdem er fünf Minuten vor der verschlossenen Türe geschimpft und gemotzt hatte, war er endlich abgezogen.

Während sie sich abtrocknete, freute sie sich schon auf die erste Nacht in ihrem neuen Zimmer. Sie wollte gerade in ihren frischen Schlafanzug schlüpfen, als ihr wieder die beiden Narben auf ihrem Bauch auffielen. Klar, die hatte sie schon vor Jahren entdeckt, aber damals war sie mit der Erklärung zufrieden gewesen, dass sie als Säugling gefallen sei. Doch ohne dass es dafür einen bestimmten Anlass gegeben hätte, kam es ihr plötzlich in den Sinn, dass diese Narben unmöglich von einem harmlosen Sturz herrühren konnten. Aber warum sollten ihre Eltern den wahren Grund vor ihr verschwiegen haben? Na ja, manchmal glaubten Erwachsene – und ganz besonders, wenn es sich dabei um *Eltern* handelt –, dass bestimmte Angelegenheiten vor Kindern verheimlicht werden müssten. Natürlich hatten sie damit nie lange Erfolg. Erwachsene waren schon manchmal komisch.

Während sie den Schlafanzug anzog, beschloss sie, das Geheimnis zu lösen, und sie benutzte dazu den direktesten Weg. Sie marschierte ins Wohnzimmer hinunter. Ihr Bruder streckte ihr die Zunge heraus und verschwand Richtung Bad, ihre Eltern saßen, erschöpft von den letzten Umzugsarbeiten, auf der Couch und sahen ohne großes Interesse einen Fernsehquiz.

Sie baute sich vor ihren Eltern auf, klopfte sich auf den Bauch und kam ohne Umschweif zur Sache: »Also, eigentlich könntet ihr mir so langsam sagen, woher diese Narben wirklich kommt. Immerhin bin ich fast elf.« (Wobei das »fast« doch ein bisschen übertrieben war.)

Ihre Eltern waren zwar überraschende Fragen gewöhnt, aber diese hatte sie nun doch wieder kalt erwischt. Sie sahen sich an und wollten im ersten Augenblick zu Ausflüchten greifen. Doch schließlich zuckte ihre Mutter mit den Schultern und meinte, während sie den Fernseher abstellte: »Vermutlich hat sie recht.«

Der Vater sah seine Tochter an und nickte ihr schließlich zu: »Also gut, Anna. Komm, setz dich zwischen uns.«

Gespannt kuschelte sich Anna zwischen ihre Eltern.

Kathrin Silvan, inzwischen 36 Jahre alt, hatte ihr kastanienbraunes Haar, wie meist, zu einem Pferdeschwanz zusammengebunden. Die sportliche Frau mit den braunen Augen benutzte ohnehin wenig Make-up, heute hatte sie, wegen der Umzugsplackerei, gar keines aufgelegt. Für eine Mitteleuropäerin saßen ihre Wangenknochen ziemlich weit oben, und sie war eher der dunkle Typ, hatte aber dennoch ein paar Sommersprossen um die gerade Nase verteilt. Lars Silvan, ein schlanker Mann mit schwarzen Haaren, war mit gut 1,80 Meter nur wenig größer als seine zwei Jahre jüngere Frau. Er hatte nahezu exakt die gleiche braune Augenfarbe wie Kathrin, das auffälligste an seinem Gesicht war allerdings sein markantes Kinn, über das seine Frau noch immer gerne Witze machte.

»Weißt Du, kleiner Muck«, begann Kathrin Silvan, »Du warst noch ganz klein, nichtmals ein Jahr, da haben dein Vater und ich bei einer Tombola ein verlängertes Wochenende in Paris gewonnen.« Wie entschuldigend fügte sie hinzu: »Damals stand Lars noch nicht so lange im Beruf, und seit unserer Hochzeitsreise zwei Jahre zuvor hatten wir uns keinen Urlaub mehr geleistet.«

»Ganz abgesehen davon, dass wir ja plötzlich einen kleinen Wicht am Bein hatten, den wir noch nicht mitschleppen konnten«, unterbrach Lars Silvan seine Frau und knuffte seine Tochter zärtlich in die Seite.

»Auf jede Fall«, fuhr Annas Mutter fort, »hatten wir uns riesig über die Reise gefreut. Oma ist extra aus München gekommen, um die vier Tage auf dich aufzupassen. Hätten wir auch nur im Entferntesten geahnt, was einen Tag nach unserer Abfahrt passierte«, sie seufzte, Anna hielt es kaum noch auf dem Sitz: »Was war denn nun?«

Lars Silvan fuhr fort: »Als wir zurückkamen, hat uns fast der Schlag getroffen: Statt Oma und unseren kleinen Muck hatten wir nur die Nachricht gefunden, dass wir uns mit einem Dr. Alban in der Hubertusklinik in Verbindung setzen sollten. Um es kurz zu machen: Oma hatte dich in den Kinderwagen gepackt, um mit dir einen kleinen Spaziergang zu machen. Sie überquerte gerade – an einer grünen Ampel! – die Windserstraße, als ein unachtsamer Motorradfahrer um die Kurve geschossen kam und euch beide anfuhr.«

Anna unterbrach: »Humpelt Oma deswegen ein bisschen?«

»Ja«, seufzte ihr Vater, von der Erinnerung aufgewühlt, »dieses Andenken hat sie behalten, aber ...«

Das Mädchen fiel ihm erneut ins Wort: »Und der Motorradfahrer?«

»Ich weiß nicht einmal mehr seinen Namen. Er war sofort tot gewesen.«

Als Lars Annas entsetzte Gesicht sah, fuhr er schnell fort: »Aber es ist wohl verständlich, dass wir damals nur an dich dachten, denn auch bei dir hätte nicht viel gefehlt ..., na ja, Du warst noch viel schlimmer dran als Oma. Damals ..., Gott sei Dank wurde dann alles noch gut, aber damals hing dein Leben an einem seidenen Faden.

Es war eine sehr schlimme Zeit für uns. Über einen Monat durften wir unseren armen Schatz nicht einmal sehen, und als sie uns dann endlich auf die Intensivstation ließen, sahen wir nur ein bandagiertes Köpfchen unter einem Laken hervorschauen. Wir durften dich nicht mal auf den Schoss nehmen. Und es sollte noch lange nicht überstanden sein. Nach vier weiteren Tagen hattest Du einen Rückfall und musstest noch einmal operiert werden, und für nahezu drei weitere Wochen durften wir dich wieder nicht sehen. Dann hieß es endlich, dass Du wohl über den Berg seist«, Lars Silvan grinste seine Tochter verlegen an, »ich glaub', Mami und ich haben damals geheult wie die Schlosshunde.«

»Ja«, übernahm Kathrin Silvan wieder das Wort, »doch ein großer Schreck stand noch aus. Als wir an diesem Tag ins Krankenhaus kamen, warst Du zwar immer noch stark bandagiert, aber diesmal warst Du wach. Doch obwohl Du bei Bewusstsein warst, schien es so, als würdest Du uns gar nicht erkennen. Dr. Alban hatte uns zwar auf diese Möglichkeit vorbereitet, schließlich warst Du noch sehr klein, die Trennung war lange, und der Unfallschock saß tief. Aber wir hatten natürlich gehofft, dass es anders kommen würde. Als Du uns nicht erkannt hast, war das fast so schlimm wie die Monate der Ungewissheit. Dr. Alban konnte uns dann aber doch etwas beruhigen. Überhaupt hat der sich damals fast ein Bein für dich ausgerissen.«

»Er sollte recht behalten«, fuhr Annas Vater mit einem Seufzer der Erleichterung fort, »wir kamen jeden Tag zu dir. Anfangs durften wir nicht viel mehr machen als vorsichtig dein Händchen halten und dich für ein paar Minuten auf den Schoss nehmen, aber nach fünf Tagen hast Du wieder angefangen zu lächeln und zu glucksen, wenn wir bei dir waren. Zwei Wochen später war es endlich soweit. Ich hatte mir extra frei genommen. Und eine Flasche Champagner hatten wir auch dabei, um mit Dr. Alban und den Schwestern anzustoßen: Dein Kopfverband wurde entfernt – Du hattest in all den Wochen schon richtig Haare bekommen, vorher warst Du noch ein kleiner Glatzkopf gewesen. Nicht lange, und wir durften dich zum ersten Mal wieder in den Kinderwagen packen und zu einem kleinen Spaziergang mitnehmen. Du warst in der Zwischenzeit zwar ein wenig gewachsen, aber immer noch leicht wie eine Feder und außerdem ..., na ja, durch den Unfall und den langen Krankenhausaufenthalt

warst Du halt in deiner Entwicklung etwas hinter deinen Al-
tersgefährten zurück. Aber als Du wieder zu Hause warst«,
fügte Lars gut gelaunt hinzu, während er seiner Tochter
liebevoll durchs Haar wuschelte, »haben wir das spielend
mehr als nur wieder gut gemacht. Geblieben sind nur die
beiden Narben. Die sahen damals schrecklich groß aus. Aber
sie sind glücklicherweise nicht mit dir mitgewachsen, und in
ein paar Jahren werden sie kaum noch auffallen.«

Lars erwähnte nicht, wie überaus intensiv sie sich um
ihre Tochter gekümmert hatten. Auch die Mahnung von Dr.
Alban, die Lars ebenso wie seine Frau Wort für Wort im
Kopf behalten hatten, behielt er für sich. An dem Tag, an
dem sie ihre Tochter endgültig abgeholt hatten, waren sie
noch einmal im Büro des Arztes gewesen, der ihnen verschiedene Verhaltensmaßregeln mit auf den Weg gegeben
hatte. Eine davon, das war deutlich zu spüren gewesen, hatte
ihm ganz besonders am Herzen gelegen.

»Ich möchte Sie nicht beunruhigen, und es ist auch nicht
die Regel«, hatte er gesagt, »aber es besteht immerhin die
Möglichkeit, dass der Unfall, auch wenn sich Ihre Tochter
nicht bewusst an ihn erinnern wird, negative psychische
Spätfolgen nach sich zieht. Um dieses Risiko möglichst gering zu halten, sollten Sie Anna in der Familie – wo sie
schließlich Geborgenheit erwartet – keinen erneuten physi-
schen Zwängen aussetzen. Das heißt: Was immer Ihre Tochter auch anstellen wird – und es wird nicht ausbleiben, dass
sie in den nächsten Jahren auch mal was ausfrisst – und wie
immer Ihre Laune in so einem Augenblick auch sein mag:
Schlagen Sie dieses Kind niemals!« Dann hatte er noch,
mehr zu sich selbst hinzugefügt: »Sie hat schon genug
Schmerzen für zwei Leben hinter sich.«

Vermutlich hätte es dieser Ermahnung nicht bedurft. Es
war Anna nie aufgefallen, aber was auch immer sie ange-
stellt hatte – und das war zwischen ihrem fünften und achten

Lebensjahr tatsächlich nicht gerade wenig gewesen –, nie hatte sie auch nur den kleinsten Klaps bekommen.

Das Mädchen hatte wie gebannt an den Lippen ihrer Eltern gehangen. Ein bisschen schön schaurig war es doch, zu hören, dass sie allen Ernstes schon einmal in Todesgefahr geraten war, ohne dass sie bisher etwas davon gewusst hatte. Auch dieses Nicht-Wissen verwirrte sie etwas: Wie konnte sie die Hauptperson solcher aufregender Ereignisse gewesen sein, ohne die geringste Ahnung davon gehabt zu haben?

Aber Anna fing sich schnell wieder. Sie ließ sich zwischen ihren Eltern auf dem Sofa zurücksinken, legte mit theatralischem Schwung ihren rechten Handrücken an ihre Stirn und meinte nach einem lauten Seufzer: »Ooh, das hat mich aber ganz schön mitgenommen. Ich glaube, jetzt kann mir nur noch ein ganz grooooßes Eis helfen! Ich bin sogar sicher, dass ich in Zukunft jeden Tag mindestens ein dickes Eis brauche.«

Annas Eltern blinzelten sich über ihren Kopf hinweg zu; sie hatten ihre Tochter wohl unterschätzt, die unterdessen unbeirrt fortfuhr: »Ach ja, und ich hab' euch doch neulich von dem tollen Haarreif erzählt ...«

Weiter kam sie nicht, denn ihre Mutter unterbrach sie mit drohendem Unterton: »Warte nur, ich weiß schon was dir hilft!«, dann begann sie Anna gründlich durchzukitzeln, die sich, vor Vergnügen quietschend, Hilfe suchend an ihren Vater klammerte.

Angelockt von dem Tumult kam Tommy, ein dunkelblonder Junge mit grünen Augen und recht groß für seine sieben Jahre, mit wehendem Bademantel die Treppe heruntergefegt. Fast hätte er diese tolle Balgerei verpasst! Natürlich war er nur zu gerne bereit, bei der Einweihung des neuen Wohnzimmers behilflich zu sein.

3. Ein beinahe schöner Tag (1992)

Bei den Silvans lief alles seinen gewohnten Gang. Das Haus Nr.7 im Starweg, nach ihrem Umzug vor sechs Jahren noch neu und aufregend, gehörte für die Kinder längst zum Alltag.

Kathrin und Lars Silvan freuten sich, wie gut ihre beiden Sprösslinge heranwuchsen. Das schlimmste, was in den zurückliegenden Jahren passiert war, waren Tommys Masern schon kurz nach ihrem Einzug, und vor vier Jahren hatte Anna ein paar Nächte böse Träume und auch erhöhte Temperatur gehabt. Nachts war sie weinend ins Zimmer ihrer Eltern gekommen, um sich an ihre Mutter zu drücken, aber an die Träume konnte sie sich nie erinnern. Kathrin und Lars befürchteten schon, dass Anna nun doch noch unter Spätfolgen des Unfalls zu leiden hätte, aber nach ein paar Tagen war der Spuk so schnell verschwunden, wie er gekommen war. Vielleicht, so hatten ihre Eltern damals überlegt, mochte es ja auch daran gelegen haben, dass sich zu dieser Zeit bei ihrer Tochter so langsam die Pubertät bemerkbar gemacht hatte.

Inzwischen dachte Anna schon lange nicht mehr an diese Träume, schon gar nicht an einem so herrlich warmen Frühlingsanfang wie heute.

Es war so ein Tag, an dem einem ungewöhnlich viele pfeifende Menschen über den Weg laufen, ein Tag, an dem es passieren kann, dass man von Fremden freundlich angelächelt wird. Ein Tag, an dem es einfach unmöglich war, zu Hause zu bleiben.

Selbst Annas schon etwas ältere Englischlehrerin hatte ein Einsehen gehabt: Die Menge der Hausaufgaben erreichte auf der nach oben offenen »Stöhn-Skala« nicht einmal die 1. Die »Stöhn-Skala« war eine Erfindung von Klassen-Clown

Roland. Eine 1 bedeutete nach seiner Tabelle ein »kaum wahrnehmbares Grummeln«, dabei schaffte Fräulein Moik – sie bestand seltsamerweise auf das *Fräulein* – sonst spielend die 7 (heftiges Aufbäumen des Oberkörpers, lautes Stöhnen, scharren mit den Füßen und lang gezogene »Ooohs«).

So gerne Anna sonst mit ihren Freundinnen und Freunden herum zog, heute wollte sie einmal alleine durch die Stadt streifen, in Ruhe in der Altstadt bummeln und sehen, ob sie nicht etwas von ihrem Taschengeld loswerde könnte. Sie erinnerte sich da an ein paar nette Blusen, die ihr aus verschiedenen Schaufenstern zugelächelt hatten. Vielleicht würde ihr aber auch etwas anderes einfallen, schließlich hatte sie ja Zeit zum experimentieren. Gleich nach dem Mittagessen startete sie ihre Expedition.

*

Der Mann achtete darauf, dass die Tachonadel nicht über die 100 rutschte. Schon seit Tagen wollte er unbedingt nach Saarfurth, doch nun schien er es gar nicht mehr so eilig zu haben. Doch der Eindruck täuschte. Tatsächlich fieberte er dem Augenblick entgegen, in dem er die Stadtgrenze endlich überschreiten würde. Dass er dennoch nicht schneller fuhr, hatte einen ganz einfachen Grund: Er wollte dieses erregende Gefühl der Erwartung auskosten. Dieses vitale Kribbeln, das mit jedem Kilometer intensiver wurde.

Er kam an einem Hinweisschild vorbei: Nur noch 64 Kilometer trennten ihn von der Stadt.

Ein Zitat aus dem Lateinunterricht längst vergangener Tage kam ihm plötzlich in den Sinn: *veni, vidi, vici.* Er lächelte. Ja, er würde kommen: in die Stadt, die nur auf ihn wartete. Er würde sehen: Das Suchen würde ein Ende haben, die große Aufgabe, die sein Leben bestimmte, würde sich endlich offenbaren. Und siegen, da bestand für ihn kein

Zweifel, siegen würde er natürlich auch. Genauso, wie er in den vergangenen sechzehn Jahren gesiegt hatte. *Immer.*

Kurz sah er in den Rückspiegel und nickte sich selbst zu – ja, er würde siegen. Und selbstverständlich würde er dabei auch seinen Spaß haben.

*

Anna hatte schon mehrere Läden aus- und verschiedene Blusen anprobiert, aber entweder gefielen sie ihr doch nicht mehr so gut oder sie saßen nicht richtig. Und wenn sie richtig passten und ihr gefielen, dann legte ihr Geldbeutel ein unüberhörbares Veto ein. So kam es, dass sie jeden Laden nur mit den Kleidern verließ, mit denen sie ihn schon betreten hatte: alte Jeans, deren Beine sie, als die Tage wärmer geworden waren, kurz über den Knien abgeschnitten hatte. Dazu das T-Shirt, auf dem groß ein Bild von Masupilami prangte, und die Turnschuhe, wegen denen sie ihren Eltern im letzten Jahr so lange in den Ohren gelegen hatte.

Sie schlenderte nun durch ihren Lieblings-Stadtteil, die Fußgängerzone in der Altstadt, mit dem großen Platz und den verwinkelten Seitengässchen, den zahllosen Kneipen und Cafés, den kleinen Läden und Boutiquen. Es musste wohl gerade vier Uhr durch sein, denn die Plätze vor den Cafés begannen sich zu füllen. Am Wochenende würde natürlich noch mehr los sein.

Wie immer genoss es Anna, die bunte Vielfalt mit Augen und Ohren aufzunehmen. Die Nase kam, dank der verschiedenen Restaurants und Imbissbuden, auch nicht zu kurz.

Anna war der festen Überzeugung, dass sie sich sogar mit verbundenen Augen in der Altstadt zurechtfinden könnte – sie würde einfach dem Geruch folgen: Von den Pommes Frites zur Pizza, von der Pizza zum Kebab und von da über Flammkuchen und Frühlingsrolle weiter bis zum zweiten

Kebab-Stand, der sich vom ersten durch den intensiveren Knoblauchgeruch unterschied.

Schließlich landete Anna am Rande der Altstadt vor einem kleinen, aber noblen Schuhgeschäft, eigentlich zu nobel für ihren Geldbeutel, das wusste sie, aber da hing ein Schild im Schaufenster, auf dem stand in fetten, roten Großbuchstaben und zweimal dick unterstrichen »ANGEBOT«, und unter dem Schild war ein Berg von weißen Segeltuchschuhe aufgetürmt, die es Anna sofort angetan hatten.

Wie? Nur 12,90 Mark sollte das Paar kosten? Konnten die überhaupt was taugen? Na, probieren kostete ja nichts.

Als Anna den schmalen Laden betrat, lächelte ihr die Frau hinter der Kasse, eine elegant gekleidete, schwarzhaarige Dame Mitte Vierzig, schon entgegen und fragte nur: »Die Segeltuchschuhe?«

Anna lächelte zurück und nickte.

»Immer geradeaus durch, in die Abteilung Sport- und Freizeitschuhe. «

»Abteilung« war eigentlich etwas übertrieben. Genau genommen bestand der ganze Laden nur aus einem sehr langen Raum, der aber durch Trennwände dreigeteilt war. Beim Eingang befanden sich die Regalreihen mit den Damenschuhen, im kleineren, mittleren Teil waren die Herrenschuhe aufgereiht, der letzte und kleinste Abschnitt war für »Sport- und Freizeitschuhe« reserviert. Anna konnte nicht widerstehen, wenigstens einmal in ein paar teure Turnschuhe zu schlüpfen, bevor sie sich den Schuhen widmete, die sie hereingelockt hatten.

Als sie gerade einen weißen Segeltuchschuh über ihren rechten Fuß streifte, betrat ein Ehepaar in mittleren Jahren die Abteilung. Im Schlepptau eine Tochter, die vielleicht ein, zwei Jahre älter als Anna sein mochte, steuerten sie ein Regal mit Sandalen und legeren Halbschuhen an.

Schon als die drei noch auf dem Weg durch die Herren-
abteilung gewesen waren, hatte Anna die laut mäkelnde, an
einen Ziegenbock mit Rachenkatarrh erinnernde Stimme des
Mannes gehört. Auch jetzt meckerte der Typ noch weiter.
Weil sie der aggressive Tonfall unangenehm reizte, sah Anna
kurz auf, um dem Neuankömmling einen verstohlenen Blick
zuzuwerfen. Trotz des heißen Tages trug er einen schweren,
einfachen, braunen Straßenanzug. Unter der offenen Jacke
zeigte sich ein weißes Hemd, unterhalb des Kragens zeich-
nete sich deutlich der Ausschnitt eines Unterhemdes ab.
Über dem Kragen saß auf einem Hals mit ausgeprägtem
Adamsapfel ein schmales Gesicht mit ein wenig mehr als
den ersten Falten. Vom oberen Rand der großen Hornbrille
war noch reichlich Platz bis zu den Spitzen der mit Grau
durchsetzten Pfeffer-Haare.

Als Anna nun den gleichen Segeltuchschuh eine Nummer
größer anprobierte – aus Größe 36 war sie wohl unwieder-
bringlich herausgewachsen – hatte die Frau ihrem Mann
vermutlich gerade ein Paar Sandalen vorgeschlagen, denn
der legte nun richtig los. Und zwar laut, denn die Verkäuferin, die gerade auf das Paar zusteuerte, sollte es ja schließlich mitbekommen. Er blökte seine Frau an: »Mein Gott, wie
oft soll ich dir eigentlich noch sagen, dass ich keine Schuhe
mag, die vorne offen sind! Bist wohl zu blöd, das zu kapie-
ren! *ICH - MAG - DIE - NICHT*, ist das jetzt endlich klar?«
Und als seine Frau nur verlegen unter sich blickte, bohrte er
noch einmal im drohenden Tonfall eines verärgerten Feudal-
herren: »Ich hab dich was *gefragt!* Ob-das-jetzt-*KLAR-IST*,
will ich wissen!«

Als ein gepresstes »Ja« als Antwort kam, blickte er tri-
umphierend in die Runde. Die Verkäuferin hatte sich verlegen abgewandt und gab vor, Schuhe in einem Regal zu ord-
nen. Die Tochter des Paares wirkte resigniert.

Anna hatte während dieser Szene wie in Trance ihre eigenen Schuhe wieder angezogen. Eine Gänsehaut hatte sich an ihren Knöcheln gebildet und war langsam ihren ganzen Körper hoch gekrochen, jetzt stellten sich sogar die feinen Härchen in ihrem Nacken auf. Ein Sammelsurium an Gefühlen war über sie hereingebrochen, das sie in seiner Intensität und in seiner Verworrenheit erschreckte.

Da war Angst, Mitleid mit der Frau, und da war Traurigkeit, ein seltsames Gefühl der Vertrautheit und vor allem ... – Wut. Eine Wut, die aus ihrem Magen zu kommen schien und immer stärker wurde.

Eigentlich war »Wut« fast ein Fremdwort für Anna, die anderen nie lange böse sein konnte. Doch dieses Mal war es anders. Ihr Zorn auf den Mann war so groß, dass sie sich für den Bruchteil einer Sekunde – selbst über den Gedanken erschrocken – wünschte, dass sie ihn mit einem Fingerschnippen in Luft auflösen, ihn *ausradieren* könnte.

Aber dieser Augenblick war nur kurz, und schließlich wandte sie ihre Aufmerksamkeit, wenn auch mit einiger Mühe, wieder den Schuhen zu.

Sie entschied sich, die Segeltuchschuhe zu kaufen. Sie gefielen ihr in ihrer Schlichtheit, außerdem konnte man gut barfuß darin laufen. Möglich, dass sie den nächsten Sommer nicht mehr erlebten, aber bei *dem* Preis war das zu verkraften.

Anna wollte gerade aufstehen, als sie überrascht und mit Unbehagen merkte, dass dieser Widerling, der eben noch diese Show veranstaltet hatte, geradewegs auf sie zu kam.

Offenbar trugen weder er noch seine Sippe eine Uhr, das wurde klar, als er Anna mit leicht herablassendem Ton ansprach: »He, Kleine, wie spät is' es denn?«

Nach seiner Stimme zu urteilen, meinte er mit »Kleine« ein Synonym für »Kind«, der Blick, der auf Annas bloßen Knien haften blieb, besagte allerdings etwas anderes.

»Wie spät es ist?«, hörte sich Anna zu ihrer eigenen Verblüffung mit ruhiger Stimme antworten, »nun, es ist höchste Zeit. Höchste Zeit, dass sich manche Leute angewöhnen, freundlicher mit ihren Mitmenschen umzugehen und dass gewisse unterbelichtete Exemplare ihre aufgeplusterte Dummheit im Zaum halten. Und es ist höchste Zeit, dass keiner mehr seinen Spaß daran hat, andere Menschen zu demütigen, und es ist Zeit, dass gewisse Männer damit aufhören, Frauen und ihre Kinder als ihren Besitz zu betrachten.«

Dann nahm sie die Segeltuchschuhe auf und ging, doch vor dem Durchgang zur nächsten Abteilung drehte sie sich noch einmal um. Der Mann starrte ihr mit herunterhängendem Kiefer und weit aufgerissenen Augen nach. Mit vor Freundlichkeit triefender Stimme rief sie ihm laut und vernehmlich zu: »Ach ja, und Sie sollten Mädchen nicht mehr so auf die Knie starren, denn über *die* Zeit sind Sie längst hinaus – außerdem könnte das ja den Teppich ruinieren, was da aus Ihren Mundwinkeln tropft.«

*

Jetzt konnten es höchstens noch ein paar Kilometer bis Saarfurth sein. Erst kaum wahrnehmbar, hatte er seit einigen Minuten ein Rauschen wahrgenommen, das langsam immer lauter geworden war. Inzwischen hörte er es laut und deutlich, sein Blut, wie es in kurzen Abständen von seinem Herz machtvoll bis in die kleinste Ader gepresst wurde und jede seiner Millionen Zellen mit Euphorie erfüllte. Schon seit gut zehn Kilometern hatte er eine kräftige Erektion. Er genoss die Begierde, die ihn gepackt hatte. Er lachte. Was war er doch für ein Narr gewesen, damals, in längst vergangenen Jahren, so schwach und furchtsam. Heute erschien es ihm so, als wäre er damals eine ganz andere Person gewesen – was ja irgendwie auch den Tatsachen entsprach.

So stark, so unbezwingbar war er geworden. Und nun würde sich ihm endlich auch seine große Aufgabe offenbaren. Als vor knapp vier Monaten ein Kollege während einer Sitzung auf Saarfurth zu sprechen gekommen war, da war der Mann wie elektrisiert gewesen. Es hatte nur der Name der Stadt fallen müssen, und er wusste, wo er seine Bestimmung finden würde. Seltsam, warum hatte ihn eigentlich bisher nichts auf diese Stadt gebracht? Warum musste ihn erst dieser Meyersen, ein Kollege, den er nicht ausstehen konnte, darauf bringen? Nun ja, eigentlich konnte er niemanden ausstehen. Und es war ohnehin bedeutungslos, denn jetzt war er hier, *JETZT* fuhr er über die Stadtgrenze.

Sofort spürte er etwas. Zunächst war es nur ein leichter Stich in seinem Inneren, doch dabei blieb es nicht lange. Wie schon einmal kam es aus der Tiefe, – kam aus der Tiefe, so wie es aus der Tiefe gekommen war, kurz bevor er diese Weinberger so genussvoll erledigt hatte. Es kam aus der Tiefe. Es kam aus der Tiefe, wollte ihm ein Bild zeigen, legte einen rötlichen Nebel mit verschwommenen Konturen über seine Gedanken. Er konnte sich nicht mehr auf das Fahren konzentrieren, schaffte es gerade noch, seinen Wagen auf den Seitenstreifen zu lenken. Schwer atmend ließ er sich im Fahrersitz zurücksinken, ließ sich voller Freude von dem roten Nebel überwältigen.

*

Wenn Anna auch nach außen beherrscht gewirkt hatte, innerlich vibrierte sie noch immer, als sie das Schuhgeschäft verließ. Nach ein paar Schritten begannen ihre Hände zu zittern und ihr wurde schlecht. Es war ein Gefühl wie im Sommer vor einem Jahr, als sie zu lange in der Sonne gedöst hatte und dann zu schnell aufgestanden war. Sie wusste, dass sie sich setzen musste, oder sie würde gleich umkippen.

Automatisch lenkte sie ihre immer schwerer werdenden Beine in eine kleine Nebengasse, dort stand ein schmales Haus etwa zwei Meter hinter die ansonsten geschlossene Fassadenlinie zurückversetzt. Auf dem so entstandenen Miniaturplatz hatte irgendein längst vergessener Stifter einen winzigen, halbrunden Barockbrunnen an die rechte Seitenwand eines der angrenzenden Fachwerkhäuser geklatscht. In dem Brunnen gab es schon lange kein Wasser mehr. Aber ein Anwohner hatte, ohne sich um irgendwelche Genehmigungen zu scheren, den kleinen Brunnen mit Erde gefüllt und Blumen hinein gepflanzt. Anna schob ein paar Geranienstängel beiseite und ließ sich schwer auf den von der Sonne erwärmten Sandstein plumpsen. Mit dem Rücken gegen die raue Fachwerkwand gelehnt, schloss sie die Augen. Sie dachte, dass es wahrscheinlich die nachträgliche Angst über ihre eigene Courage war, die ihr das Blut in die Füße rutschen ließ. Schließlich – sie *kannte* diese Typen ja –, die konnten Schwächeren gegenüber ganz schön unangenehm werden. Der Mann hätte sogar auf sie losgehen können. Sie hatte wohl Glück gehabt. Vermutlich bräuchte sie nur ein paar Mal tief durch zu atmen, dann würde es ihr schon wieder besser gehen.

Seltsam, wie hatte dieser schreckliche Typ eigentlich ausgesehen? War es nicht ein schmales Gesicht mit einer Hornbrille gewesen? Doch die Konturen blieben verschwommen ... – nein, sie blieben nicht einfach verschwommen, sondern da waren irgendwelche anderen Linien, andere Züge, die das Gesicht ihres Widersachers aus der Schuhhandlung überlagern wollten. Kaum hatte Anna das erkannt, da wurden diese Linien deutlicher. Das schmale Gesicht wurde breiter und gröber. Jetzt waren auch deutlich zerzauste Haare zu erkennen, und die Haarfarbe wurde so klar, als hätte Anna sie tatsächlich vor Augen. – Es war ihre eigene Haarfarbe, rotbraun, fast schon ein sanftes Rot. Aber ihr

Haar war kräftig und voller Leben, dieses Haar dagegen war stumpf und irgendwie ... tot.

Nun löste sich auch die Hornbrille auf, und die Augen ..., diese *Augen*. Das Mädchen keuchte laut auf – nein, sie wollte diese Augen nicht sehen, sie wollte an etwas anderes denken, sie wollte aufspringen und davonlaufen, aber diese Augen erlaubten es nicht, diese Augen in ihrem Kopf, sie drängten, forderten, bohrten, sie wollten Anna zwingen, genau hin zu sehen, auf *sie* zu sehen. Doch da war noch mehr. Anna war sich in diesem Augenblick sicher: Diese Augen wollten nicht nur gesehen werden, vor allem wollten sie *sehen*. Sie wollten Anna sehen. Diese Augen wollten sie sehen, um sie immer und überall aufspüren zu können.

*

Aus dem Nebel schälten sich Konturen, immer deutlicher wurde ein Mensch erkennbar, das Gesicht rückte immer näher. Der Mensch wehrte sich, wollte nicht erkannt werden, doch der Mann wusste, dass es dem Menschen nichts nutzen würde.

*

Obwohl der Nachmittag noch hell und warm war, wurde es Anna eiskalt. Obwohl ihr eiskalt war, liefen ihr dicke Schweißperlen über Stirn und Beine, ihr T-Shirt begann am Rücken und auf dem Bauch festzukleben, die Flecken unter ihren Achseln wurden immer größer. *Verdammt*, sie wollte diese Augen nicht sehen. Aber die Augen wollten es. Mit einem Schlag waren sie so deutlich und klar, als würde Anna tatsächlich in sie hinein blicken. Aber ihr blieb keine Zeit für Einzelheiten, denn mit dem Erkennen kam der Schmerz.

Ein Schmerz, der alle anderen Gedanken auslöschte.

Während ihr zuvor einfach übel gewesen war, brannte ihre linke Seite plötzlich wie Feuer, eine glühende Faust schien sich um ihre Eingeweiden zu schließen, zu zerren und zu reißen. Der Schmerz raubte ihr fast die Besinnung, ließ ihr nicht einmal die Kraft zu schreien. Das Mädchen krümmte sich mit einem heißeren Keuchen zusammen und wäre sicher zu Boden gestürzt, – aber da war es auch schon vorbei. Das Ganze hatte nicht einmal eine Sekunde gedauert. Der Schmerz hatte das Gesicht, hatte diese Augen ausgelöscht, und damit war der Schmerz selbst so schlagartig verschwunden, wie er gekommen war.

*

Mit einem glühenden Stich in den Schläfen löste sich der Nebel von einem Augenblick zum andern auf. Doch zuvor hatte er das Gesicht doch noch freigegeben. Nur für den Bruchteil einer Sekunde, aber das hatte genügt. Und nicht nur das Gesicht hatte der Mann sehen können, er hatte auch den Schmerz und die Angst seines Gegenübers gespürt. Noch nie in seinem Leben hatte er eine so tiefe Befriedigung empfunden. Die Erektion war verschwunden. Dass seine Hose nass war, merkte er in diesem Augenblick nicht einmal.

Zunächst hatte ihn dieses Gesicht, das Gesicht eines *Mädchens*, überrascht, doch dann kam es ihm schon fast vertraut vor, und er akzeptierte es freudig. Endlich! Und obwohl es erst ihre erste Begegnung war, hatte er seine kleine Freundin schon so wunderbar beschenken können. Gleichzeitig wusste er aber auch, dass dieses Mädchen, wenn sich ihre Geister erneut berührten, nicht noch einmal einen derart intensiven Schmerz empfinden würde. Das war nur bei diesem ersten Eindringen in ihr Innerstes, bei ihrer heutigen Initiation möglich gewesen. Aber er bedauerte es nicht, denn anders wäre es zu einfach, die Jagd würde an Reiz verlieren. Und es gab ja noch so viele andere Möglichkeiten, sie leiden zu lassen … so viele!

Was er bedauerte war jedoch, dass er dieses hübsche Gesicht nur so kurz gesehen hatte. Aber er hatte es sich eingeprägt. Er würde es wieder finden. Überall. Und dann ...?

Noch war er sich nicht sicher, was er tun würde, doch nun, da seine Bestimmung vor ihm lag, hatte er Zeit, und die würde er nutzen. Auch hatte er den Eindruck, dass es da noch ein paar andere Dinge gab, die er zuerst erledigen sollte. Das Beste aber würde er langsam vorbereiten, würde es sich für den Schluss aufbewahren – … so viele Möglichkeiten.

*

Anna war es wie eine Ewigkeit vorgekommen, doch tatsächlich waren nicht einmal zehn Sekunden vergangen, seit sie sich auf dem Brunnenrand niedergelassen hatte. So war das seltsame Verhalten dieses Mädchens von den Passanten auch weitgehend unbemerkt geblieben. Nur einer etwa dreißigjährigen Frau war das Zusammenkrümmen und die Blässe des Teenagers auf dem Brunnen aufgefallen. »Na, die Kleine hätte wohl lieber die Finger vom Dope lassen sollen«, dachte sie, doch zwei Schritte weiter waren ihre Gedanken schon wieder bei der Boutique, die sie gerade ansteuerte, denn nachdem sie sich endlich zum Kauf des Kleides entschlossen hatte, wusste sie nun nicht, ob sie darauf hoffen sollte, dass es noch da war oder lieber darauf, dass es schon verkauft wäre – schließlich würde sie etwa ein Viertel ihres monatlichen Einkommens auf den Tisch blättern müssen.

Anna hatte nun keine Schmerzen mehr. Nur ihre Unterlippe brannte etwas, und sie schmeckte ein wenig Blut.

Ohne Verwunderung registrierte sie, dass sie sich in ihrer Verkrampfung gebissen hatte. Aber jetzt verspürte sie nicht einmal mehr Angst, dafür war sie einfach zu zerschlagen. Sie wollte nur noch nach Hause und schlafen.

Als sie mit zitternden Knien vom Brunnenrand glitt, um sich auf den Weg zu machen, stolperte sie über eine offensichtlich gefüllte Tragetüte aus braunem, bedrucktem Papier. Waren das nicht ...? Klar, ihre neuen Segeltuchschuhe. Sie konnte sich nicht mehr daran erinnern, wie sie ihr aus der Hand gefallen waren. Hatte sie die Schuhe überhaupt bezahlt? Musste sie wohl, sonst wären sie ja nicht in der Tüte von »Ron's« eingepackt.

Auf dem Heimweg begann der Schrecken des Erlebten langsam zu verblassen, und ihr Körper erholte sich allmählich. Konnte sie nicht sogar stolz auf sich sein? Darauf, wie sie dem Typ im Schuhgeschäft die Meinung gegeigt hatte? Vielleicht könnte sie öfter so mutig sein, aber dann müsste sie sich auch darauf konzentrieren, nicht noch nachträglich derart aus den Latschen zu kippen. Ganz schön kindisch, dass sie so ausgeflippt war, aber doch irgendwie unheimlich. Ob es möglich war, dass von dem Unfall vor fünfzehn Jahren vielleicht doch noch irgendwelche Ängste in ihrem Unterbewusstsein auf der Lauer lagen?

Bis sie zu Hause angekommen war, fühlte sich Anna schon wieder recht fit. Aus dem Garten hörte sie das muntere Klicken eines Tischtennisballs und die Kampfgeräusche, mit denen ihr Vater und Tom die kleine Zelluloidkugel über den grünen Tisch jagten. Ihre Mutter würde wahrscheinlich auch draußen sein.

Das Bett erschien ihr schon nicht mehr so wichtig. Nach diesem aufregenden Tag sehnte sie sich nun vor allem nach ihrer Familie, aber erst einmal wollte sie sich wieder ordentlich aufmöbeln. Schnell holte sie ihr altes Garten-Shorts und das rot-weiß geringelte T-Shirt aus ihrem Kleiderschrank und verschwand im oberen Badezimmer, das für sie und Tom reserviert war (sie mussten es dafür aber selbst in Ordnung halten). Dort warf sie ihre verschwitzten Kleider in den Wäschekorb und seifte sich unter der Dusche gründlich ab. Nachdem sie auch noch ihre Haare gewaschen hatte, drehte sie den Warmwasserhahn zu und ließ, mit hochgezogenen Schultern und angespannten Muskeln, so lange kaltes Wasser auf sich herabprasseln, wie sie es nur aushalten konnte. Schließlich trat sie prustend aus der Dusche, frottierte sich schnell ab und schlüpfte in die bereitgelegten Sachen. Barfuß und mit nassen Haaren lief sie die Treppe hinab und in den Garten zu ihrer Familie.

Ihre Muskeln waren zwar noch etwas verspannt, aber von dieser seltsamen Müdigkeit war nichts mehr übrig, kein Gedanke mehr, dass sie sich noch vor einer halben Stunde einfach in ihr Bett fallen lassen wollte.

Von ihrer Angst und den kurzen Schmerzen erzählte sie nichts, sie wollte ihre Eltern nicht beunruhigen, und Tommy hätte sich doch nur über sie lustig gemacht. Aber beim Abendessen auf der Terrasse berichtete sie, wie sie dem Mann im Schuhgeschäft eins auf die Mütze gegeben hatte.

Lars Silvan klopfte ihr stolz auf die Schulter: »Sieh an, da hast Du ja heute dein erstes Plädoyer gehalten. Ich glaube, ich muss ein Auge auf dich haben, dass Du mir nicht meine Arbeit wegschnappst!«

Auch Kathrin Silvan war stolz auf ihr Kind, dennoch mahnte sie: »Ich habe absolut nichts gegen eine selbstbewusste Tochter, aber ich hoffe doch, diese selbstbewusste Tochter ist auch eine vorsichtige Tochter?«

»Klar«, meinte Anna verschmitzt, »dass ich vorsichtig sein muss, hab' ich mir schon selbst gedacht.« Aber sie erzählte nicht, warum sie auf diesen Gedanken gekommen war.

Als sie drei Stunden später zu Bett ging, zerbrach sie sich über den kleinen Anfall vom Nachmittag nicht mehr den Kopf. Ganz im Gegenteil, Anna war sehr zufrieden mit dem Tag. Sie hatte gemerkt, wie stolz ihre Eltern gewesen waren, als sie von ihrem Abenteuer im Schuhgeschäft erzählt hatte, und es stimmte doch wohl auch, dass sie, ein sechzehnjähriges Mädchen, diesem Kerl ganz ordentlich gezeigt hatte, was 'ne Harke ist. Sie musste unwillkürlich grinsen. Was hatte dieser Typ doch für ein Gesicht gemacht, als sie sich zum Schluss noch einmal umgedreht hatte, um ihm den Rest zu geben! Diesmal fiel es ihr überhaupt nicht schwer, sich sein Aussehen ins Gedächtnis zu rufen. Im Nachhinein glaubte sie sich sogar daran zu erinnern, dass ihr die Tochter dieses Typen zugelächelt hatte, während sie ihm die Meinung sagte.

Anna fühlte sich nun fast schon wie die Heldin in einem Abenteuerfilm und begann, die Geschichte auszumalen: Durch den Zwischenfall im Schuhgeschäft würde die Frau endlich erkennen, was für ein armseliges Würstchen ihr Mann ist und dass sie es nicht nötig hatte, sich von ihm tyrannisieren zu lassen. Sie würde ihn mitsamt der Tochter verlassen, ihr Mann aber würde zusammen mit seiner Scheinherrschaft den Halt und schließlich die Arbeit verlieren und vereinsamen, während die Frau gute Arbeit und einen aufrichtigen Freund finden würde.

Anna rollte sich zufrieden in ihre Decke ein, aber als sie schon fast eingeschlafen war, dachte sie noch, dass sie vielleicht doch etwas zu hart war. Vielleicht sollte sie es diesem Typen erlauben, dass er seine Fehler irgendwann einsieht und ein besserer Mensch wird. Dann hinderten keine Gedanken mehr ihren Schlaf, und am nächsten Morgen erwachte sie frisch und ausgeruht etwa zwanzig Sekunden, bevor ihr Wecker klingelte.

Der Rest der Woche verlief ereignislos. Oder genauer gesagt, es gab keine aufregenderen Ereignisse, als sie ein Teenager ansonsten auch erlebt. Am Mittwoch bekam Anna eine gute »2« in Mathe zurück, am Donnerstagnachmittag ging sie wie üblich zu ihrem Judo-Training, und am Freitagabend besuchte sie mit ihren Eltern und ihrem Bruder ein kleines Programmkino, das manchmal auch ältere Filme brachte. Erst kurz vor 23 Uhr waren sie wieder zu Hause, das war schon etwas spät für Tommy, aber es hatte »Die 12 Geschworenen« gegeben, und weil das Lars Silvans Lieblingsfilm war, hatte er wohl ein Auge zu gedrückt.

Erst am Samstag gab es wieder was Besonderes: Annas Freundin Alexandra feierte ihren sechzehnten Geburtstag und Alexandras Eltern hatten tatsächlich bis kurz vor 1 Uhr nachts die Bude geräumt, dementsprechend wurde es eine recht ausgelassene Party.

Als Anna wieder zu Hause war und sich angenehm müde ins Bett fallen ließ, hatte sie schon drei Tage nicht mehr an irgendwelche komischen Ereignisse in oder bei Schuhgeschäften gedacht, dazu war die Zeit viel zu ausgefüllt gewesen.

Irgendwas stimmte nicht.

War es die Stille, die sie störte?

Nichts regte sich auf dem von Neonröhren in gleißendes Licht getauchten blauen Gang mit dem grauen, abgetretenen Linolboden. Und doch gab es eine Bewegung: Die weißen Türen zu beiden Seiten des Ganges wanderten seitlich an Anna vorbei, und die Doppelschwingtüre, die den Gang abschloss, entfernte sich immer weiter von ihr. Wie konnte das möglich sein? Jetzt begriff Anna: Nicht die Türen, sondern sie selbst war es, die sich bewegte. Damit war auch klar, was nicht stimmte: Sie ging rückwärts, zwar sehr langsam und vorsichtig, aber rückwärts.

Verdammt, wo war sie denn hier hinein geraten? Sie wollte sich umdrehen und so schnell wie möglich verschwinden, doch alle Anstrengungen nützten nichts. Konnte sie sich nicht drehen oder drehte sich der Flur mit ihr? Sie wusste es nicht. Anna wollte wenigstens über ihre Schulter schauen, um zu sehen, worauf sie zusteuerte, aber sie konnte ihren Kopf nicht bewegen, und soweit sie die Augen auch verdrehte, was hinter ihrem Rücken geschah, blieb im Verborgenen. Dabei spürte sie deutlich, dass sie besser wissen sollte, was am Ende ihrer Reise wartete.

Das war doch absurd! Wieso konnte sie sich nicht umdrehen? Wie war sie überhaupt hierher geraten, noch dazu – Anna verdrehte ihre Augen nach unten – in ihrem Schlafanzug? Sie glaubte, unter ihren Füßen den kalten Linoleumboden zu spüren – richtig, wenn sie den linken Fuß hob, um ihn einen weiteren Schritt zurück zu setzen, erschienen auf dem Boden kurz die Zehen ihres rechten Fußes im Blickfeld, dementsprechend tauchten beim nächsten Schritt die linken Zehen auf. Rechts – Links – Rechts – Links – aber das konnte doch nicht ewig so weiter gehen? Das schien das Stichwort gewesen zu sein, denn prompt stieß sie mit dem Rücken gegen ein Hindernis.

Doch dieses Hindernis gab nach und ließ sie durch. Es war nur eine weitere Doppelschwingtür, wie sie sie schon am anderen Ende des Ganges gesehen hatte. Ihre sonderbare Reise ging weiter. Der zweite Gang unterschied sich in nichts von dem ersten, aber jetzt gab es wenigstens eine echte Bewegung: Die Flügel der Schwingtüre, durch die sie gestoßen war, pendelten in ihren Angeln. Nur seltsam, dass das Pendeln nicht schwächer wurde, während sie sich weiter von der Türe entfernte. Das quietschende, nachhallende Schnappen der Türflügel verfolgte sie, bis sie mit ihrem Rücken die nächste Pendeltüre durchstieß.

Ein Gang folgte dem anderen, während Anna weiter rückwärts ging. Immer das gleiche Blau, der gleiche abgetretene, graue Linoleumboden, die gleichen weißen Türen, das gleiche gleißende Licht von der Deckenbeleuchtung.

Irgendwann fragte sich Anna, warum sie eigentlich nicht müde wurde, sie musste doch schon Stunden unterwegs sein und hunderte von Gängen durchwandert habe. Ob das die Hölle war? Ob sie aus irgendeinem Grund verdammt war, bis ans Ende der Zeit rückwärts durch die Korridore zu laufen?

Die Änderung kündigte sich nicht durch die äußeren Sinne an. Es begann mit einem leichten Kribbeln im Zentrum des Rückrates, das sich ganz langsam, während Anna etwa ein halbes Dutzend weiterer Korridore durchquerte, bis in die Spitze ihres Steißbeins und bis zum obersten Halswirbel ausbreitete. Als sie eine weitere Türe durchstieß, wurde dieses Ziehen fast unerträglich. Nicht, dass es schmerzhaft gewesen wäre, aber sie wusste, dass es höchste Zeit war, sich umzudrehen und etwas zu unternehmen. Denn gleich wäre sie am Ziel ihrer Reise, und so sehr sie sich auch ein Ende ihres Weges herbeigesehnt hatte, plötzlich hätte sie alles dafür gegeben, wenn sie stattdessen nur weiter rückwärts ihre Gänge entlang wandern dürfte.

Doch ihr Weg war zu Ende.

Sie hielt neben einer Tür, die von dem Gang abzweigte. Es war keine der unzähligen weißen Türen, sondern eine breite, graue, zweiflüglige Metalltür. Ein Türflügel stand offen. Sie ging vorwärts – tatsächlich vorwärts! – hindurch und stand in einem breiten Treppenhaus, ging die paar Schritte bis zum Treppengeländer und sah aus der vierten Etage bis in den Keller hinunter. Etwas schien sie magisch anzuziehen, zu rufen, dort unten, in der Tiefe. Oh Gott! – Sie wusste, gleich, gleich würde sie springen, *gleich* – sie sprang nicht. Stattdessen begann sie, die Stufen hinunter zu steigen. Wie dumm war ihre Angst gewesen! Warum hätte sie auch springen sollen? Zudem war sie jetzt nicht mehr allein, denn auf dem Treppenabsatz kamen ihr zwei Ärzte in grünen Kitteln entgegen. Sie nickten ihr sogar freundlich zu, als sie aneinander vorbei gingen und schienen auch gar nichts dabei zu finden, dass ihnen hier auf der Treppe ein barfüßiges Mädchen im Schlafanzug begegnete. Doch da sich Anna nun wieder normal bewegen konnte, stellte sie auch überrascht fest, dass sie jetzt Jeans und T-Shirt trug – und auch ihre neuen Segeltuchschuhe. Sie war erleichtert, dass sich nun alles wieder normalisierte. Dann verschwanden die Stufen.

Von einem Augenblick zum anderen waren die Stufen vor ihr einfach weg, und sie marschierte geradewegs in einen schwarzen Abgrund hinein. Sie wollte sich zurückwerfen, schaffte es fast, aber im gleichen Augenblick traf sie ein Stoß wie eine Dampframme zwischen ihre Schulterblätter, und sie stürzte schreiend in die Tiefe.

Der Fallwind zerrte an ihren Haaren und an ihrem T-Shirt, den rechten Schuh hatte sie schon verloren, während sie, sich wieder und wieder überschlagend, immer weiter und tiefer in dieses alles verschlingende Nichts stürzte. Um sie herum war nur die Schwärze und ihr eigenes, panisches Schreien.

Plötzlich spürte Anna, wie sie an der linken Schulter gepackt und geschüttelt wurde. Mit einem letzten verzweifelten Schrei schlug sie die Augen auf und blickte in das entsetzte Gesicht ihrer Mutter, die sie noch immer schüttelte und irgendetwas rief.

Zuerst wusste Anna nicht, wo sie war, als sie mit rasendem Puls erwachte, doch schließlich wich der Traum von ihr. Sie lag zusammengekrümmt und schweißgebadet neben ihrem Bett, mit ihrer rechte Hand hielt sie krampfhaft einen ihrer neuen Schuhe, die sie vor dem Schlafengehen unter dem Bett abgestellt hatte, an sich gepresst. Ihre Mutter, im Schlafanzug, einige Haare zerzaust im Gesicht hängend, kniete neben ihr und hielt sie jetzt an den Schultern. Ihr Vater, der nur mit Cartoon-Osterhasen verzierte und somit der Situation sicher nicht angepasste Boxer-Shorts trug (ein Geschenk seiner Frau), kauerte mit besorgter Miene daneben. Tom stand am Fußende ihres Bettes, und selbst sein Gesicht war besorgt. Unweigerlich murmelte Anna: »Na, dann muss es ja wirklich schlimm gewesen sein, wenn Tommy die Gelegenheit nicht nutzt, um sich über mich lustig zu machen. Was war denn los?«

Als sie ihre Tochter so reden hörten, atmeten Annas Eltern schon wieder etwas auf. Lars half seiner Tochter beim Aufstehen und meinte: »Na ja, ich dachte eher, dass Du uns vielleicht sagen könntest, was los war. Wir sind aufgewacht, weil Du, gelinde gesagt, wie am Spieß geschrien hast. Ich vermute, Du hattest einen netten kleinen Alptraum, nein?«

»Oh ja, und was für einen. Hoffentlich geht das nicht wieder so los wie vor vier Jahren.«

»Aber an diesen Traum kannst Du dich erinnern?«

Anna murmelte ein bejahendes »Mhm«.

»Willst Du's uns nicht erzählen?«, fragte Kathrin Silvan.

»Morgen, – vielleicht. Ich bin todmüde, ich fühle mich, als wäre ich tausend Kilometer gelaufen.« Als sie merkte, was sie da gesagt hatte, lief ihr eine Gänsehaut über den Rücken, aber sie wollte ihre Eltern nicht noch mehr beunruhigen, deshalb fuhr sie schnell fort: »Wirklich, ist schon wieder gut. Ich möcht' nix weiter als bis morgen Mittag schlafen.«

Ihre Eltern waren zwar noch etwas skeptisch, ließen ihr aber ihren Willen.

Anna ließ das Licht noch brennen und setzte sich nachdenklich auf den Bettrand. Es war erst zwei Uhr nachts, ihre »ewige« Traumwanderung konnte also nicht sehr lange gedauert haben. Und sie glaubte nicht, dass sie wirklich schon wieder schlafen könnte. Sie war noch viel zu aufgewühlt und meinte sogar, noch immer den Stoß in ihrem Rücken zu spüren, aber das waren wohl nur Muskelschmerzen, weil sie so verkrampft gewesen war.

Sie wollte gerade doch das Licht löschen, da klopfte es zaghaft an der Tür. Zu ihrer Überraschung war es Tom, der, ein wenig verlegen, in ihr Zimmer trat. Da ihr etwas Gesellschaft jetzt eigentlich doch ganz gelegen kam, meinte sie: »Hi, Tommy, setz dich zu mir. Hat dich meine, äh, kleine Vorführung so erschreckt, dass Du jetzt auch nicht schlafen kannst?«

»Nein, ich meine, das ist es nicht. – Ich wollte nur vorhin, als Mama und Paps dabei waren, nicht darüber reden. Aber sag mal, bist Du in deinem Traum irgendwie verfolgt worden?«

»Nee, eigentlich nicht. – Nicht *direkt* jedenfalls, wieso?«

»Umso merkwürdiger ... – Als Du angefangen hast zu schreien, war ich der erste in deinem Zimmer. Ich hab' gleich das Licht angeknipst, wusste dann aber ehrlich gesagt nicht so recht, was ich tun sollte, als ich dich da neben dem Bett liegen sah. Mir haben fast die Ohren geklingelt, so hast Du geschrien ...«

»Is' ja schon gut! Weiter!«

»... aber Du hast nicht nur geschrien. Zwischendrin, sozusagen beim Luftholen, hast Du zweimal einen Satz gesagt ...«

»Was denn, um Himmels Willen?«

»... es war immer dasselbe: *Jetzt weiß er, wo er mich findet.*«

»Kein Scheiß?«

»Kein Scheiß, ehrlich! Aber was mir Angst eingejagt hat, war nicht *was* Du gesagt hast, sondern *wie* Du es gesagt hast. Es klang so ..., ich weiß gar nicht, wie ich's sagen soll«, Tom versuchte, den Satz durch ein missglücktes Grinsen zu entschärfen, »... also, vermutlich würdest Du es mit derselben Stimme erzählen, wenn Du gerade erfahren hättest, dass dich morgen der Henker abholt. Ich kann dir sagen, mir ist es eiskalt den Rücken runter gelaufen.«

Anna sah Tom einen Augenblick schweigend an, dann drehte sie ihm abrupt den Rücken zu, griff mit ihrer rechten Hand hinter sich und zog am Saum ihres Schlafanzugoberteils, so dass der Ausschnitt um ihren Nacken ein Stück nach unten gedehnt wurde, während sie fragte: »Sag mal, siehst Du da was auf meinem Rücken, zwischen den Schulterblättern?«

»Was? Wieso ...«, setzte Tommy verdutzt an, dann pfiff er leise durch die Zähne. »Mann, wo hast Du dir *das* denn eingefangen? Das ist ja ein Bluterguss allererster Sahne!«

»Ehrlich?«

Tommy tippte als Antwort ganz sachte auf eine Stelle zwischen Annas Schulterblättern, augenblicklich zuckte sie zusammen, aber eigentlich war ihr klar gewesen, dass sich Tom keinen seiner üblichen Späße erlaubt hatte.

»Hat das was mit deinem Traum zu tun?«, wollte Tom wissen.

Anna seufzte: »Ich fürchte, ja. Aber bitte, löcher mich jetzt nicht, ich weiß selbst noch nicht, was ich von der ganzen Sache halten soll.« Und fast ein wenig kläglich fügte sie hinzu: »Ich weiß nur, dass mein Kopf schwirrt wie ein ganzes Hornissennest. Ich glaub', ich versuche jetzt wirklich zu schlafen.«

Tom nickte nur und stand auf.

Als er an der Tür war, bat Anna noch: »Und sag bitte Mama und Paps noch nichts davon.«

Ihr Bruder drehte sich noch einmal um: »Is' geritzt. Gute Nacht, Anna.«

»Gute Nacht, Tommy.«

Als Anna endlich in ihre Kissen zurücksank, war sie zwar erschöpft, aber Schlaf konnte sie noch lange nicht finden. In dieser Nacht ahnte sie zum ersten Mal, dass irgendetwas nicht stimmte, dass sie im Zentrum merkwürdiger Vorgänge stand, die sie noch nicht erklären konnte.

Anna hielt sich zwar nicht mehr für ein Kind, aber auf der anderen Seite fühlte sie sich auch noch nicht zu alt, um von vornherein die Möglichkeit auszuschließen, dass hier etwas im Gange war, das sich nicht mit der rationalen, physikalischen Welt in Übereinklang bringen ließ. Ihr schmerzhaftes Erlebnis nach ihrem Schuheinkauf kam ihr jetzt wieder in den Sinn. In Verbindung mit ihrem Alptraum – wenn es denn einer gewesen war – sah sie es nun unter einem ganz anderen Licht.

Sie versuchte, ein bisschen Ordnung in das wenige, was sie wusste, zu bringen. Offenbar, so schien es, war sie einer Bedrohung ausgesetzt. Es sah fast so aus, als wäre irgendjemand – oder irgendetwas? – hinter ihr her. Aber wer? Sackgasse. Und warum? Inzwischen war ihr natürlich klar, dass ihr sonderbarer Alptraum in einem Krankenhaus gespielt hatte. Soweit sie wusste, war sie – abgesehen von ihrer Geburt – nur einmal im Krankenhaus gewesen, damals, nach diesem schrecklichen Unfall vor sechzehn Jahren. Sollte es etwa damit zusammenhängen? Aber das lag doch alles schon so lange zurück. Sollte sie dennoch versuchen, Nachforschungen anzustellen? Und was hatten die Ärzte in ihrem Traum mit der ganzen Sache zu tun? Und die Alpträume, die sie vor vier Jahren hatte, an deren Inhalt sie sich aber nicht erinnern konnte?

Anna gab es auf.

Nur über eines war sie sich im Klaren: Falls ihre Nerven ihr keinen Streich spielten und es sich wirklich um eine logisch nicht erklärbare Bedrohung handelte, dann würde sie es schwer haben, brauchbare Hilfe zu bekommen.

Schließlich fiel sie in einen unruhigen Schlaf, der erst gegen sieben Uhr morgens etwas ruhiger wurde. Nach den Ereignissen der letzten Nacht ließen ihre Eltern sie schlafen, aber als sie um elf Uhr aufwachte, fühlte sie sich trotzdem wie gerädert. Die leichten Bauchschmerzen und der Muskelkater in ihren Beinen trugen nicht gerade zu ihrer Beruhigung bei.

In der nächsten Zeit beobachtete Anna ihre Umgebung noch aufmerksamer als sonst. Doch die Wochen verstrichen ohne einen neuen Alptraum und ohne dass sie irgendetwas beunruhigendes feststellen konnte. Langsam begann sie zu glauben, dass wohl doch nur ihre Fantasie mit ihr durchgegangen war.

Als dann doch wieder etwas Aufregendes geschah, war es absolut nichts Unheimliches – zumindest nicht im klassischen Sinn unheimlich. Und diese neue Erfahrung beanspruchte Anna so sehr, dass ihre Befürchtungen endgültig in den Hintergrund traten und fast völlig verblassten.

4. Mr. Spock

Anna linste verstohlen auf ihre Uhr. Nur noch fünf Minuten, dann war's überstanden. Als sie wieder aufsah, blickte sie genau in das schmunzelnde Gesicht von Frau Luxembourg.

»Ah, Fräulein Silvan, glauben Sie, Ihre Uhr kann Ihnen bei der Übersetzung helfen?«

Na wunderbar, das gute alte Fettnäpfchen! Anna mochte ihre Französischlehrerin zwar, aber gab es eigentlich nichts, was deren Adleraugen entging? Also bitte, dann eben die Flucht nach vorn: »Mais oui! Elle me dit que nous avons seulement cinq minutes pour traduire cette ... äh ... *phrase*?«

»Richtig, *phrase, aber* ...« – soviel zur Flucht nach vorne – »... aber ein Franzose würde die Verballhornung *die Uhr sagt* vermutlich nicht verstehen. Ein Sprachbild, das in einer Sprache funktioniert, muss deshalb noch lange nicht in eine andere Sprache übertragbar sein. Abgesehen davon ...« Frau Luxembourg sah jetzt selbst auf die Uhr, »... sind es jetzt nur noch vier Minuten. Also gut, versucht mal zu Hause, wie weit ihr alleine mit der Übersetzung zurande kommt ...« schon klappten die Bücher zu und ein allgemeines Rumoren und Stühlerücken setzte ein, »... *und* dazu macht ihr die Übung drei aus unserer Lektion.« Die Antwort der Klasse war ebenfalls eine »3« – auf der nach oben offenen Roland-Stöhn-Skala (gemäßigtes Aufstöhnen, in der Tonlage zum Ende hin abfallend, Märtyrer-Augenaufschlag zur Decke).

»Und jetzt ab mit euch in die Sonne.«

Zwanzig Sekunden später war die Klasse leer.

Vor der Schule winkte Anna zum Abschied Heike und Alexandra zu: »Also, bis heute Mittag im Schwimmbad!« Die beiden winkten zurück und verschwanden schwatzend Richtung Bushaltestelle, während sich Anna, den kleinen

Rucksack mit ihren Schulsachen schon auf dem Rücken, zu den Fahrradständern aufmachte.

Als sie die Kette an ihrem Rad aufschloss, sah sie das Malheur: Der Reifen war so platt, platter ging's nicht.

»Oh wie prima«, entfuhr es Anna ärgerlich, »es gibt doch nichts schöneres als in der Mittagshitze einen Fahrradreifen aufzupumpen.«

Sie wollte zur Luftpumpe greifen und verharrte überrascht mitten in der Bewegung. Die Luftpumpe war weg!

»Wird ja immer besser! Na jetzt ist wenigstens klar, wo die Luft geblieben ist«, dachte sie, »die hat irgendein Scherzkeks abgelassen und gleich die Pumpe mitgenommen, sonst wäre der Spaß ja nur halb so groß. – Wenn das Roland war, dann revanchiere ich mich morgen mit einem Reißnagel auf seinem Sitz.«

Sie stemmte die Hände in die Hüfte und sah sich um, konnte aber weder Roland entdecken, noch sonst jemanden, der sich ins Fäustchen lachte. Nun ja, erst mal wieder Luft in den Reifen bringen. Aber wie?

Während von der Schule der Gong herüber tönte, kam sie auf die naheliegendste Lösung. Das Fahrrad links neben ihrem hatte ebenfalls keine Luftpumpe. Und zu ihrer Rechten? Da steckte die Pumpe in der vorgesehenen Halterung. Kurz entschlossen griff sie zu, ging neben ihrem Rad in die Hocke und begann, Luft in den Vorderreifen zu pressen.

Sie hatte den Kolben der Pumpe kaum zehnmal bewegt, als ihr jemand von hinten leicht auf die Schulter tippte und mit freundlicher Stimme meinte: »Hübsche Luftpumpe hast Du da ...« – Annas Rücken versteifte sich – »... sieht exakt aus wie meine. Komisch, möchte nur wissen, wo *die* abgeblieben ist.«

Anna spürte ihre Backen heiß werden. Ihr Gesicht, da war sie ganz sicher, würde gleich das Rot jeder Tomate in den Schatten stellen – was es nicht gerade einfacher machte.

Sie stand auf, drehte sich langsam um und sah sich einem Jungen gegenüber, der sie, mit der Andeutung eines verschmitzten Lächelns um Mundwinkel und Augen, neugierig musterte.

Anna verschränkte die Arme und musterte zurück: Hellbraunes, kurzes Haar mit den Resten eines Scheitels, braune Augen, eine Nase, die ein ganz klein wenig in die Luft zeigte und darunter ein nun breit grinsender Mund. Er mochte gut 1,75 Meter groß sein und war damit etwas größer als sie selbst. Der Kerl schien zudem sportlich zu sein, denn er hatte zwar nicht übermäßig breite aber doch ganz ordentliche Schultern, wie er da mit einem weißen T-Shirt, auf dem seltsamerweise das Bild einer Orangensaftpackung aufgedruckt war, und Jeans vor ihr stand.

Na, vielleicht klappte diesmal die Flucht nach vorne besser als im Französischunterricht:

»Oh, kein Wunder, dass Du deine Luftpumpe nicht findest, ich habe sie nämlich.« Und mit einem Seufzer und einem gottergebenen Augenaufschlag fügte sie hinzu: »Weißt Du, ich bin nämlich ein armes Waisenkind und muss mich und meine sieben kleinen Geschwister damit durchbringen, dass ich Luftpumpen stehle und weiterverkaufe.«

»Hm, und natürlich hast Du einen bösen Onkel, der jedes Mal fuchsteufelswild wird, wenn Du nicht mindestens zehn Pumpen pro Tag nach Hause bringst!«

Anna heuchelte Überraschung: »Na so was, woher weißt Du das?«

Ihr Gegenüber setzte sich in Pose, sah dramatisch zum Himmel, legte den Handrücken an die Stirn und deklamierte mit pathetischer Stimme. »Oh welch garstig' Schicksal, welch hartes Los! Mein eisern' Herz wird weich vor nie gekannter Rührung! So lasst mich denn, o holde Maid, hilfreich Euch in die Seite treten!«

Anna musste ein Kichern unterdrücken und erwiderte: »Oh edler Junker, wenn nicht auch euer Hirn erweicht ist – wie sich's aus Euren Worten wohl erwägen ließe –, so sei mir Eure Hilfe hoch willkommen. Fürs erste würd' es schon genügen, wenn Ihr mit fleiß'ger Hand mein edles Ross kuriertet.«

Damit knickste sie höflich, und während sie dabei mit der Linken den Saum eines imaginären Kleides anhob, drückte sie ihm gleichzeitig mit der Rechten die Luftpumpe in die Hand und zeigte dann auf ihr Vorderrad.

Der Junge sah verdutzt die Pumpe in seiner Hand an: »Na so was! Da hab ich mich ja schön reingeritten. Jetzt kann ich wohl nicht mehr zurück, was? Na, wenn ich hier schon den Büttel für dich spiele, dann sag mir wenigstens, wie Du heißt?«

»Anna, und Du?«

»Eigentlich Patrick, aber alle nennen mich Mister Spock«, er grinste, »Du darfst aber einfach *Spock* zu mir sagen, das *Mister* erlasse ich dir großzügig.«

»*Spock?* – Du meinst *Beam me up, Scotty* und das ganze Zeug?«

»Genau.«

»Wie bist Du denn zu *dem* Namen gekommen?«

Nun war es an Spock, leicht rot zu werden. »Nun ja, als ich so zehn Jahre alt war, hab' ich dermaßen auf *Star Trek* gestanden, dass ich den halben Tag mit 'ner Spielzeug-Laserpistole rumgerannt bin und angefangen hab, wie Leonard Nimoy als Vulkanier zu quatschen. Ich glaube, ich bin meinen Leuten damals ziemlich auf die Nerven gefallen. Na ja, auf jeden Fall hat der Spitzname gehalten.« Dann zog er wie der erste Offizier der *Enterprise* die linke Augenbraue so weit in die Höhe, wie es nur ein fast echter Mr. Spock kann.

»Toll, Du bist mein erster Vulkanier«, Anna deutete erneut auf ihr Vorderrat, »und vermutlich der erste Extraterrestrier überhaupt, der einem Erdling das Rad aufpumpt.«

*

Als Spock seine Schritte vom Schulgebäude zu den Fahrradständern gelenkt hatte, war ihm schon von weitem das Mädchen aufgefallen, das, ihm den Rücken zuwendend, zwischen den Fahrrädern kauerte und offenbar gerade dabei war, ihren Vorderreifen aufzupumpen, ... ihren Vorderreifen mit *seiner* Luftpumpe aufzupumpen, korrigierte er sich, als er näher herangetreten war. Eigentlich wollte er schnell nach Hause kommen – wie immer nach sechs Stunden Schule hatte er mächtigen Kohldampf. Doch als er das Mädchen angesprochen hatte und sie sich ertappt und mit rotem Kopf umdrehte, war er keineswegs böse über die Verzögerung.

Ihr rotbraunes, fast schon rotes Haar bildete auf ihrem Kopf eine Art wuscheligen flachen Kranz oder Knoten (wie hielt das Ding eigentlich?) und fiel dann bis zu ihrer rechten Schulter herab, allerdings nicht gerade, denn sie hatte den Haarschopf hinter das rechte Ohr zurück geschoben. »Das dürfte für sie auch keine Schwierigkeit sein«, schoss es Spock durch den Kopf, denn es fehlte gar nicht viel, und man hätte ihre Ohren als abstehend bezeichnen können. Aber sie versteckte die Ohren nicht unter ihren langen Haaren, und das gefiel Patrick. Auch gegen die grünen Augen und die handvoll Sommersprossen um die kleine Nase hatte er keineswegs etwas einzuwenden. Sie sah irgendwie ... lustig aus – lustig und hübsch, wie sie da vor ihm stand und ihm ihre Laufbahn als Luftpumpendiebin schilderte. Und auf den Kopf gefallen war sie wohl auch nicht, musste er erkennen, als sie ihn im Handumdrehen dazu gebracht hatte, ihren Reifen aufzupumpen.

Wie seltsam, dachte Spock, während er sich an die Arbeit machte, dass er ihr so schnell und bereitwillig erzählt hatte, wie er zu seinem Spitznamen gekommen war. Anna erzählte ihm inzwischen von ihrem Malheur mit Reifen und Pumpe.

Nach dreißig Sekunden Pumpen unterbrach Spock stirnrunzelnd seine Arbeit – der Reifen war noch genauso platt wie vorher. Nun drehte er das Vorderrad langsam und betrachtete dabei jeden Zentimeter.

»Da haben wir den Salat«, er deutete auf einen hauchdünnen aber gut vier Zentimeter langen Schnitt, »wer immer das war, hat sich nicht damit begnügt, die Luft heraus zu lassen.«

»Oh nein!«, entfuhr es Anna, und ihre Stimme klang dabei so traurig, dass Spock ganz verlegen wurde, weil er nicht wusste, ob und wie er sie trösten sollte. Anna war auch traurig, aber nicht so sehr wegen ihres kaputten Rades und dem damit verbundenen Ärger. Es lag mehr daran, dass sie – wieder einmal – erkennen musste, dass auf dieser Welt Leute herumliefen, die andere Menschen nur aus einem einzigen Grund in Schwierigkeiten brachten: Weil ihnen eben gerade mal danach war.

Anna seufzte: »Tja, dann werde ich wohl das Rad heute Abend mit meinem Vater abholen. Bestimmt kann er den Schaden schnell beheben. Würde mich wundern, wenn er nicht alles Notwendige in seinem geliebten Hobby-Keller hat. Jetzt bleibt nur die Frage, wie ich nach Hause komme.«

Spock überlegte. »Wo wohnst Du denn?«

»Im Starweg in dem Neubaugebiet am Vogelberg.«

»Klasse«, rief Spock begeistert, »dann sind wir ja fast Nachbarn, wir wohnen im Sperlingweg.«

Erst als er merkte, wie es um Annas Mundwinkel zuckte, fiel ihm auf, dass er wohl ein bisschen sehr enthusiastisch reagiert hatte. Augenblicklich spürte er, wie ihm schon wieder die Röte ins Gesicht stieg, und es stand zwei zu eins für

Anna. Schnell schloss Spock seine Sicherheitskette auf – das gab ihm Gelegenheit sich abzuwenden – und drehte sein Rad in Fahrtrichtung.

Für Anna hatte seine Freude die seltsame Wirkung, dass sie ihren Ärger schon fast wieder vergessen hatte. Und es wurde noch besser, als Spock abrupt meinte: »Weißt Du was? Du schwingst dich einfach hinter mir auf mein Schlachtross, und ich setze dich bei dir zu Hause ab.«

Das ließ sich Anna nicht zweimal sagen.

Während sie sich auf den Gepäckträger setzte, fragte sie: »Du bist erst vor kurzem nach Saarfurth gezogen?«

»Stimmt. Erst vor, na, so zwei Wochen. Woher ..., ach so, Du meinst, weil wir dieselbe Schule besuchen, in der gleichen Gegend wohnen, uns aber noch nie begegnet sind?«

»Sehr richtig, Dr. Watson«, meinte Anna noch, während Spock losradelte.

Die nächsten zwanzig Minuten hatten sie nicht viel Gelegenheit miteinander zu reden; Spock war vollauf damit beschäftigt, in die Pedale zu treten. Wie Anna und die meisten der Schüler, die mit einem Fahrrad kamen, hatte auch er einen Rucksack für die Schulsachen, nur war seiner nicht aus buntem Kunststoff, wie man es häufig sah, sondern es war ein altes, abgegriffenes Stück aus Leder und grobem rot-weiß kariertem Stoff, der schon seinem Großvater gehört hatte. Um Platz für Anna zu schaffen, hatte Spock den Rucksack über den Lenker gehängt, Anna saß dicht hinter ihm und hielt sich an seinen Schultern fest.

Während der Fahrt, mit der Nase dicht hinter Patricks Kopf, dachte Anna: »Hm, er riecht gut, muss irgendein Shampoo mit Zitrone oder so benutzt haben«, dann musste sie fast loslachen, als sie sich darüber klar wurde, welche seltsamen Pfade ihre Gedanken wanderten – seit wann beschäftigte sie sich mit dem Shampoo anderer Leute?

Während Spock kräftig strampelte, spürte er Annas Unterarme auf seinen Schulterblättern und ihre Hände auf seinen Schultern. Es fühlte sich gut an, und seltsamerweise kribbelte es sogar in seinem Bauch. Die Welt war in Ordnung.

Die letzten hundert Meter bis zum Haus der Silvans stieg die Straße zu steil an, sie mussten absteigen und gingen schweigend nebeneinander her – Patrick musste erst mal wieder zu Atem kommen.

»So, Nr.7, hier sind wir«, sagte Anna (»schade«, fügte sie noch hinzu, aber natürlich nur in Gedanken), »vielen Dank auch für's beamen, Mr.Spock, vielleicht kann ich mich mal revanchieren.«

»Oh, war das reinste Vergnügen«, antwortete Spock und wischte sich mit übertriebener Geste den Schweiß von der Stirn, dann fügte er nach kurzem Zögern hinzu: »Ich wüsst' schon was, ich mein, wie Du dich revanchieren könntest.«

Anna sah ihn gespannt an.

»Also, Du weißt ja, dass ich erst hergezogen bin – vielleicht, ich meine ... (jetzt bloß nicht noch weiter verhaspeln) ... wir könnten ein Eis essen gehen, und Du zeigst mir 'n bisschen was von der Stadt?«

»Abgemacht ...«, sagte Anna und dachte nicht ungern daran, dass man durchaus mehrere Tage für eine gründliche Stadtführung brauchen konnte. Und Anna war gründlich. »... und wann?«

»Äh, heute?«

»Nichts gegen einzuwenden, dann treffen wir ...«, enttäuscht unterbrach sie sich: »Ach, so 'n Mist, ich bin ja mit Heike und Alexandra im Schwimmbad verabredet!«

Und dann war es an Anna, sich über Spocks plötzliches Schmunzeln zu wundern, um gleich darauf wieder die Röte ins Gesicht steigen zu spüren, als ihr klar wurde, wie verärgert und enttäuscht sie geklungen hatte. »Klar«, dachte sie,

»ist ja auch so ein echt hartes Schicksal, mit zwei Freundinnen an einem super sonnigen Tag ins Schwimmbad zu müssen.« Laut sagte sie – und versuchte dabei möglichst gleichgültig zu klingen: »Nun, aufgeschoben ist bekanntlich nicht aufgehoben«, fügte aber schnell hinzu: »Morgen um zwei?« Dass sie dann ihr Judo-Training verpassen würde, sagte sie wiederum nicht.

»Prima, ich hol dich ab. Außerdem ...«

»Was?«

»Wenn wir eh den gleichen Schulweg haben und dein Rad morgen wirklich wieder ganz ist, können wir eigentlich auch zusammen fahren?«

»Halb Acht?«

»Halb Acht!«

*

Kathrin Silvan suchte in einer Schublade des Küchenschranks nach der Quittung für den neuen Mixer, der nach nur zwei Wochen ohne einen Mucks in das Paradies für Küchengeräte eingegangen war. Tommy war schon zu Hause und erzählte gerade zum dritten Mal ausführlich, wie er im Sportunterricht beim Fußballspielen zwei Tore geschossen hatte. Er hatte heute eine Schulstunde weniger gehabt als seine große Schwester, aber die, dachte Kathrin Silvan, müsste eigentlich auch jeden Moment auftauchen. Wie aufs Stichwort unterbrach Tommy seine Schilderung und rief, während er neugierig zum Küchenfenster hinaus sah: »He, mit wem spricht Anna denn da?«

Kathrin Silvan sah jetzt auch zum Fenster hinaus. Ja, da stand ihre Tochter und unterhielt sich mit einem fremden Jungen, aber wo war denn ihr Fahrrad? Sie ging zur Vordertür und trat in den Vorgarten hinaus, der Junge wollte offenbar gerade losfahren, hielt aber inne, als er sie kommen sah.

»Hallo, Schatz«, rief sie ihrer Tochter zu, »Probleme mit dem Rad gehabt?«

»Hallo Mama, darf ich vorstellen, Mr.Spock ...« (böser Blick von Spock, fragender Blick von ihrer Mutter) »... ah, ich meine Patrick. – Ja, irgendein Witzbold hat mir das Vorderrad demoliert, und Patrick war so nett, mich nach Hause zu bringen, er wohnt seit kurzem im ...«, sie sah Spock fragend an.

»... Sperlingweg«, Spock hatte sein Rad noch einmal abgestellt und war dann auf Annas Mutter zugetreten, während er schnell einen verstohlenen Blick auf den Briefkasten am Gartentor warf, »guten Tag, Frau Silvan.«

Sie schüttelte ihm die Hand: »Hallo Patrick, ...« und hob dann zur Überraschung aller ihre Linke zum Vulkaniergruß: sie kehrte die Handfläche nach außen und hielt die Finger fest zusammengepresst, bis auf Mittel- und Ringfinger, die sie weit voneinander spreizte, »... willkommen in unserer Galaxie.«

Trotz seiner Überraschung meinte Spock galant: »Jetzt weiß ich schon mal, woher Anna ihre Kombinationsgabe hat.«

Doch vollends die Sprache verschlug ihm Tommy, der seiner Mutter gefolgt war und ihn schon die ganze Zeit aus dem Hintergrund ungeniert gemustert hatte. Jetzt platzte er heraus: »Sag mal, bist Du Annas Freund?«

Anna, die mit ähnlichem gerechnet hatte, sprang in die Bresche, indem sie Tommy vorstellte: »Und das ist mein kleiner Bruder Tom, Du kannst ihn aber auch einfach Nervensäge nennen – Giftzwerg tut's natürlich auch«

Spock, der so langsam nicht mehr wusste, wo er hinsehen sollte, hielt es im Augenblick für das Beste für seine Nerven, den taktischen Rückzug anzutreten. Er verabschiedete sich und radelte davon. Anna rief ihm noch ein »Bis morgen« hinterher und starrte ihm nach.

Ihre Mutter fragte: »Und er hat dich den ganzen Weg auf dem Gepäckträger mitgenommen? Ist das nicht gefährlich?«

Anna reagierte nicht, sondern blickte versonnen in die Richtung, in der Patrick verschwunden war. Schmunzelnd legte Frau Silvan ihre Hände an den Mund und rief: »Hallo, Erde an Anna, bitte melden!«

Erschrocken drehte sich ihre Tochter um und spürte nun schon zum dritten Mal für diesen Tag, wie ihre Backen diesmal ganz besonders heiß wurden, – na, das wurde hoffentlich nicht zur Gewohnheit.

Und während Tommy, die Hände vor den Bauch gepresst, an der Hauswand lehnte und einen Lachkrampf markierte, legte Kathrin auf dem Rückweg ins Haus den Arm um ihre Tochter und neckte sie: »Schau, schau, mein Mädchen wird erwachsen. Viel Glück dabei, das ist ja nicht immer grad so einfach.«

Natürlich wusste Annas Mutter in diesem Augenblick nicht, dass die Probleme des Erwachsenwerdens unerheblich waren im Vergleich zu dem Netz tödlicher Gefahren, in das ihre Tochter bereits verstrickt war.

*

Hätte Anna die nächsten drei Wochen mit einem Wort beschreiben müssen, ihre Wahl wäre unbedingt auf ein enthusiastisches *phantastisch* gefallen. Jeden Morgen radelten sie und Spock gemeinsam zur Schule, und es vergingen kein Nachmittag und kein Wochenende, an dem sie sich nicht noch einmal trafen. Manchmal waren sie zusammen mit ein paar Freunden unterwegs, meistens waren sie aber nur zu zweit, und ihnen genügte diese Gesellschaft vollauf. Oft bummelten sie ohne ein bestimmtes Ziel durch die Stadt und saßen dann später bei einer Limo oder einem Eis vor einem kleinen Café oder unter einem schattigen Baum in dem großen Park an der Saar. An den Wochenenden radelten sie gerne zum Baden.

Es verging kein Tag, an dem Spock Anna nicht zum Lachen brachte, und auch nach vier Wochen wurde es keinen Moment langweilig. Selbst wenn sie nur still nebeneinander in der Sonne saßen, dann war es nie ein peinliches Schweigen, sondern eine Ruhe, die vollkommen richtig war.

Patrick war inzwischen auch bei den Silvans ein gerne gesehener Gast. Selbst Tommy hatte schon nach einer Woche seine anfänglichen Sticheleien eingestellt. Spock seinerseits fühlte sich sehr wohl bei den Silvans. Das Familienleben im Starweg 7 war für ihn eine ganz neue und angenehme Erfahrung, er selbst hatte so etwas nie bewusst kennengelernt. Schon bei ihrem ersten Treffen hatte Anna von ihm erfahren, dass er hauptsächlich bei seinen Großeltern und in einem Internat aufgewachsen war. Anna hatte ihn gefragt, wo er denn herkomme und wo er vor seinem Umzug nach Saarfurth zur Schule gegangen war. Spock hatte kurz gezögert, doch dann zuckte er mit den Schultern und meinte: »Na ja, warum soll ich's eigentlich nicht erzählen? Ich wurde in Aachen geboren, allerdings hat sich meine Mutter so zwei, drei Jahre nach meiner Geburt mit einem Freund aus dem Staub gemacht.«

Als ihn Anna, die sich so etwas nicht vorstellen konnte, entsetzt ansah, winkte Spock ab: »Oh, das macht mir nichts mehr aus. Es ist lange her und ich bin's nicht anders gewohnt.«

Aber Anna merkte doch, dass ein wenig Verbitterung in seiner Stimme mitschwang und als Spock hinzufügte: »Außerdem bekomme ich jedes Jahr zu Weihnachten eine hübsche Karte aus Südamerika«, da misslang ihm der sarkastische Tonfall so ziemlich. Er ging schnell darüber hinweg und erzählte weiter:

»Als Mutter wegging, ist Vater wohl zum Workaholic geworden ..., na ja, vielleicht hat er sich ja auch vorher schon hauptsächlich um seine Arbeit gekümmert, und das war ein Grund, dass Mutter ihm weglief ..., aber egal. Auf jeden Fall ist er ein hohes Tier bei der Werbeagentur *Glaze*, und er hatte schon damals keine Zeit gehabt. Meine Großmutter lebte inzwischen bei ihrem zweiten Mann in einem holländischen Dorf direkt an der Grenze zu Deutschland. Die beiden haben mich aufgenommen, die finanzielle Seite hat mein Vater großzügig geregelt. Ich muss sagen, dass ich auch immer gerne bei meinen Großeltern war. In dem Dorf gab es viele Kinder in meinem Alter und es war immer was los. Als ich zehn wurde meinte mein Vater aber, ich sollte ein deutsches Gymnasium besuchen, also kam ich, wiederum in Aachen, auf ein Internat und sah meine Großeltern nur noch an Wochenenden und in den Ferien.«

»Und wie bist Du dann hier gelandet?«

»Na ja, mein Vater wurde schließlich bei *Glaze* Chef für Südwestdeutschland und Ostfrankreich mit Hauptsitz in Saarfurth. Tja, und er glaubte wohl, nun etwas mehr Familiensinn an den Tag legen zu müssen und dass er mit seinem neuen Posten öfters zu Hause sein könnte. Auf jeden Fall hat er mich gefragt, ob ich nicht mit ihm nach Saarfurth kommen wolle, weil es doch an der Zeit sei, sich endlich richtig kennenzulernen. Er hat mich so eindringlich gebeten, also habe ich ja gesagt. Ich glaub' schon, dass er es wirklich ernst gemeint hat. Aber jetzt ist er doch wieder ständig unterwegs, und ich sehe unsere Haushälterin öfter als ihn. Na ja, manchmal setzt er sich abends zu mir und fragt mich, was ich den Tag so getrieben habe und so 'n Zeug. Aber ich glaube, er muss sich zwingen, dafür Zeit zu finden. Wenigstens gibt er sich Mühe, also gebe ich mir auch Mühe.«

Da Anna nicht ganz zu unrecht glaubte, dass Spock dieses Thema unangenehm wäre, kam sie nicht mehr darauf zu sprechen. Doch als sie nun, gut vier Wochen nach ihrem ersten Treffen, in den Saaranlagen über eine Wiese spazierten, schnitt Spock, der eine ganze Zeit schweigend neben ihr gegangen war, von sich aus das Thema an: »Ich hab' dir doch erzählt, wie ich nach Saarfurth gekommen bin.«

»Ja?«

»Na ja, die ersten Tage habe ich mich hier nicht besonders wohl gefühlt. Schließlich klappte es mit meinem Vater nicht so, wie wir gehofft hatten, und dann habe ich natürlich auch meine Freunde in Aachen und aus dem Dorf meiner Großeltern vermisst ...«

»Und?«

»Na, ich wollte dir nur sagen, dass es mir inzwischen, hm ..., doch recht gut gefällt.«

In Annas Bauch begannen kleine Schmetterlinge zu flattern, als sie möglichst gelassen fragte: »Und warum gefällt es dir hier plötzlich?«

»Äh, is' 'ne schöne Stadt.«

»Weiß ich doch. Ist das alles?«

»Alles? Hm, weiß nicht, vielleicht ist auch etwas Magie im Spiel.«

Jetzt war Anna doch etwas verwirrt. »Magie? Wieso Magie?«

Spock blieb stehen, sah Anna in die Augen und meinte zögernd: »Ich ... Ich glaube ich bin, ahm, ein wenig verhext worden.«

»Verhext?«

»Ja, von einer hübschen Hexe mit – fast – roten Haaren.«

Annas Herz tat einen riesen Hüpfer, aber sie wollte es noch genauer hören. Sie grinste Spock spitzbübisch an und meinte: »Ach, wusste gar nicht, dass es hier noch Hexen gibt. Kenne ich sie vielleicht?«

Zunächst blieb Spock die Spucke weg, dann rief er lachend: »Du bist wirklich eine Hexe! Na warte, ich werde dich schon vom Blocksberg 'runter bringen!«

»Ha, aber dazu musst Du mich erst einmal erwischen!«

Und los ging die Jagd! Anna rannte über die Wiese und Spock spurtete hinterher. Nach etwa siebzig Metern wollte Anna gerade einen Baum umrunden, als Spock sie am Arm zu fassen bekam. Ohne dass sie es geplant hatte, setzten ihre Judoreflexe ein. Sie drehte sich in Spock hinein, packte seinen Arm, und ehe er sich versah, flog er in hohem Bogen über ihre Schulter und landete verdutzt auf dem Rücken.

»Oh verdammt!«, entfuhr es Anna, aber dann konnte sie ein Lachen kaum unterdrücken, »habe ich dir eigentlich schon erzählt, dass ich seit fünf Jahren Judo mache?«

Spock wollte sich wieder aufrappeln, doch er knickte mit einem lauten Keuchen ein und hielt sich mit schmerzverzerrtem Gesicht den rechten Knöchel: »*Uuh, sch...,* tut das weh.«

Anna wich alle Farbe aus dem Gesicht. »Himmel, das wollte ich nicht!«, stammelte sie und trat auf Patrick zu. Doch noch bevor sie sich bücken konnte, packte er sie blitzschnell an den Knöcheln, zog einmal kräftig, und nun saß Anna auf dem Hosenboden. Jetzt war es an Anna, Spock verblüfft anzustarren, der aufgesprungen war, putzmunter und grinsend über ihr stand und meinte: »Hab' ich dir eigentlich schon erzählt, dass ich auf dem Internat immer in der Theatergruppe mitgemacht habe?«

Anna stand nun auch auf und knuffte Spock gegen die Brust: »Du Schuft, und ich dachte schon, Du hättest dich wirklich ...«, dann begann sie zu glucksen und musste schließlich so loslachen, dass sie kein Wort mehr herausbrachte. Auch Spock konnte sich nicht länger zurückhalten. Nachdem sie sich eine halbe Minute vor Lachen ausgeschüttet hatten, schnappten sie beide keuchend nach Luft, dann zog Patrick Anna zu sich heran, streichelte ihr sachte durch das Haar und gab ihr einen sanften, langen Kuss.

*

Als Anna am späten Nachmittag nach Hause kam, schwebte sie auf Wolke Sieben.

Tommy begrüßte sie feixend: »Na, wieder einen Spaziergang mit deinem Liiiiebsten gemacht? *He*, was zum Teufel ...?«

Da hatte ihn Anna auch schon zu sich herangezogen und ihm strahlend einen Begrüßungskuss auf die Backe gedrückt. Das verschlug selbst Tommy die Sprache.

Kathrin und Lars Silvan merkten natürlich auch, dass ihre Tochter in höheren Regionen schwebte. Als Anna beim Abendessen statt Butter etwas von Tommys Schokoladencreme aufs Brot strich, das ganze mit Salami belegte und aß, ohne ihren Fauxpas überhaupt zu bemerken, sahen sich ihre Eltern nur vielsagend an, enthielten sich aber jeden Kommentars.

Als Anna zu Bett ging, schwirrte ihr noch immer der Kopf. Ihre Gedanken drehten sich freudig im Kreis und kamen immer wieder zu dem Augenblick zurück, als Spock sie geküsst hatte – und sie seinen Kuss erwiderte. Dann hatten sie einfach still dagestanden und sich in den Armen gehalten. Wie lange diese Umarmung gedauert hatte, hätte keiner von ihnen zu sagen gewusst. Erst viel später, als sie ihre Freude kaum noch ertragen konnten, hatten sie sich mit Mühe voneinander losgerissen und sich, gleich wieder eng umschlungen, auf den Heimweg gemacht.

*

Wie üblich war Edgar Mayer erst nach Hause gekommen, als Patrick schon längst zu Abend gegessen hatte. Der große, kräftige Mann hatte seine Krawatte weit geöffnet, auch die beiden oberen Knöpfe seines kurzärmeligen weißen Hemdes standen offen. Wie immer hielt er sich sehr gerade, aber sein Gesicht, das ohnehin ein bisschen mehr Sonne vertragen hätte, wirkte abgespannt, die braunen Haare waren in der Stirn zerzaust; dass sie vor drei Monaten in Bürstenform gebracht worden waren, war nun nicht mehr zu erkennen.

Doch trotz seiner Müdigkeit sah Edgar Mayer seinem Sohn sofort die freudige Aufregung an, und er wollte wissen: »Na, warum strahlst Du so übers ganze Gesicht, wie ein Honigkuchenpferd?«

Ein wenig verlegen und ein wenig stolz erklärte Spock, dass er nun wohl seine erste richtige Freundin habe. Natürlich hatte er in seiner Kindheit ein paar Spielgefährtinnen gehabt, mit denen er oft rumgealbert hatte, aber das war kein Vergleich.

Sein Vater zog schmunzelnd die Augenbrauen hoch und fragte: »Das Mädchen aus der Nachbarschaft, von dem Du mir schon erzählt hast – wie heißt sie doch gleich? – Anna?«

Spock nickte nur freudestrahlend – allein ihren Namen zu hören, hatte ihm wieder einen Kloß in die Kehle getrieben. Außerdem glaubte er sowieso nicht, dass er seine Gefühle in diesem Augenblick richtig ausdrücken könnte.

Vermutlich würde es im Vergleich zum tatsächlich Erlebten nur banal klingen, wenn er versuchen würde zu beschreiben, wie seine Nerven vibriert hatten, als er Anna endlich küsste, und wie diese Nerven fast zu zerspringen drohten, als sie seinen Kuss erwiderte. ... dieses Gefühl, das von seinen Fingerspitzen durch seinen ganzen Körper geflutet war, als er ihr weiches Haar streichelte, der wunderbare Duft ihres Haares und ihrer Haut, als sie eng umschlungen auf der Wiese standen, ihre klaren Augen ...

Spock musste sich zusammenreißen, um nicht plötzlich vor seinem Vater singend durch das Wohnzimmer zu tanzen. Doch Edgar Mayer merkte auch so, dass es seinen Sohn ziemlich erwischt hatte. Er ging in die Küche und kam mit zwei Gläsern, gefüllt mit eiskaltem Bier, zurück. Eines davon drückte er seinem Sohn in die Hand und prostete ihm dann schmunzelnd zu: »Auf gutes Gelingen!«

Konnte es einen perfekteren Tag geben?

Auch dass sich sein Vater, schon bald nachdem er ausgetrunken hatte, wieder in sein Büro zurückzog, konnte an Patricks Hochstimmung nichts ändern.

Angenehm müde durch die Flut der Gefühle, die heute auf ihn eingebrandet waren, ging er bald zu Bett. Wie meistens trank er zuvor noch etwas Wasser und ließ, als Reserve für die Nacht, einen Rest im Glas, das er neben dem flachen, selbst gezimmerten Bettgestell abstellte. Bald war er eingeschlafen.

Spock träumte.

*

Auch Anna träumte.

5. Der Mann mit dem Skalpell

Anna träumte.

Sie stand mit Spock auf einer Wiese, sie sah ihm tief in die Augen, sie umarmte und küsste ihn, streichelte ihm durchs Haar, und als er dann zart durch ihr Haar strich schloss sie wohlig die Augen. Als sie die Augen wieder öffnete, stand sie erneut im Krankenhaus. Alleine.

»Oh verdammt, nicht schon wieder!«, dachte sie und fand es nicht im Geringsten merkwürdig, dass sie diesmal wusste, dass sie träumte.

Wieder stand sie in ihrem Schlafanzug und barfuß auf dem abgetretenen Linoleumboden, wieder befand sie sich in dem unter gleißendem Neonlicht liegenden blauen Gang, und sie hoffte inständig, dass sie nicht schon wieder stundenlang rückwärts marschieren musste. Doch da öffnete sich eine entfernte Tür, eine Krankenschwester in weißem Kittel trat heraus, winkte ihr freundlich zu und rief: »Keine Angst, Kleines, es wird alles gut!"

Na, das war doch mal beruhigend zu wissen!

»Ja, wir wollen nur dein Bestes«, meinte nun auch einer der beiden Ärzte in grünen Kitteln, die plötzlich mit einer fahrbaren Krankentrage neben ihr standen. Der andere nickte dazu freundlich lächelnd, während sie Anna packten, hochhoben, auf das grünlich-braune, fast schwarze Kunstleder legten, sie niederdrückten und ihre Hand- und Fußgelenken an die niedrigen, chromblitzenden Gitter schnallten, die an den Seiten der Rolltrage befestigt waren, um Patienten vor dem Hinausfallen zu schützen.

Anna war so überrascht, dass sie erst an Gegenwehr dachte, als sich schon der letzte Riemen um ihren linken Fußknöchel schloss. Dann kam die Panik. Das Mädchen begann wild an den Riemen zu zerren, das Metallgestell unter der Liegefläche vibrierte, zuckte, eine lockere Schraube ließ ein leises, metallisches Zittern hören, doch sie konnte ihre Hände nicht befreien. Nun drückte Anna ihr Kreuz durch, bäumte sich in den Fesseln auf, so gut es ging, hörte, wie sie die beiden Männer anschrie, hörte ihren Herzschlag, hörte kaum die besorgte Stimme des einen Arztes sagen: »Schnell, wir müssen ihr helfen!«

»Keine Angst, das schaffen wir schon«, antwortete der Größere der beiden, während er Anna freundlich anlächelte und sie gewaltsam wieder niederdrückte, damit sein Kollege eine weitere Gummischnalle in Höhe ihrer Hüftknochen um ihren Bauch festzurren konnte. Schließlich legten sie noch ein sorgsam mit Schaumstoff gepolstertes Plastikgestell um ihre Stirn, das links und rechts an den Geländern festgehakt wurde. Das metallische Zittern der Schraube war verstummt.

So zur Bewegungslosigkeit verdammt, wurde Anna wieder ruhiger und sie hörte einen der Ärzte erleichtert seufzen: »So, nun kann ihr nichts mehr passieren.«

Der Andere deckte sie fürsorglich mit einem Leintuch zu, das er bis zu ihrem Kinn hoch zog, dann rollten sie Anna den Gang entlang. Als das Mädchen aus den Augenwinkeln merkte, dass sie an der Krankenschwester vorbei kamen, schielte sie zu ihr herüber und flüsterte: »Bitte, helfen Sie mir doch!« Die Schwester beugte sich lächelnd über sie, streichelte ihr liebevoll über die rechte Wange und erwiderte mit beruhigender Stimme: »Keine Angst, ich habe OP-3 schon vorbereitet«, dann blinzelte sie ihr noch einmal aufmunternd zu und zog das Leintuch über ihr Gesicht.

»OP-3!? – Himmel, nur das nicht! – Das ist ja viel schlimmer als beim ersten Mal!«, dachte Anna, doch dann versuchte sie sich zu beruhigen: »Das ist ein beschissener Albtraum, aber eben nur ein Traum, also kann mir nichts passieren.« Das Dumme war nur, dass sie nicht so recht daran glauben wollte. Und nicht nur wegen des Leintuchs über ihrem Gesicht überkam sie das ungute Gefühl, dass sie nun nicht mehr auf einer Roll-Trage, sondern vielmehr auf einer Bahre für Totentransporte liegen würde.

Anna hörte das einschläfernde »Wisch-Wisch« der kleinen Gummiräder und daneben das leise Quietschen von Kreppsohlen. Irgendwo summte eine Klimaanlage. Ihr eigener Atem raschelte leise gegen das Leintuch über ihr und erhitzte beim Zurückströmen ihr Gesicht. Anna wurde müde, und sie hoffte, einzuschlafen, denn wenn sie im Traum schliefe, dann könnte dies ja bedeuten, dass sie im echten Leben aufwachen würde. Doch plötzlich stieß der Wagen mit einem lauten Bums gegen ein Hindernis. Ein Ruck fuhr durch sie hindurch, so dass es mit ihrer Müdigkeit gleich wieder vorbei war. Offenbar hatten sie gerade eine der Schwingtüren durchstoßen.

»Es ist nur ein Traum«, sagte sie sich leise vor und wiederholte den Satz ständig. Doch irgendwann tauchte ein anderer Satz auf und begann, ohne dass sie es zunächst wahrnahm, den ersten zu verdrängen: »Oh Gott, nicht in den Operationssaal, bitte *nicht* in OP-3!«

Wisch, wisch, wisch, ging die Fahrt weiter. ... alles nur ein Traum ..., nicht in den OP, bitte ..., nur ein Traum, ... nicht ...

Eine Lautsprecherdurchsage, gesprochen von einer freundlichen Frauenstimme, unterbrach ihre fiebrigen Gedanken: »Dr. Klinger, bitte in OP-3. Dr. Max Klinger, dringend in den OP-3«, dann fügte die Stimme kichernd hinzu: »Es gibt Arbeit, Max.«

Tausend Alarmglocken schrillten in Annas Schädel. Sie überlegte fieberhaft, wo sie diesen Namen schon gehört hatte, und gleichzeitig versuchte sie verzweifelt, ihre Hände aus den Schnallen zu ziehen. Plötzlich spürte sie, wie der Wagen um 90 Grad gedreht wurde und kurz darauf zum Stillstand kam. Eine Tür fiel zu, ein Schalter wurde umgelegt, und sie merkte durch das Leintuch hindurch, dass eine starke, sehr starke, kalte Lichtquelle über ihr aufflammte. Das Leintuch wurde mit einem Ruck beiseite gerissen, und Anna starrte in ein grell blendendes Licht. Natürlich war es eine große, fünfstrahlige Lampe, wie sie an beweglichen Gelenken über Operationstischen angebracht sind.

Annas Augen begannen sofort zu tränen. Sie konnte nichts mehr erkennen, bis sich ein Schatten zwischen sie und das Licht schob. Als sich die Schleier um ihre Augen lichteten, erkannte sie einen Arzt. Aber es war keiner von den Beiden, die sie hierher gebracht hatten. Dieser hier hatte einen weißen Kittel an, der eigentlich eher einem Metzgerkittel ähnelte – mit all den Blutflecken darauf.

Sein Gesicht konnte Anna nicht erkennen, eine Chirurgenkappe war tief in seine Stirn gezogen und eine Chirurgenmaske bedeckte Mund und Nase, die Augen lagen im Schatten. Aber unter der Kappe lugten ein paar rotbraune, fast schon rote Haarsträhnen hervor, stumpf und tot. Anna dachte sofort an ihren Anfall an dem Tag, als sie die weißen Segeltuchschuhe gekauft hatte und an das Gesicht, das ihr dabei erschienen war.

Sie begann unkontrolliert zu zittern, wollte etwas sagen, doch sie brachte kaum ein leises »Bitte« hervor, als der Arzt sie auch schon anschrie und ihr mit seinen Worten schlechter Atem ins Gesicht schlug: »*Halt bloß die Fresse, Du dreckiges Scheiß-Mistgör!* NUR DU BIST SCHULD, dir hab' ich die ganze Scheiße zu verdanken, *DIR, DIR, DIR* – dir und deinem bescheuertem scheiß Geplärre! Aber das wirste bereuen. Und dein ewiges Gebrüll werd' ich dir ein für allemal austreiben. Sandra hab' ich's schon besorgt, und jetzt, jetzt hast Du gleich Grund zum Brüllen, denn jetzt werd' ich dir deine blöde Fresse stopfen.«

Mit den letzten, hassverzerrten Worten hatte er ein Skalpell von einem mit chirurgischen Instrumenten bestückten

Beistelltisch genommen, hielt nun mit ausgestrecktem Arm die blitzende Klinge ins Licht, betrachtete sie prüfend und senkte dann seinen Blick langsam auf Anna.

*

Spock träumte, dass er vergnügt auf einer Wiese hinter Anna herjagte, doch plötzlich hatte er sie verloren.

Vermutlich hatte sie sich nur versteckt, um ihn zu necken. Aber warum war er dann so beunruhigt? Da sah er eine blasse junge Frau unter einem Baum stehen, näherte sich ihr in Sekundenbruchteilen ohne überhaupt die Füße zu bewegen, stand vor ihr und fragte: »Haben Sie Anna gesehen?«

Sie schien durch ihn hindurch zu blicken, lächelte aber traurig und flüsterte so leise, dass er es kaum verstehen konnte: »Sahra ist im Krankenhaus.«

»Ich suche Anna!«

»Geh nur ins Krankenhaus«, dabei deutete sie mit ihrer schlanken Hand über seine Schulter.

Spock drehte sich um und stand direkt vor dem Portal eines großen Klinikgebäudes. Er wandte sich noch einmal zurück, weil er erfahren wollte, ob er Anna hier finden würde, aber die junge Frau war verschwunden. Der warme Nachmittag war von einer Sekunde zur anderen in eine kühle Nacht übergegangen. Spock fröstelte und betrat schließlich achselzuckend die Klinik.

Hinter einem Pult saß ein Nachtportier, er hatte seinen Stuhl gegen die Wand gekippt, die Arme im Nacken verschränkt und döste mit offenen Augen vor sich hin. Aber irgendwie wirkte er unscharf und verschwommen, so, als sei er einer alten Fotografie entstiegen. Spock glaubte auch nicht, dass der Portier ihn überhaupt wahrnahm.

Mit einem sanften »Bing« öffnete sich eine Fahrstuhltür in der linken Wand. Spock betrat die Kabine, die Türen schlossen sich zischend, und ohne dass er einen Knopf gedrückt hatte, setzte sich der Aufzug mit einem leichten Ruck in Bewegung. Erneut ein Ruck im vierten Stock, ein zischendes Aufgleiten der Türen, und während das »Bing« noch nachhallte, betrat Spock einen blauen, von gleißendem Neonlicht durchfluteten Gang.

Sofort kam eine Schwester auf ihn zugeeilt und rief: »Ah, da sind sie ja endlich, Doktor ...«, verblüfft stellte Spock fest, dass er gemeint war, »... Sie kommen gerade noch rechtzeitig, wenn sie Dr. Max bei der Operation zusehen wollen!«

Sie winkte ihm, ihr zu folgen. Spock schüttelte ungläubig den Kopf und dachte: »Wenn ich nicht träumen würde, dann würde ich jetzt denken, dass ich träume – was soll der Unsinn?« Aber er folgte der Schwester.

Kurz nachdem sie eine Doppelschwingtüre passiert hatten, öffnete sie eine Tür zu ihrer Linken, schob Spock in das abgedunkelte Zimmer und schloss die Türe hinter ihm. Das wenige Licht kam von ein paar matt glimmenden Monitoren und durch eine große, doppelte Scheibe, die diesen Raum von dem ebenfalls nur schwach beleuchteten aber wesentlich größeren Nebenraum trennte. Spock wusste, wo er sich befand. Der Raum nebenan war ein Operationssaal, und von seinem Platz aus konnten Medizinstudenten oder andere Ärzte die Chirurgen bei der Arbeit beobachten. Um besser Details erkennen zu können, standen zu beiden Seiten des großen Fensters, schräg zur Mitte gewandt, jeweils zwei kleine Bildschirme übereinander, die von zwei ferngesteuerten Kameras an der Decke des Operationssaales gespeist wurden. Doch im Augenblick gab es nichts zu sehen, der Platz unter der Operationslampe war leer.

Ein leises Klacken ließ Spock herumfahren. Auf einem kleinen Schränkchen an der dem Fenster gegenüber liegenden Wand standen zwei Videorecorder, die wohl dazu dienten, einige der Operationen für Lehrzwecke festzuhalten. Spock trat hinzu, und ein leises Summen sagte ihm, dass die Recorder gerade angesprungen waren. Plötzlich flammte hinter ihm ein helles Licht auf, er fuhr erneut herum und musste feststellen, dass inzwischen ein Mann in weißer Chirurgenmontur den Operationssaal betreten hatte. Wo eigentlich der Operationstisch stehen sollte, stand unter dem harten Licht der OP-Lampen eine … war das eine Bahre? Ein Leintuch bedeckt sie, und darunter zeichneten sich die Konturen eines Körpers ab. Der Arzt trat hinzu und riss das Leintuch mit einem Ruck beiseite.

Anna! Anna, festgeschnallt auf dem schmalen Rolltisch!

Der Schock fuhr Spock in alle Glieder. Jetzt erwachten auch die Bildschirme zum Leben. Die beiden oberen zeigten Annas Gesicht und Hals in Großaufnahme, der Anblick ließ Spock erstarren. Annas Augen waren entsetzt aufgerissen in dem verzweifelten Bemühen, etwas durch das grelle Licht hindurch zu erkennen, Tränen liefen aus ihren Augenwinkeln über Schläfen und Wangen, in dem Grübchen zwischen Kehle und Brustbeinansatz hatten sich ein paar Schweißtropfen gesammelt. Jetzt bewegten sich die Lippen, die er erst gestern geküsst hatte, doch augenblicklich beugte sich die Gestalt des Arztes über Anna. Spock sah die knotigen, wütend hervorgepressten Muskelstränge im weißen Fleisch seines Stiernackens, konnte aber endlich den Blick vom Bildschirm losreißen. Er wollte, er *musste* in den Operationssaal, er stürzte zur Tür. *Abgeschlossen!*

Verzweifelt hastete er zu dem Fenster zurück, um die Scheibe einzuschlagen, und musste entsetzt mitansehen, wie der Arzt zu einem Skalpell griff, es kurz ins Licht hielt, sich über Anna beugte, die Spitze des Skalpells dicht über ihr

Gesicht hielt, das Skalpell dann langsam tiefer führte, ansetzte und schnitt ...

*

Das Skalpell näherte sich drohend ihrem rechten Auge, die Spitze schien plötzlich riesengroß zu sein, Anna wollte schreien, brachte aber nur ein heißeres Keuchen heraus. Doch dann wanderte das Skalpell langsam nach unten und verschwand aus ihrem Blickfeld. Sie zuckte zusammen, als sie die flache Seite der kalten Klinge langsam über ihre Kehle gleiten fühlte, dann glitt sie sanft wie eine Feder über den Kragen ihres Schlafanzuges, zwischen ihren Brüsten hindurch und blieb genau an der Stelle liegen, an der sich ihre untersten Rippenbögen trafen. Die Spitze stach durch den Stoff und Anna spürte einen winzigen, kalten Punkt auf ihrer Haut, dann merkte sie, wie etwa bis zu ihrem Nabel herunter ein Stück aus dem Hemd herausgeschnitten wurde. Dabei arbeitete das Skalpell so exakt, dass ihre Haut nicht den kleinsten Kratzer abbekam. Sie hörte nur das hauchende Surren, als der Stoff durchtrennt wurde, spürte, wie die Klinge die feinen, unsichtbaren Härchen auf ihrem Bauch teilte.

Als sich der Arzt wieder aufrichtete, hielt er Anna ein etwa sieben Zentimeter großes Stoffstück entgegen, das die Form eines Herzens hatte. Dann schob er es unter seinen Mundschutz, kaute dreimal, schluckte, rülpste kurz und deutete zur Decke.

*

Spock trommelte mit seinen Fäusten wie verrückt gegen das Glas, warf sich mit seiner Schulter dagegen, aber die

Scheibe hielt und ließ nicht einmal ein Geräusch seiner Anstrengungen in den Operationsraum dringen.

*

Annas Blick folgte dem ausgestreckten Arm des Mannes. Die Lampe war verschwunden, an der Decke über ihr hing ein großer, dunkler Spiegel. Annas Verzweiflung wuchs, als sie ihre eigene Hilflosigkeit sah, doch dann wurde der Spiegel noch dunkler. Anna sah zwar noch einen Operationstisch, aber nicht sie war es, die darauf festgeschnallt war, sondern sie erkannte schemenhaft einen großen Mann, um den herum sich andere Schatten bewegten, ihre Hände über den liegenden Körper hin und her fahren ließen, irgendetwas taten ... . Ein dunkler Blutstropfen sammelte sich im Zentrum des Spiegels, perlte langsam zwei Zentimeter herab, löste sich, fiel wie in Zeitlupe herunter und landete, in winzige Tröpfchen zerstiebend, genau im Zentrum des herausgeschnittenen Herzens auf Annas Bauch. Sie zuckte zusammen, als der klebrig-warme Tropfen sie berührte.

Der Arzt sah sie an und schnaubte heißer: »Nun zu uns, Schätzchen. Und keine Angst: Wenn ich mit dir fertig bin, werde ich mich auch um deinen kleinen Freund kümmern.«

*

Spock hatte seine sinnlosen Aktionen aufgegeben, die ihn nichts weiter als schmerzende Hände und Schultern eingebracht hatten. Verdammt, ihm musste etwas einfallen, dieser seltsame Arzt wandte sich gerade wieder mit dem Skalpell in der Hand Anna zu. IHR DURFTE NICHTS GESCHEHEN. Er sah sich verzweifelt in dem fast leeren Raum um, packte einen der kleinen Monitore, schleuderte ihn mit mehr als als seiner ganzen Kraft auf die Scheibe und wurde von dem Schwung mitgerissen.

*

All die Angst in Anna, als sich der Arzt wieder mit dem Skalpell näherte, wurde noch durch die Drohung gesteigert, dass er auch Patrick etwas antun wollte. Wenn sie schon nicht heil hier heraus kam, IHM DURFTE NICHTS GE-SCHEHEN. Endlich fand sie ihre Stimme wieder und mit aller Verzweiflung und Wut, der sie fähig war, schrie sie dem Arzt entgegen: »LASS PATRICK IN RUHE!« »LASS ANNA IN RUHE!« – mit diesem Schrei kam im selben Augenblick Patrick durch die große Scheibe an der linken Seite des Operationssaals gesegelt, um ihn herum regnete es Glassplitter und mit ihm krachte das rauchende Wrack eines kleinen Monitors zu Boden, in dessen zerstörter Bildröhre noch immer winzig Flämmchen zuckten.

Die Wucht des aufprallenden Monitors und die bei der Implosion der Bildröhre freigesetzten Kräfte hatten das geschafft, was Patrick mit Fäusten und Schultern nicht gelungen war.

Anna wusste zwar nicht, wo Patrick so plötzlich in letzter Sekunde hergekommen war, aber das war ihr in diesem Augenblick auch so ziemlich egal. Selbst wenn sich Spock hier herein gebeamt hätte: Hauptsache, er war da.

Verblüfft wandte sich der Arzt dem Krachen zu. Patrick wusste instinktiv, dass er den Überraschungseffekt nutzen musste. Er hatte sich eine große, säbelförmig gebogene Scherbe vom Boden gegriffen, stand schon geduckt vor dem Arzt, rang in einem Sekundenbruchteil seinen inneren Widerstand nieder und rammte seinem Gegenüber die Scherbe tief und so heftig in den Bauch, dass er sich dabei selbst in die Handfläche schnitt.

Der Arzt schaute erstaunt auf das Scherbenende, das aus seinem Bauch ragte. Patrick zögerte nicht lange und nutzte die wertvollen Sekunden, um Anna zu befreien. Er eilte um die Rollbahre herum, brauchte die Gummischnallen nur leicht zu berühren, und sie fielen von alleine ab. Doch als er gerade das Kunststoffgestell von Annas Stirn genommen und die Seitenteile der Bahre heruntergeklappt hatte, hörten sie das wütende Brüllen des Arztes: *»NIIICHT SCHON WII-IEDER!«*

Obwohl ihre Muskeln noch verkrampft waren, ließ sich Anna von dem Wagen rollen und wich, seitlich wie ein Krebs krabbelnd, nach links aus, als der Arzt auf Patrick zu-stapfte und wütend die blutige Scherbe aus seinem Bauch zerrte. Patrick brachte die Bahre wie einen Schutzwall zwischen sich und den Arzt, der nun lauernd und langsam zum Sprung ansetzte.

Im Rücken des Arztes sprang Anna auf und eilte zu dem immer noch qualmenden Monitor, wie durch ein Wunder verletzte sie ihre bloßen Fußsohlen dabei nicht an den herumliegenden Glasscherben und Splittern. Wo sich zuvor die Bildröhre des Monitors befunden hatte, war nur noch ein gezackter Kranz spitzer Scherben geblieben. Anna packte das Wrack, war mit einem Satz wieder hinter dem Mann mit dem weißen Kittel, wuchtete den Apparat hoch und ließ ihn, mit der Öffnung voran, über den Kopf des Arztes krachen.

Während ein erstickter Schrei unter dem Apparat hervorkam, atmete Spock laut auf und meinte mit zitternder Stimme: »Zuviel Fernsehen ist ungesund!«

Sie liefen zur Tür, rüttelten vergeblich an der Klinke, wandten sich mit erneut wachsender Verzweiflung wieder der Gefahr zu und sahen gerade noch, wie sich der Arzt schnaubend und brüllend endlich den kaputten Monitor vom Kopf zerren konnte. Die Scherben hatten ihm das Kinn, die linke Wange und das linke Auge zerschnitten, sein linkes

Ohr war halb abgesäbelt, in seiner Stirn klafften zwei tiefe Schnitte. Natürlich hatte er sich bei seinen Anstrengungen auch die Arztmütze und den Gesichtsschutz vom Kopf gerissen. Trotz all des Blutes, das ihm über das Gesicht strömte, sah es Anna nun deutlich: Es *war* der Mann, der ihr während ihres Anfalls nach der Auseinandersetzung in dem Schuhgeschäft auf so sonderbare Weise erschienen war. Die Angst wuchs wieder in ihr. Aber gleichzeitig fühlte sie eine unbändige Wut in sich aufsteigen, eine Wut, die aus ihrem tiefsten Inneren zu kommen schien, ihr den Atem raubte.

Als die blutende Gestalt wieder zum Angriff übergehen wollte, schrie sie ihr entgegen: *»Das ist UNSER Traum«*, dann bewegten sich ihre Lippen noch einmal und knurrten mit einer dunklen, fremden Stimme: *»VERPISS DICH.«*

Selbst Spock wich erschrocken einen Schritt zur Seite, und der blutende Mann hielt überrascht inne. Auch Anna selbst staunte nicht schlecht, aber ihre eigene Bemerkung, dass es *ihr* Traum war, brachte sie auf eine Idee.

Sie konnte sich ein böses Lächeln nicht verkneifen, während sie sich an Patrick wandte und ruhig meinte: »Mr. Spock, warum benutzen Sie eigentlich nicht ihre Laserwaffe?«

Patrick sah sie an und zog fragend die linke Augenbraue hoch, doch dann blitzte es verstehend in seinen Augen auf und im selben Moment hielt er eine weiße Pistole mit einem dicken, zigarrenförmigen Lauf in der Hand.

»Logisch«, sagte er und schleuderte den schreienden Mann mit einem flirrenden Lichtstrahl aus seiner Waffe bis an die Rückwand des Operationssaals. Kleine blaue Flämmchen schienen den Körper des Mannes zu umtanzen, als er wieder hochschnellte und, als sei es ein rettender Teich, in den dunklen Spiegel an der Decke hechtete und in dessen unbewegte Oberfläche eintauchte. Sein Kopf und eine drohend geschüttelte Faust tauchten noch einmal kurz aus dem

Spiegel auf, dann war er verschwunden. Die Operationslampe hing wieder über dem Tisch.

Anna nahm einen Zipfel des Leintuchs, das neben der Rollbahre auf dem Boden lag, befeuchtete ihn mit Spucke und wollte den zerplatzten Blutstropfen von ihrem Bauch wischen, aber das Hemd des Schlafanzugs war ganz. Kommentarlos nahm sie Patricks Hand, der schon auf sie wartete. Sie gingen gemeinsam zur Tür, die, wie sie wussten, diesmal nicht verschlossen sein würde. Sie öffneten und standen direkt vor der grünen Sommerwiese, auf der ihre Träume begonnen hatten, und im selben Maß, wie Anna die Türöffnung durchschritt, verwandelte sich ihr Schlafanzug wieder in die kurze, ausgefranste Jeans und das weiß-lila geringelte T-Shirt, die sie schon während ihres Treffens mit Spock getragen hatte. Als die Beiden Hand in Hand die Schwelle überschritten hatten und sich umdrehten, gab es kein Krankenhaus mehr. Erschöpft aber glücklich ließen sie sich auf das warme Gras fallen.

Nach einem langen Kuss meinte Spock mit zufriedenem Seufzen: »Das haben wir gerade nochmal gut überstanden. Ist das eigentlich normal, dass wir nicht einmal einen kleinen Schock haben, oder so was?«

»Na ja«, antwortete Anna, »es ist eben nur ein Traum, da ist so was wohl nicht nötig.«

Spock streichelte ihr gedankenverloren durch das Haar, sah sie dann prüfend an und fragte: »Ich habe den Eindruck, Du kannst mir vielleicht ein bisschen was darüber erzählen, was hier gerade vorgefallen ist, nein?«

»Im Moment weiß ich selbst noch nicht allzu viel, aber für den Augenblick genügt es mir vollkommen, dass wir diese Runde gewonnen haben.«

»Diese Runde? Du meinst ...«

»Ja, ich fürchte, es ist noch nicht zu Ende. Das heißt, für dich gilt das vermutlich nur, wenn Du mir auch weiterhin helfen willst«, und dabei sah sie ihn ein wenig ängstlich an.

»Na hör mal! Ist doch gar keine Frage. Außerdem, glaub' ich, hänge ich eh schon mit drin. Warum hätten sich sonst unsere Träume gekreuzt?« Dann stutzte er und rief überrascht aus: »He, Moment mal! Bedeutet das eigentlich, dass wir uns immer in unseren Träumen treffen können? Das wäre ja phantastisch ...«

Anna lächelte und verschloss ihm mit einem zärtlichen Kuss die Lippen, dann meinte sie: »Schade, aber ... ich weiß auch nicht, ... nein, ich glaube, das funktioniert nur, wenn einer von uns Hilfe braucht.«

»Hoffentlich irrst Du dich. Aber nun sag mir doch endlich, was das alles zu bedeuten hat? Wer war der Kerl und ...«

Sachte legte Anna ihre Fingerspitzen auf seine Lippen: »Sei mir nicht böse, aber ich bin todmüde«, dann stutzte sie und fügte belustigt hinzu, »obwohl ich natürlich sowieso schon schlafe – leicht verwirrend, das Ganze, hm? Ich werde dir dann morgen das wenige erzählen, was ich weiß. Natürlich immer vorausgesetzt, ich träume nicht nur, dass wir den gleichen Traum haben.«

Spock nickte nur, denn auch er war müde. Dann kuschelten sie sich zusammen, und Patrick streichelte Annas Nacken, während sie mit dem Kopf auf seiner Brust einschlief.

*

Anna erwachte mitten in der Nacht. Ihr Traumerlebnis stand ihr noch deutlich vor Augen, dennoch war sie ganz entspannt und meinte sogar, ein durchaus angenehmes Kribbeln im Nacken zu spüren. Sie dachte an den blauen Fleck nach ihrem letzten Traum und überprüfte im Licht der Nachttischlampe ihren Schlafanzug – nein, er war völlig in Ordnung, kein Loch oder Riss. Aber ... war da nicht ein Jucken an der Stelle ...? Sie zog das Hemd hoch. Eine Mücke hatte sie genau dort gestochen, wo im Traum der Blutstropfen auf ihre Haut geprallt war. So sah es zumindest aus. So fühlte es sich auch an. Ein wenig verwirrt löschte sie das Licht und ließ sich wieder in ihre Kissen zurück sinken.

Träume sollten doch angeblich Schäume sein – aber kann man nicht auch an Schaum ersticken? Doch trotz aller Fragen, die ihr durch den Kopf gingen, war sie bald tief und traumlos eingeschlafen.

*

Spocks Hand wurde immer langsamer, während sie über Annas Haare und Nacken strich, und nun fielen auch ihm die Augen zu. Patrick schlief ein/wachte auf und stellte mit einem Blick auf den Radiowecker fest, dass es kurz vor zwei Uhr Nachts war. Sein erster Gedanke galt Anna. Es schien ihm, als wäre noch immer der Duft ihrer Haut und ihres weichen Haares um ihn herum. Die Freude, die er empfand, ließen den Teil des Traumes, der ein Albtraum gewesen war, nebensächlich erscheinen. Außerdem fühlte er sich irgendwie ... als Sieger. Er knipste die Leselampe an, die an der Wand über seinem Bett angebracht war. Kissen und Decke waren zerwühlt, doch, so dachte er mit grimmigem Stolz, das war ja wohl kein Wunder, denn schließlich hatte er im Schlaf ordentlich gekämpft. Automatisch betastete er seine Ohren ... nein – er zog verlegen die Stirn kraus – sie hatten natürlich keine Vulkanier-Spitzen bekommen.

Aber er spürte ein kaum wahrnehmbares Brennen auf der Innenfläche seiner rechten Hand und sah mit Erstaunen einen feinen Schnitt, der nicht einmal die Haut durchdrang.

Wie war denn das möglich? Sollte das die Scherbe gewesen sein, mit der er im Traum gegen den Arzt gekämpft hatte? Doch dann atmete er mit unsicherer Erleichterung auf, als er das Wasserglas neben seinem Bett liegen sah. Er hatte es wohl in seinem unruhigen Schlaf gegen einen Fuß des Bettes gestoßen: Ein kleines Stückchen war am Rand herausgesplittert. Den Kratzer hatte er sich dann vermutlich an dem kaputten Glas zugezogen. Er warf Glas und Splitter in den Papierkorb unter seinem Schreibtisch, legte sich wieder hin und war bald ruhig und tief eingeschlafen.

*

Der Mann war mit einem Ruck schweißgebadet und voll explodierender Schmerzen erwacht. Es dauerte Minuten, bis der Schmerz ein wenig nachließ und er wieder einen einigermaßen klaren Gedanken fassen konnte. *DAS DURFTE JA WOHL NICHT WAHR SEIN.* Seine linke Gesichtshälfte brannte wie Feuer, und es sollte drei Tage dauern, bis die letzten Flecken verschwunden waren, die vor seinem linken Auge tanzten. Wie durch einen Strudel war er in die Traumwelt dieser Göre gezogen worden. Er hätte es mit seinem bloßen Willen verhindern können, da war er sicher. Aber wenn sich schon die Gelegenheit bot, warum sollte er sich dann nicht das Vergnügen gönnen und etwas mit ihr spielen? – Hatte er gedacht!

Doch dann war der Junge aufgetaucht! Er und dieses Rotzbalg hatten tatsächlich die Frechheit besessen, sich zu *wehren*! Mit Erfolg!!! Er hatte seine erste große Schlappe seit über fünfzehn Jahren einstecken müssen. Sein Zorn wurde nur noch von seiner Verblüffung übertroffen. Sie hatten ihm wirklich ganz gehörig in den Hintern getreten, Tatsache: Er musste schon froh sein, dass es ihm gelungen war, sich zu verkrümeln.

Irgendwie hatte er gedacht – nein, gewünscht, wie er sich nun eingestehen musste –, dass es sein Wille, ihr Schmerzen zuzufügen, gewesen war, der seinen Geist in ihre Traumwelt katapultiert hatte. Aber nun ... Konnte es sein, dass das Mädchen irgendwie, durch irgendetwas – und sei es durch ihr eigenes Unterbewusstsein – gewarnt werden sollte?

Warum bloß war er nicht vorsichtiger gewesen? Er hatte es doch geahnt, dass er sie nicht mehr so leicht beherrschen konnte wie bei seiner Ankunft in Saarfurth, als er sie das erste Mal überrumpelt hatte. Nun gut, die Zeit war also gekommen. Er würde nun beginnen, ihre kleine Partie in der Realität fortzusetzen.

Und trotz der anhaltenden Schmerzen überzog ein böses Grinsen sein Gesicht. Sein Zorn verrauchte allmählich, ja es begann sich sogar so etwas wie Freude in ihm auszubreiten. Freude über die Herausforderung. Je größer seine Anstrengung, umso erregender der Genuss, je härter der Kampf, umso größer würde auch sein Triumph sein. Und selbst wenn es bisher noch nicht klar gewesen sein sollte, so ließ diese Kraft, die ihm entgegengeschlagen war, doch nichts mehr zu deuten übrig: Es war seine große Aufgabe, dieses Mädchen zu zerstören. Und er wollte es genießen. Mehr denn je.

*

War das wirklich passiert? In der Nacht schien es noch eine seltsame, aber unumstößliche Realität gewesen zu sein, doch jetzt, im klaren Licht des Morgens, war sich Spock gar nicht mehr so sicher. Waren Anna und er wirklich im selben Traum gewesen? Er beeilte sich und machte sich an diesem Morgen schon gut zwanzig Minuten früher auf den Weg, um Anna für die Fahrt zur Schule abzuholen. Als sie ihm bereits auf halber Strecke entgegen kam, wusste er, dass sein Traum kein normaler Traum gewesen war.

Auch Anna erkannte sofort an Spocks Gesichtsausdruck, dass sie sich in der vergangenen Nacht nicht getäuscht hatte.

Sie stellten ihre Fahrräder unter einem Baum am Straßenrand ab, sahen sich kurz schweigend an, dann nickte Spock Anna zu, und sie erzählte ihm von ihrem Erlebnis in dem Schuhgeschäft, einschließlich des seltsamen Anfalls danach, in dessen Verlauf sie den Mann aus ihrem gemeinsamen Traum zum ersten Mal gesehen hatte. Danach berichtete sie von ihrem ersten Albtraum und dass sie schon einmal eine eine Woche voller Alpträumen durchgemacht hatte, an die sie sich allerdings nicht mehr erinnern konnte. Schließlich schilderte sie noch den Teil des gestrigen Traumes, den sie in der Klinik erlebt hatte, bevor Spock aufgetaucht war.

Patrick lief noch nachträglich ein Schauer über den Rücken, als er hörte, wie die Ärzte Anna geschnappt hatten. Die fragte ihn nun: »Ich muss es wohl akzeptieren, dass Irgendwas oder Irgendwer hinter mir her ist, aber wie ist es mit dir? Hattest Du vorher auch schon ...?«

Spock unterbrach sie kopfschüttelnd: »Nein, das war mein erstes Erlebnis der *außergewöhnlichen* Art. – Ich meine natürlich, wenn man von unserem Kuss gestern absieht.« Doch gleich wurde er wieder ernst: »Aber vielleicht hängt es ja wirklich irgendwie mit, ähm, unseren Küssen zusammen? Auf jeden Fall bin ich wohl deshalb mit hineingezogen worden ...«, nun wurde er ein bisschen verlegen, seine Stimme wurde zwei Nuancen leiser, »... weil ich dich so gern hab'.«

Anna strich ihm sanft über das Gesicht und fügte mit leuchtenden Augen hinzu: »Und weil ich dich so gerne habe. Danke für deine Hilfe.«

Spock runzelte die Stirn: »Glaubst Du ..., ich meine, wenn uns im Traum etwas passiert wäre, wäre uns dann *wirklich* etwas passiert?«

Anna zögerte: »Ich weiß nicht«, sie dachte an den Mückenstich auf ihrem Bauch, »vermutlich wäre es schon irgendwie unangenehm geworden, wenn auch vielleicht nicht so schlimm wie im Traum. Es könnte sein, dass der Traum vor allem eine Warnung war, zwar eine sehr drastische Warnung, aber eine Warnung, und das ist irgendwie beruhigend: Es scheint ja zu bedeuten, dass wir aus irgendeinem Grund nicht völlig schutzlos sind, oder?«

»Ja, aber wenn es eine Warnung war, wovor? Davor, dass wir bald *echte* Schwierigkeiten bekommen?«

Sie sahen sich beunruhigt an, doch dann verspürte Anna einen Schatten dieser starken, fremdartigen Wut, die sie in ihrem Traum für eine Sekunde übermannt hatte, und sie knurrte: »Wie auch immer, auf jeden Fall war es auch für dieses ..., dieses Vieh im Arztkostüm eine deutliche Warnung. Ich habe nicht vor, es ihm leicht zu machen!«

»Nein«, Spock legte ihr die Hand auf die Schulter, »*wir* werden es ihm nicht leicht machen.« Dann fügte er zögernd hinzu: »Mit der Hilfe unserer Eltern können wir im Moment wohl nicht rechnen, oder?«

»Hab' ich mir auch überlegt«, Anna schüttelte den Kopf, »aber im Augenblick würden die uns höchstens in die Klapse stecken. Wenn es zu realen, greifbaren Gefahren kommt, ist das natürlich etwas anderes, aber von den, ... hm, *ungewöhnlichen* Teilen unseres Abenteuers können wir wohl nur dann etwas erzählen, wenn es einfach keine andere Möglichkeit gibt als uns zu glauben. ... He, nun müssen wir aber wirklich los, sonst kommen wir noch zu spät! Halt, das heißt, erzähl mir erst noch schnell, was Du in deinem Traum erlebt hast, bevor Du dem Onkel Doktor den Spaß verdorben hast?«

»Es ging los wie bei dir, wir waren zusammen auf dieser Wiese; doch plötzlich warst Du weg und das Krankenhaus war da, ach nein, halt, da war vorher noch eine junge Frau, die mich in das Krankenhaus geschickt hat.«

Anna runzelte die Stirn, wollte Spock aber nicht unterbrechen, der weitererzählte: »Innen hat mich eine Schwester – stell dir vor, die hat mich mit *Doktor* angeredet – in den Beobachtungsraum neben dem Operationssaal geführt. Du kannst dir meinen Schreck vorstellen, als Du, festgebunden, hereingerollt wurdest, und meine Verzweiflung, als ich nicht zu dir gelangen konnte. Dann hatte ich die Idee, den Monitor als Wurfgeschoss zu benutzen, den Rest kennst Du.«

Anna schwang sich schon auf ihr Rad: »So, nun aber los, sonst schaffen wir's nicht mehr.«

»Augenblick«, Spock trat vor sie hin, »etwas haben wir vergessen!«

Und als Anna ihr Gesicht hob, um ihn fragend anzusehen, küsste er sie. – Sie kamen wirklich zu spät.

*

Während der Pause trafen sich Anna und Patrick auf dem Schulhof. Anna vergewisserte sich, dass niemand zuhörte und meinte: »Hör mal, ich hab nachgedacht. Dieses Krankenhaus und immer wieder die Ärzte ..., ich glaube, wenn wir zum Gegenangriff übergehen wollen, dann sollten wir damit anfangen, die Krankenhäuser von Saarfurth und Umgebung abzuklappern, das sind sowieso nur eine Hand voll. Vielleicht begegnet uns ja unser *Traumkrankenhaus*.«

»O.k., aber heute ist Samstag, da haben die Verwaltungen in den Krankenhäusern geschlossen, und die brauchen wir vermutlich, wenn irgendwelche Fragen auftauchen sollten.«

»Schön, dann starten wir am Montag unsere Expedition«, Anna wusste natürlich nicht, dass sie sich irrte, als sie hinzufügte: »Das wird wohl auch keinen Unterschied machen.«

»Immerhin haben wir nun schon so was wie den Anfang eines Schlachtplans«, meinte Spock, »allemal besser, als untätig 'rum zu sitzen.«

»Ja, wirklich. Das ist vielleicht das Schlimmste an der ganzen Geschichte, dass wir nicht genau wissen, um was es eigentlich geht. Ein bisschen Aufklärung könnte nichts schaden.«

Da hörte Anna hinter sich eine Stimme, die sie überzogen nachäffte: *»Ein bisschen Aufklärung könnte nichts schaden!«*, und dann hinzufügte: »Also Anna, Du hast wohl im Bio-Unterricht nicht aufgepasst, von wegen den Bienen und Blumen und so? Falls dir dein großer Freund da nicht weiterhelfen kann, *ich* stehe dir gerne mit Rat und Tat zur Seite!«

Anna verschränkte ihre Arme, und ohne sich umzudrehen fragte sie Patrick: »Sag mal, kann es sein, dass da so ein kleiner Typ mit braunen, ungekämmten Haaren hinter mir steht?«

»Ganz recht.«

»Dann darf ich dir unseren Klassen-Kasper Roland vorstellen«, dabei drehte sie sich zu dem Jungen um, der hinter ihr stand und grinste, »aber er ist eigentlich gar nicht so übel, – wenn man starke Nerven hat. Roland, das ist Patrick.«

Roland antwortete: »Danke, mit dir streite ich mich auch immer am liebsten«, dann meinte er großspurig zu Patrick: »Weißt Du, die Kleine ist nämlich gar nicht mal so sehr auf ihr hübsches Köpfchen gefallen. Und was heißt hier Patrick? Ich weiß doch, dass ich Mr. Spock persönlich vor mir habe!«

»Ach, und woher?«

»Also wirklich, schon seit über zwei Wochen sieht man euch nur noch zusammen auf dem Schulhof herumschleichen, wie ihr euch ohne Unterbrechung schmachtende Blicke zuwerft. Ihr werdet doch nicht ernsthaft daran zweifeln, dass hinter eurem Rücken schon das große Tuscheln und Rätselraten angefangen hat? Aber nun sagt schon: Seid ihr denn jetzt zusammen oder seid ihr immer noch in der Warmlaufphase?«

Anna und Spock sahen sich verblüfft an. War es denn so offensichtlich gewesen, dass sie ...? Ja, das war es wohl!

Spock stemmte die Hände in die Hüfte und meinte zu Roland: »Es geht dich zwar 'n feuchten Kehricht an, aber wenn Du es genau wissen willst«, und dabei konnte er es nicht vermeiden, einen warmen Blick zu Anna hinüber zu werfen, »ja, wir sind seit gestern *zusammen*, wie Du es so überaus romantisch nennst!«

»Klasse, dann hab' ich ja die Wette gewonnen!«

»*Was!* Die haben doch tatsächlich schon Wetten auf unsere Köpfe abgeschlossen!«, rief Anna halb verärgert und halb belustigt, »na, ich hoffe, der Siegespreis ist wenigstens in Ordnung, – zwei Kilo Gold, oder so.«

»Aber ja, ... na ja, fast. Spocks Klassenkamerad Kurt schuldet mir jetzt eine Dreierpackung meiner LieblingsTiefkühlpizza.«

»*Pizza?!* Ich halt's nicht aus«, stöhnte Anna, und Spock fiel lachend ein: »Na toll, das ist das erste Mal, dass ich mit Salami und Anchovis aufgewogen werde!«

»Du hast Schinken und Mais vergessen«, fügte Roland trocken hinzu, »aber wisst ihr was? Ihr sollt auch nicht leer ausgehen. Wir schmeißen heute Abend bei mir 'ne kleine Spontan-Orgie – meine Mutter ist übers Wochenende verreist. Ich steuere noch 'ne extra Packung Pizza bei, Spock sagt Kurt bescheid, der soll ja auch was von seiner Pizza haben, und ich werde noch Heike und Alexandra einladen.«

»Ha, ha«, Anna sah eine ideale Möglichkeit, es Roland heimzuzahlen, »rein *zuuufällig* ist das natürlich eine Gelegenheit, Heike mit uns anderen zusammen – so beiläufig – einzuladen!? Weißt Du, Patrick, es ist nämlich bei uns in der

Klasse ein offenes Geheimnis, dass Roland von Heike ziemlich angetan ist, um es mal sehr vorsichtig auszudrücken!«

Roland wurde rot bis unter die Haarwurzeln und sagte nichts – was selten genug vorkam. Doch Anna ließ ihn vom Haken: »O.k., Du sollst deine Chance bekommen, ... sagen wir um halb acht?«

»In Ordnung, aber, äh, ihr braucht gewisse Themen nicht unbedingt Heike gegenüber zu erwähnen, nein?«

»Keine Angst, machen wir nicht«, lachte Anna, und nur in Gedanken fügte sie hinzu: »Weiß sie ja eh schon, und Du dürftest der einzige in der Klasse sein, der nicht weiß, dass sie es weiß.«

»Abgemacht«, rief Spock, »und ich werde noch Eis für hinterher mitbringen«, er blinzelte zu Anna hinüber, »und die Damen haben nichts weiter zu tun, als sich von uns verwöhnen zu lassen. Gar nicht so schlecht, wenn die Eltern mal verreisen.«

»Die Mutter, habe ich gesagt«, warf Roland ein.

»Ist dein Vater ...«

»Nein, der ist auch nicht da«, unterbrach Roland lakonisch, »wusstest Du nicht, dass ein drittel aller Ehen geschieden werden?«

»Sorry ..., na, bei mir war's umgekehrt, meine Mutter hat so zwei Jährchen nach meiner Geburt ihre Koffer gepackt.«

Mit etwas gequältem Lächeln erwiderte Roland: »Na prima, da könnten wir ja die Reste unserer Familien zusammenschmeißen.«

»Vergiss es, mein Vater ist mit seiner Arbeit verheiratet.«

Anna empfand Mitleid, als sie die beiden so reden hörte, gleichzeitig wurde sie sich wieder einmal bewusst, wie glücklich sie in ihrer Familie war.

6. Es beginnt

Als Anna an diesen Mittag nach Hause kam und ihre Schulsachen in ihr Zimmer brachte, hörte sie das Telefon im Wohnzimmer klingeln, hörte, wie ihre Mutter abhob, ein kurzes Gespräch führte und dann herauf rief: »Schatz, es ist für dich.«

Anna lief die Treppe herunter, unten wartete ihre Mutter, den Hörer in der rechten Hand, während sie mit der Linken die Sprechmuschel zuhielt: »Herr Concetti, dein Judotrainer, – er hat heute morgen schon mal angerufen, aber Du warst schon aus dem Haus. Bei eurem nächsten Wettkampf hat sich wohl irgendwas geändert«, damit drückte sie Anna den Hörer in die Hand und ging auf die Terrasse, wo sie Tommy beim Flicken seiner Luftmatratze half, die seinen letzten Badeausflug nicht heil überstanden hatte.

»Hallo, was gibt's, Toni?«, meldete sich Anna; die ganze Gruppe war schon lange dazu übergegangen, ihren jungen Trainer zu duzen.

»Hallo Anna, ich wollte dir nur sagen, dass ich dir *den Arsch aufreißen werde*«, dann klickte es in der Leitung.

Sekundenlang starrte Anna den Hörer an. Bum – bum – bum, ihr Herz klopfte bis zum Hals. Nein, das war ganz sicher nicht Toni gewesen, die Stimme hatte sich auch irgendwie gedämpft angehört – vielleicht durch ein Tuch über der Sprechmuschel. Hatte sich dahinter die Stimme des Mannes aus ihrem Traum verborgen? Sie glaubte es eigentlich nicht, und das verwirrte sie noch mehr.

Als Kathrin Silvan wieder herein kam, legte Anna schnell auf und hoffte, das Zittern ihrer Hände verbergen zu können. Doch ihre Mutter hatte ihr den Rücken zugekehrt und suchte in einem Fach des Wohnzimmerschranks nach einer Tischdecke, dabei meinte sie: »Toni scheint ja große

Stücke auf dich zu halten. Heute Morgen hat er mir erzählt, dass Du ihn beim letzten Training fast auf die Matte gelegt hättest, und dass er dich deswegen für ganz besondere Kämpfe vorgesehen hat.«

Anna wurde schwindelig. Sie riss sich mit aller Kraft zusammen, murmelte: »Na, er übertreibt wohl«, und kämpfte sich wieder in ihr Zimmer zurück. Dort riss sie die Fenster weit auf und ließ sich schwer auf ihr Bett fallen. Nachdem sie eine halbe Minute tief durchgeatmet hatte, fühlte sie sich zwar wieder etwas besser, dennoch waren ihre Gedanken alles andere als beruhigend: Der Kerl hatte sich ja schon gut informiert. Und das zeigte, dass er es ernst meinte. Er wusste nicht nur, dass sie Judo betrieb, sondern kannte sogar schon den Namen ihres Trainers! Außerdem war er ganz schön dreist, ihr diese Nachricht über ihre Mutter zukommen zu lassen. Noch etwas machte ihr Kopfzerbrechen: Einerseits war die Drohung am Telefon äußerst primitiv gewesen, aber auf der anderen Seite war es geradezu teuflisch ausgeklügelt, wie er ihre Mutter für sich eingespannt hatte. Er musste wissen, wie tief es sie traf: Selbst in ihrem intimsten Kreis, wo sie nur Fürsorge und Liebe gewohnt war, wurde sie bedroht. Dieser Kerl war gleichzeitig primitiv-brutal und pervers-verschlagen, aber *wer* war er? Auf jeden Fall musste sie sich wohl noch auf einiges gefasst machen.

Sollte sie ihren Eltern von dem Anruf erzählen? Anna beobachtete das Leben aufmerksam genug, um zu wissen, dass es oft Probleme und Komplikationen gab, nur weil ein einziges klärendes Gespräch nicht stattgefunden hatte. Sie entschied sich, dieses eine Mal noch abzuwarten, aber bei dem geringsten Anzeichen einer weiteren Belästigung würde sie es ihren Eltern sagen. Zumindest, soweit es *greifbare* Bedrohungen betraf.

*

Anna konnte es kaum erwarten, bis Spock sie an diesem Abend abholen kam.

Als es um viertel nach Sieben klingelte öffnete Lars Silvan. »Ah, hallo Patrick, willst Du noch auf ein Glas Limo herein kommen, bevor ihr zu Roland radelt?«

»Guten Abend; danke, aber ich hab' eine Packung Eis auf dem Gepäckträger, und die schmilzt uns weg, wenn wir uns nicht ranhalten.«

In diesem Augenblick stürzte Anna auch schon an ihrem Vater vorbei zur Türe hinaus, rief ihm dabei »Hallo Spock« entgegen, dann schielte sie etwas verlegen zu ihrem Vater. Der blinzelte seiner Tochter und Patrick zu und erklärte: »Na, ich sehe schon, ich zieh mich besser zurück, damit ihr euch in Ruhe – hm – begrüßen könnt. Viel Spaß noch bei Roland.«

Kaum hatte ihr Vater die Türe hinter sich geschlossen, flüsterte Anna atemlos zu Patrick: »Es hat angefangen!«

»Was hat ... oh, schon? Erzähl!«

Sie berichtete ihm in aller Schnelle von dem Telefonanruf und ihren Befürchtungen. Patrick nahm sie tröstend in die Arme und meinte: »Das bestärkt mich nur in unserem Plan von heute Vormittag: Es ist Zeit, selbst etwas zu unternehmen. – Zusammen werden wir das schon durchstehen. Aber komm, lass uns jetzt zu Roland fahren, das wird dich wenigstens für heute Abend auf andere Gedanken bringen.«

*

Roland wohnte in einem Altbau in der Innenstadt. Da um diese Zeit nur wenig Verkehr herrschte und sie sich ganz ordentlich in die Pedale legten, schafften sie die Strecke mit dem Rad in zehn Minuten, und das Eis, dick eingewickelt in Zeitungspapier, war wirklich noch einigermaßen gefroren, als sie es bei Roland in den Tiefkühler packten.

Kurt war bereits da, Heike und Alexandra trudelten ein paar Minuten später ebenfalls ein. Heikes geschmeidigem Gang und ihrer kräftigen Muskulatur merkte man an, dass sie schon von klein auf beim Schwimmverein Delphin-Saarfurth ihre Runden zog und seit gut drei Jahren bei der Jazz-Dance-AG ihrer Schule mitmachte.

Erst vor wenigen Wochen hatte sie sich einen Kurzhaarschnitt zugelegt und trug ihr glattes, braunes Haar in einer etwas abgewandelten Form eines Pagenkopfes, denn ihre Haare waren nach hinten leicht abgeschrägt. Was es Roland an Heikes offenem Gesicht besonders angetan hatte, war diese ganz leichte Andeutung von Pausbäckchen.

Während Heike etwas kleiner als Anna war, konnte Alexandra für sich beanspruchen, die Größte unter den drei Mädchen zu sein, obwohl sie heute nur flache Sandalen zu ihrem bunten Sommerkleid trug. Eigentlich betrug der Unterschied nur ein paar Zentimeter, doch sie wirkte größer, weil sie schon fast gefährlich dünn war, so dass Heike erst ein paar Wochen zuvor ein ernstes Gespräch über das Thema Magersucht mit ihr gehabt hatte.

Als sich die Jungs schließlich in der Küche zu schaffen machten – Kurt putzte Salat, während Spock die Salatsoße zubereitete und Roland die Pizzas in den Ofen schob – alberten die Mädchen im Wohnzimmer herum und Anna musste sich ein paar gutmütige Anzüglichkeiten über sich und Spock anhören. Heike war sogar ein wenig eifersüchtig, denn ihre eigene erste Mehr-als-Freundschaft-Freundschaft war, wie sie ihrer besten Freundin Alexandra mal anvertraut hatte, »ein Griff ins Klo« gewesen und nach nur zwei Wochen wieder in die Binsen gegangen.

Natürlich hatte Heike gemerkt, dass Roland sie, nun ja, gut fand. Und sie mochte den lustigen Kerl ja auch, aber er war sogar *zwei Monate* jünger als sie und zudem einen guten halben Kopf kleiner. Das passte irgendwie nicht zu ihrer

Vorstellung von einem Liebespaar. Aber dieser Kurt sah ja eigentlich ganz gut aus, sportlich, groß und mit schwarzen Haaren. Und er war in Spocks Klasse, also mindestens ein Jahr älter als sie. Na, mal abwarten ...

Den Tisch hatte Roland schon gedeckt bevor seine Freunde gekommen waren. Er hatte sich dabei mächtig ins Zeug gelegt: weißes Tischtuch, zwei niedrige Kerzenständer mit weißen Kerzen, und neben den Tellern standen sogar Weingläser. Als er nun mit einer Flasche Rotwein herein kam, lachte Anna skeptisch: »He, ich hoffe, Du denkst daran, dass ein paar von uns noch mit dem Rad nach Hause fahren müssen!«

»Keine Angst, ich habe nicht vor, mich volllaufen zu lassen. Aber ich wollte mal testen, was der Weinkeller meiner Mutter so hergibt.« Dann servierten Spock und Roland mit Eleganz – aus Jux hatte sich jeder eine weiße Serviette über den rechten Arm gehängt – jedem eine große, dampfende Pizza, und Kurt schenkte den Wein aus. Da die meisten keinen Alkohol gewohnt waren – nur Kurt trank ab und an ein Bier – und wegen des warmen Wetters, sah man bald ein paar leicht gerötete Gesichter um den Tisch. Es wurde jedenfalls ein ausgelassenes Abendessen, nur Roland versetzte es einen kleinen Stich, als er merkte, dass Heike besonders kokett mit Kurt herumalberte.

Anna und Alexandra packten ihre Pizza nicht ganz, aber Roland sorgte dafür, dass nichts umkam. Als dann jeder auch noch eine dicke Portion Eis verdrückt hatte, fühlten sie sich angenehm träge. Anna und Spock hatten sogar ihre Sorgen für einen Moment fast vergessen.

»Uff«, stöhnte Kurt und rieb sich den Bauch, »jetzt bloß keinen Finger krumm machen. Du hast nicht zufällig ’n anständiges Video hier, Roland? Vielleicht ’nen hübschen Horrorfilm«, und er blinzelte zu Heike herüber, »damit die Mädels so richtig was zu kreischen haben?«

Sofort leuchteten Rolands Augen auf: »Papperlapapp, ich werde doch nicht die Glotze anwerfen, wenn ich Besuch habe. Ich weiß was Besseres! Wir werden uns selbst Gruselgeschichten erzählen«, dann senkte er seine Stimme: »und zwar im dunklen, dunklen Garten, da stimmt die schauerliche Atmosphäre!«

»Puh, wie altmodisch!«, stöhnte Kurt, hörte sich aber gar nicht so desinteressiert an. Heike und Alexandra stimmten begeistert zu. Sie wussten, wie gut Roland Geschichten erzählen konnte.

Anna und Spock sahen sich verstohlen an. Ihnen war nicht nach Gruselgeschichten, aber dann zuckten sie gleichzeitig so leicht mit den Achseln, dass nur sie selbst es sehen konnten. Sie wollten den anderen nicht den Spaß verderben.

Also zogen sie in den Garten um, sie nahmen ihre Gläser, Roland drückte Kurt noch einen Korb mit Getränken und was zu knabbern in die Hand, er selbst und Alexandra leuchteten mit den Kerzen, denn er hatte darauf bestanden, das Licht im Treppenhaus aus zu lassen, »der Atmosphäre wegen«, versteht sich.

Die Gärten in der Mitte des Häuserblocks lagen eine Ebene tiefer als die Straße, also auf Höhe der Keller. Da der Häuserblock groß, die Grundstücke der anderen Häuser aber verhältnismäßig klein waren, war der Garten von Rolands Haus recht ausgedehnt. Roland führte seine Freunde in dem düsteren Garten um eine größere Hecke herum. Dahinter befanden sich, in einer Ecke zwischen der Hauswand und der Mauer eines Nachbargartens, ein großer, alter Gartentisch mit gusseisernen Füßen und einer Platte aus Holzlamellen, eine passende Bank und Stühle.

Roland, der natürlich anfangen musste, erzählte eine *wahre* Begebenheit. Allerdings war die Geschichte, in der ein Geist, ein verliebter Bischof und ein Teller Bohnensuppe keine unwesentliche Rolle spielten, weniger gruselig als vielmehr zum Lachen, was Anna und Spock gar nicht so unrecht war.

Kurt konnte mit Rolands Fantasie nicht mithalten, so erzählte er von einem ziemlich blutigen Film, den er mit seinem Bruder gesehen hatte, und in dem – ganz was neues für einen Horrorfilm – eine Motorsäge eine ziemlich häufig genutzte Requisite war.

Nun war Alexandra an der Reihe, die kurz und trocken erzählte: »Da war doch dieser Mann, ein guter, gottesfürchtiger und anständiger Kerl, der es eines Abends nach einem harten Tag eilig hatte, nach Hause zu kommen. Obwohl es schon dunkel war – etwa so dunkel wie jetzt –, nahm er die Abkürzung über den alten Friedhof. Ihr müsst wissen, es war ein ziemlich unübersichtlicher Friedhof, mit vielen Bäumen und so großen Büschen, wie hier einer steht. Als der Mann schon so weit gegangen war, dass er auch das Licht der Straßenlaternen nicht mehr sehen konnte, wurde es ihm doch etwas mulmig, deshalb versuchte er sich zu beruhigen, indem er laut zu sich selbst sprach: *Ich war mein ganzes Leben ein anständiger Kerl, habe nie etwas Böses getan, war hilfreich zu meinen Mitmenschen und habe immer die Gesetze geachtet; wenn mir hier etwas passiert, dann gibt es keine Gerechtigkeit.«* Dann machte Alexandra eine lange Pause, bis sich alle Zuhörer gespannt vorbeugten und Kurt leise fragte: »Und?«

»Und eine dunkle Stimme hinter ihm sagte: *Es gibt keine.«*

Die Jungs waren überrascht; das hätten sie dem Mädchen gar nicht zugetraut von dem sie dachten, dass sie sich mehr mit Mode als mit Geschichtenerzählen auskennen würde. – Hier draußen, bei Nacht wirkte die Geschichte jedenfalls sehr gut, und ein paar verstohlene Blicke versuchten, die Dunkelheit außerhalb des Kerzenscheins zu durchdringen.

»O.k., jetzt bin ich dran«, war plötzlich Annas Stimme zu vernehmen. Spock sah sie ein überrascht an. Ihm war jedenfalls nicht danach zumute, eine Gruselgeschichte zu erzählen. Doch Anna setzte noch eins drauf, und dem armen Spock blieb der Mund offen stehen, als sie begann: »Allerdings werde ich euch keine Gruselgeschichte, sondern einen Traum von mir erzählen. Das heißt, genau genommen war es ein Traum von mir und Patrick, den wir letzte Nacht gemeinsam geträumt haben.«

»Du willst uns doch nicht erzählen, dass ihr ein und den selben Traum hattet?«, unterbrach sie Heike skeptisch, während Roland süffisant feixte: »*Einen* Traum? Dann wart ihr wohl auch in *einem* Bett?«

»Doch, wir waren wirklich im selben Traum«, nickte Anna, »auch wenn jeder in seinem *eigenen* Schlafzimmer war«, fügte sie mit einem bösen Blick auf Roland hinzu, während sie versuchte, ihn unter dem Tisch ans Schienbein zu treten.

»Du bist ja ein besserer Münchhausen als Roland!«, rief Kurt lachend, währen sich Heike an Spock wandte: »Stimmt das wirklich?«

»Ja, und ihr könnt mir glauben, dass ich zuerst nicht weniger erstaunt war als ihr.«

Trotzdem blieben die Gesichter der anderen skeptisch, als Anna weitererzählte: »Zuerst war noch alles in Ordnung, wir waren auf einer grünen Sommerwiese, aber plötzlich fand ich mich in einem Krankenhaus wieder und ...«

»He, stopp, vergiss nicht zu erzählen, was ihr auf der Wiese gemacht habt, oder fällt das unter die Zensur?«, unterbrach Roland wieder grinsend.

»Das geht dich ...«, begann Anna, »'nen feuchten Kehricht an«, ergänzte Spock, während Alexandra rief: »Nun lass sie doch endlich weiter erzählen!«

Anna war sich in diesem Augenblick gar nicht mehr so sicher, ob es richtig war, den anderen die Geschichte zu erzählen. Sie wusste auch nicht so recht, welcher Teufel sie da so plötzlich geritten hatte, doch sie fuhr fort, das Krankenhaus zu beschreiben, wurde aber schon wieder unterbrochen, als sie den langen Flur schilderte. Diesmal war Kurt der Störenfried: »Krankenhausgänge haben weiß gestrichen zu sein! Ein blauer Flur! Wo gibt's denn so was?«

Nun war es an Anna und Spock, zu staunen, als Heike Kurt anfuhr: »Na das kann ich dir sagen! Anna erzählt uns gerade von der Hubertusklinik.«

»Wie kommst Du darauf?«, fragten Anna und Spock gleichzeitig.

»Ich habe im letzten Jahr in der Hubertusklinik die Mandeln rausgenommen bekommen. Die haben für jede Etage eine andere Farbe benutzt, damit sich die Patienten in dem großen Bau besser zurechtfinden. Ich lag im sechsten Stock, der war grün. Die Operationssäle liegen im vierten Stock, und da sind die Wände blau gestrichen. Aber das solltest Du doch wissen, Anna, schließlich erzählst *Du* die Geschichte!«

Anna schluckte: »Nein, ich war noch nie ..., oh verdammt, natürlich war ich schon einmal in der Hubertusklinik! Nach einem schweren Autounfall, oder besser gesagt: Motorrad gegen Kinderwagen. Aber das weiß ich nur, weil's mir meine Eltern mal erzählt haben. Ich war damals noch ein Säugling und kann mich absolut nicht mehr an die Klinik und den Unfall erinnern. Oder vielleicht doch?«

»Mag sein, es gab noch ein paar Bilder in deinem Unterbewusstsein ...« wollte Kurt erklären, aber Anna hörte ihm gar nicht richtig zu; sie hatte sich an Spock gewandt: »Also hat es doch irgendetwas mit dem Unfall zu tun ...«, Anna hatte Spock von dem Unglück erzählt gehabt, als ihm bei ihrem ersten gemeinsamen Schwimmbad-Besuch die kleinen Narben aufgefallen waren, »... ich hatte mir schon einmal so etwas gedacht, die Idee aber dann wieder verworfen, weil das Unglück doch schon fünfzehn Jahre zurück liegt.«

Nun redeten die anderen wild durcheinander: »Was für ein Unfall?«, »*Was* hat damit zu tun?«, »Erzähl schon ...«

»Also gut«, sagte Anna, nachdem sie einen schnellen Blick mit Patrick gewechselt hatte, »wir werden euch erzählen, um was es geht. Aber bitte: Ihr dürft noch niemandem etwas davon sagen, selbst dann nicht, wenn ihr das Ganze nur für ein Gruselmärchen haltet«, dann erzählten sie und Spock abwechselnd ihre mysteriösen Erlebnisse.

Nachdem sie geendet hatten, fühlten sie sich tatsächlich ein bisschen erleichtert; vielleicht, weil sie nun auf Verbündete hoffen konnten, vielleicht aber auch einfach, weil sie ihre Sorgen und Ängste mit anderen geteilt hatten.

Spock hatte ihre Erzählung mit der Bemerkung geschlossen: »So, jetzt wisst ihr's. Wir wollten am Montag sämtliche Kliniken der Umgebung abklappern, aber ich glaube, das hat sich jetzt erübrigt, und wir können gleich zur Hubertusklinik hoch.«

Heike rief begeistert: »Jau! Und wir sind natürlich mit von der Partie!«

Aber wenn sie wirklich meinte, für alle gesprochen zu haben, dann hatte sie sich verrechnet, denn Alexandra erklärte zögernd: »Wisst ihr, tut mir leid, aber ich habe meinen Eltern versprochen, Montag Nachmittag mit zu Oma raus zu fahren«, dann zuckte sie etwas lahm mit den Schultern.

Danach sprach Roland und überraschte die anderen mit seinen ernsten Worten: »Ich glaube, ich muss Heikes Begeisterung auch etwas dämpfen. Das hat sich bei dir so angehört, als ginge es bloß um einen großen Jux. Aber wenn die Geschichte von Anna und Spock wahr ist – und ich glaube ihnen –, dann kann es ein Abenteuer mit bösem Ende werden. Ich mein, Heike, ... wir sind hier ja nicht in einem Film, in dem schon von Anfang an sicher ist, dass der Gute über den

Bösen triumphiert und am Ende siegreich sein Mädchen in die Arme schließt. Muss ich euch wirklich daran erinnern, dass es täglich Beispiele gibt, in denen anständigen Menschen mehr als übel mitgespielt wird und sich die ... die Arschlöcher ins Fäustchen lachen?«

Ein paar Sekunden herrschte Schweigen, dann meinte Spock: »Roland hat vollkommen Recht: Es scheint wirklich gefährlich zu werden, und wir dürfen euch da nicht mit hinein ziehen. Etwas Hilfe käme uns zwar gelegen, aber es war auch schon gut, dass wir mit euch reden konnten. Und wenn Roland sich dazu entschieden hat, nicht mit ...«

»Stopp, stopp!«, unterbrach ihn Roland heftig, »so war das nicht gemeint. Ich meine, ich wollte nur nicht, dass hier irgendjemand leichtsinnig wird«, dabei schielte er zu Heike hinüber und fügte dann munter hinzu, »aber natürlich bin ich dabei. Wie sieht's mit dir aus, Kurt?«

Kurt sagte nichts, streckte stattdessen nur seine Faust nach vorne und ließ dann seinen Daumen hoch schnelle. Er hoffte, dass das möglichst cool aussah, dabei war ihm gar nicht so zumute. Aber er konnte doch vor Heike nicht kneifen – schon gar nicht, wenn Roland mitmachte. Na ja, bald fingen eh die Sommerferien an, und er würde mit seinen Eltern in die Bretagne fahren. Solange würde er's schon durchstehen – hoffte er.

»Und Du, Heike, bist Du immer noch dabei?«, fragte Anna.

»Glaub' bloß nicht, das lasse ich mir von unserem Dreikäsehoch ausreden«, entgegnete sie heftig und warf Roland, von dem sie sich angegriffen fühlte, einen bösen Blick zu. Doch dann seufzte sie leise und fügte noch wie entschuldigend hinzu: »Und keine Angst, ich bin nicht leichtsinnig.« Ihr Satz schien beendet, aber dann ergänzte sie mit verlegenem Lächeln: »Und wenn ich ehrlich bin: Ich habe viel zu viel Schiss, um leichtsinnig zu werden. Wenn's gefährlich wird, müsst ihr damit rechnen, ganz schnell nur noch meine Rücklichter zu sehen.«

Dann begannen sie, sich eifrig zu beraten, wobei sich Alexandra allerdings etwas verloren und unnütz vorkam, weshalb sie bald bat: »Roland, kannst Du mich zur Haustür bringen? Mein Bus kommt bald, und …«

Heike unterbrach sie mit einem entsetzten Blick auf die Uhr: »Mein Gott, schon fast halb zwölf, und ich wollte um elf zu Hause sein! Nur gut, dass meine Herrschaften in letzter Zeit so gut gelaunt sind! Aber den Bus muss ich auch nehmen, ist sowieso der vorletzte.«

Nun setzte ein allgemeines Aufbrechen ein – nur Kurt blieb etwas länger, um Roland beim Abwasch zu helfen – bevor sich aber alle verabschiedeten, klärte Heike noch schnell: »Also abgemacht, wir treffen uns am Montag um halb drei mit unseren Rädern am Rathaus, von dort radeln wir dann hoch zur Hubertusklinik?«

*

Am Sonntagmorgen hatten sich Lars und Kathrin Silvan schon frühzeitig zum Tennisplatz aufgemacht, Anna und Tommy hatten sich Zeit gelassen und saßen noch beim Frühstück.

Es klingelte.

Tommy ging zur Haustüre und öffnete. Von ihrem Platz aus hörte Anna ihn sagen: »Nanu, Post am *Sonntag*?« Die Erwiderung des Postboten konnte Anna nicht verstehen, aber schließlich fiel die Tür ins Schloss, ihr Bruder kam wieder herein und rief: »Ein Eilpäckchen für dich. He, mit Spocks Absender! Hätte er ja auch selbst vorbeibringen können. Na, mach schon auf.«

Warum sollte Spock ihr ein Päckchen schicken? Mit gemischten Gefühlen schnitt sie das Packpapier auf.

Auch Spock saß noch, gemeinsam mit seinem Vater, beim Frühstück, als plötzlich das Schrillen des Telefons aus dem Arbeitszimmer zu hören war. Sofort legte Edgar Mayer sein Toast beiseite und sprang auf: »Das wird der Mützinger sein, der wollte sich heute erkundigen, welche Fortschritte die Werbekampagne für seine Fruchtsäfte macht.« Doch schon kurz darauf kam er wieder in die Küche: »Ist doch für dich, ... Tom Silvan, ist das nicht der Bruder deiner kleinen Freundin?«

»Meiner Freundin! Ja. Was will denn der von mir?«

Erstaunt beeilte sich Spock, ans Telefon zu kommen, während sein Vater ihm noch nachrief: »Bitte nicht zu lang, Du weißt ja, dass ich einen Anruf erwarte!«

Spock nahm den Hörer auf, hatte aber nicht einmal Zeit, sich richtig zu melden, als ihm Tommy auch schon aufgeregt entgegensprudelte: »Sag mal, Du warst das doch nicht wirklich mit dem Päckchen, oder?«

»Was für ein Päckchen?«

»Anna hat gerade ein Päckchen mit deinem Absender bekommen!«

Alarmiert horchte Spock auf: »Nein, ich habe ihr nichts geschickt, ich meine, wieso auch? Schließlich wohne ich ja um die Ecke, außerdem wollten wir uns heute sowieso ...«

Tom unterbrach, und Spock hörte die Erleichterung in seiner Stimme: »Hab' ich mir gleich gedacht, dass Du das nicht warst!«

»Verdammt nun red doch, was ist denn los?«

»Komm schnell vorbei, ich glaube, Anna kann dich jetzt gebrauchen, sie weint ziemlich und ...« Weiter kam Tommy nicht. Spock hatte schon den Hörer auf die Gabel geworfen und rannte los. Ohne sich von seinem Vater zu verabschiede, stürmt er aus dem Haus und beglückwünschte sich im Stillen, dass er sich schon vor dem Frühstück angezogen hatte.

Er stellte einen neuen Rekord für die Strecke bis zu Annas Haus auf, Tommy hatte ihm schon die Tür geöffnet. Als Patrick das Wohnzimmer betrat, lag der Geruch von Erbrochenem in der Luft. Anna saß, das Gesicht in den Händen vergraben, leise weinend auf der Couch, und Tommy hatte ihr etwas unbeholfen den Arm um die Schulter gelegt.

Als Anna Patrick bemerkte sprang sie auf und fiel ihm in die Arme: »Oh entschuldige! Ich hätte wissen müssen, dass Du das nicht warst! Aber ich ..., das hat mich ...«, dann weinte sie wieder.

Spock hielt sie einfach nur fest, streichelte sie zärtlich, bis sie wieder ruhiger wurde. Schließlich atmete Anna tief durch, wischte sich mit den Händen über die Augen und meinte: »Er hat mich unvorbereitet erwischt. Dabei hätte ich doch wissen müssen, dass das Spiel begonnen hat.« Dann knurrte sie, und Spock meinte wieder etwas von ihrer bösen Stimme aus dem Traum zu spüren: »Das soll dem Scheißkerl nicht noch einmal gelingen. – Tommy, wo hast Du das nette Geschenk hin getan, das vorhin mit der Eilpost gekommen ist?«

»Raus gestellt, es riecht nämlich gar nicht gut.«

Dann führte er Patrick auf die Terrasse, deutete in eine Ecke und warnte noch: »Geh besser nicht zu nah ran.«

Spock ging vorsichtig ein wenig näher und wurde blass. Da stand eine mit aufgedruckten Blumengirlanden verzierte, rechteckige Aluminiumdose, der Deckel lag daneben. In der Dose lag der Körper einer kleinen, offenbar noch jungen, weißen Ratte. Die Beine lagen fein säuberlich abgetrennt neben dem Körper, der Kopf fehlte. Statt seiner war ein Stück einer Fotografie auf dem Halsstumpf der Ratte befestigt. Trotz des üblen Geruchs ging Spock, sich Mund und Nase mit der rechten Hand zuhaltend, noch etwas näher. Ja, das war eindeutig Annas Kopf, exakt aus einer Fotografie herausgeschnitten und mit zwei Stecknadeln am blutigen Hals festgesteckt. Annas Augen wurden durch die roten, kugelförmigen Stecknadelköpfe verdeckt.

Spock ging wieder hinein und nahm Anna erneut in die Arme, die Sprache hatte es ihm aber erst einmal verschlagen.

Anna versuchte sich ein Grinsen abzuringen: »Tolle Überraschung, oder? Ein Teil meines Frühstücks habe ich erst einmal dem Wohnzimmerteppich überlassen, den Rest dann dem Klo anvertraut, während Tommy die Bescherung hier weggewischt hat – danke Tommy, dafür schulde ich dir was.«

»Dann erzähl mir, was das Ganze eigentlich soll. Irgendwie hängt das doch mit dem Traum neulich zusammen, als Du den blauen Fleck zwischen den Schulterblättern hattest?«

Spock und Anna sahen sich kurz an, doch da Tommy sowieso schon einen Teil wusste und ohnehin keine Ruhe geben würde, weihten sie ihn in groben Zügen in ihre Geschichte ein, allerdings sagten sie ihm kein Wort davon, dass sie morgen der Hubertusklinik einen Besuch abstatten wollten. Anna, das war auch Spock klar, wollte nicht auch noch auf ihren kleinen Bruder aufpassen.

Als sie fertig waren, pfiff Tommy leise durch die Zähne und meinte: »Langweilig wird's bei euch nie, was? Aber denkst Du nicht, es wär' besser, auch Mama und Paps einzuweihen?«

»Doch«, antwortete Anna bestimmt, »das mit der Ratte und alles, was, hm, *unsere* Welt betrifft, sollen sie erfahren. Aber sagt ihnen noch nichts von den Träumen. Sie würden bestimmt nicht glauben, dass ich absichtlich lüge, aber ..., na ja, die Polizei würde es auf jeden Fall nicht für bare Münze nehmen und wir würden Ärger bekommen. Bleiben wir also lieber nur bei der Ratte, dann erfährt die Polizei zwar nicht alles, aber immerhin wird sie sich vermutlich auf die Suche nach unserem Spaßvogel machen. – Ich denke, ich werde jetzt unsere Eltern im Tennisclub anrufen.«

Tommy meinte: »Hab' ich doch schon getan, während ihr, äh, miteinander beschäftigt wart. Sie waren noch nicht auf dem Platz und wollten sich gleich auf den Heimweg machen«, er sah auf die Uhr, »eigentlich müssten sie in fünf Minuten hier sein.«

Sie hatten gerade noch Zeit, den Teppich etwas gründlicher zu reinigen, da hörten sie den Wagen vorfahren und die Schlüssel an der Haustür klappern. Kathrin und Lars Silvan kamen, noch in ihrer Tenniskleidung, eilig herein.

»Was ist denn los mein Schatz?«, fragte Lars übergangslos seine Tochter, »Tommy war am Telefon so aufgeregt, dass ich gar nicht genau mitbekommen habe, um was es eigentlich geht.«

Anna erzählte ihren Eltern von dem makaberen Päckchen, und Patrick zeigte es ihnen schließlich.

Als Lars, genauso blass wie seine Frau, von der Terrasse zurückkam, fluchte er: »Was für ein *abartiger Bastard* kann denn ...«, erst da dachte er daran, dass er so vielleicht nicht vor seinen Kindern sprechen sollte – schon gar nicht, wenn er seine Tochter beruhigen wollte. Er räusperte sich etwas verlegen und fragte sie: »Aber sonst hat es in letzter Zeit nichts auffälliges gegeben?«

»Doch, eigentlich schon. Mama, Du erinnerst dich an den Anruf von meinem Trainer, neulich?« Dann erzählte Anna ihnen etwas verlegen den wahren Hergang des Anrufs und dass sie ihre Eltern damals nur nicht beunruhigen wollte.

Kathrin rief entsetzt: »Und ich habe noch in aller Seelenruhe mit diesem perversen ..., mit diesem Typ geplaudert.« Lars suchte schon im Telefonbuch nach der passenden Polizeidienststelle.

*

Als Kommissarin Schmidt-Rodtdörfer vom Sittendezernat eine Stunde später ihre kräftigen und durch braune Lederstiefeletten noch deutlich erhöhten 178 Zentimeter wieder aus dem Haus der Silvans geschafft hatte, war es ihr nicht unbedingt gelungen, die Familie zu beruhigen. Ein Polizeibeamter aus ihrer Abteilung hatte zwar das *Beweismittel* sichergestellt, und es würde auf Fingerabdrücke untersucht werden, aber die Kommissarin vermutete – und Anna war sich dessen sogar ganz sicher – dass diese Suche erfolglos bliebe. Die Geschenkdose würde wohl auch keine Hilfe sein, denn so etwas konnte man in jedem größeren Kaufhaus erwerben.

Die Kommissarin hatte gehofft, durch das Foto auf eine Spur zu stoßen. Sie hatte Anna gefragt, wer ein Foto von ihr besitzen würde, zu dem das ausgeschnittene Gesicht passen könnte. Doch Anna musste passen und war schließlich sogar überzeugt – und das machte die ganze Sache noch schlimmer –, dass der unbekannte Päckchenverschicker sie bei irgendeiner Gelegenheit heimlich fotografiert hatte. Die Kommissarin war skeptisch gewesen, sie schien zu vermuten, dass es sich nur um den bösen Streich eines Mitschülers handelte, obwohl Anna ihr versicherte, dass sie das für absolut ausgeschlossen hielt.

Schließlich hatte die Kommissarin Anna sogar gefragt, wie es denn mit ihr zurzeit in der Schule stünde. Verwundert über die Frage hatte sie geantwortet, dass es recht gut laufe. In dem Augenblick war Lars, dem der Sinn der Frage dämmerte, aufgesprungen und hatte die Kommissarin angefahren: »Sie wollen doch nicht etwa behaupten, meine Tochter hätte sich alles nur ausgedacht und das mit dem Päckchen selbst inszeniert, um von irgendwelchen Problemen abzulenken? Hören Sie, Anna hat noch immer über alles ehrlich mit uns gesprochen, und wenn Sie glauben, sie hätte diese Ratte selbst ...«, vor Wut und Unglauben waren Lars die Worte im Hals stecken geblieben.

Kommissarin Schmidt-Rodtdörfer hatte sich unter dem Pony ihrer mit Henna rot gefärbten kurzen Haare gekratzt, und ganz offensichtlich war ihr nicht sonderlich wohl in ihrer Haut gewesen, als sie erwidert hatte: »Sie müssen schon entschuldigen. Ich werde mich zwar hüten, irgendetwas zu glauben, bevor Tatsachen auf dem Tisch liegen, ich werde mich aber genauso hüten, irgendeine Möglichkeit ungeprüft zu lassen. Sie glauben gar nicht, wie oft es schon vorgekommen ist, dass sich ein Kind die wüstesten Geschichten ausgedacht hat, nur um von einer schlechten Note abzulenken oder auch nur, um Aufmerksamkeit zu bekommen. Aber ich will Sie beruhigen, ich hab' schon den Eindruck«, und dabei lächelte sie Anna zu, »dass ihre Tochter so etwas nicht nötig hat.«

Lars hatte zwar eingesehen, dass die Kommissarin ihre Arbeit tun musste, trotzdem war er ihr gegenüber sehr reserviert geblieben. Als sie dann auch noch erklärt hatte, dass »die Sache noch nicht weit genug gediehen« sei, und dass ein einziger Anruf ihr keine Handhabe böte, bei den Silvans eingehende Telefonate zurückzuverfolgen, machte das die Stimmung nicht gerade besser. Das Klima war jedenfalls ziemlich gespannt geblieben, bis die Kommissarin endlich wieder abgezogen war.

Nun standen alle ein wenig ratlos herum, aber plötzlich konnte sich Lars trotz der angespannten Situation ein Schmunzeln nicht verkneifen: Ganz automatisch hatte Spock seinen Arm um Anna gelegt, und die drückte sich fest an ihn. Natürlich wusste Lars schon, dass es zwischen den beiden gefunkt hatte, und natürlich war es Kathrin gewesen, die es zuerst bemerkt hatte, aber das war das erste Mal, dass Patrick Anna im Beisein ihrer Eltern umarmte.

Patrick merkte plötzlich, dass er beobachtet wurde. Er wurde rot und schickte sich an, Anna loszulassen, aber das wäre ihm auch wieder nicht richtig vorgekommen. Da musste er jetzt wohl durch. Lars winkte augenzwinkernd ab: »Lass gut sein, Patrick, wir wissen eh schon bescheid.« Dann klopfte er ihm auf die Schulter und meinte: »Ich denke, gerade jetzt kann Anna einen Freund gut gebrauchen, und dass gerade Du es bist, dagegen haben Kathrin und ich absolut nichts einzuwenden.«

Nun wurde Spock vollends rot, während Anna ihre Sorgen für einen Moment zu vergessen schien und ihren Vater anstrahlte.

Spock wusste gar nicht, was er sagen sollte, doch zu seinem Glück wandte sich Lars gleich wieder dem anderen Thema zu: »Und was diesen Verrückten betrifft … nun, wir sollten uns von ihm das Leben auf keinen Fall vermiesen lassen, das will er ja gerade. Vermutlich ist es nur irgendein Spinner.« Aber er machte sich schon so seine Gedanken, dass sich wer-auch-immer unheimliche Mühe gegeben hatte, Annas Leben auszuspionieren. Lars nahm sich vor, in nächster Zeit mehr denn je ein Auge auf seine Tochter zu haben, und er war wirklich froh, dass sie kaum noch alleine, sondern stets in Spocks Begleitung unterwegs war.

Wie alle hier im Raum, versuchte auch Kathrin Silvan ihre Ängste zu verbergen, um die anderen nicht noch mehr zu beunruhigen, dennoch sagte sie: »Vermutlich ist es wirklich bloß so ein verrückter Telefonfreak, der die Leute nur aus der Ferne belästigt, um ihnen Angst einzujagen. Aber Kinder, versprecht mir bitte trotzdem, dass ihr in nächster Zeit vorsichtig sein werdet.«

»Huh, wären wir kaum selbst drauf gekommen ...«, meinte Tommy, was ihm einen ernsten Blick von Lars einbrachte, während Anna sagte: »Keine Angst, wir werden die ganze Sache bestimmt nicht auf die leichte Schulter nehmen.«

Oh nein, sie würden vorsichtig sein, besonders weil sie ja wussten, dass es sich keineswegs nur um einen verrückter Telefonfreak handelte.

Lars klatschte plötzlich in die Hände, dass alle zusammenfuhren und verkündete: »So, genug Trübsal geblasen für heute. Ich denke, auf den Schreck hin haben wir es uns verdient, mal ordentlich zum Essen auszugehen! Wie ist es, Spock«, auch Annas Eltern benutzten inzwischen meistens seinen Spitznamen, »kommst Du mit? Du bist herzlich eingeladen.«

Bedauernd zuckte Patrick die Schultern: »Ich würde wirklich gerne, aber ausnahmsweise hat mein Vater heute mal Zeit, und ich hatte ihm versprochen, mit ihm in die *Peking Ente* zu gehen. – Wenn es eine Gemeinsamkeit zwischen uns gibt, dann die, dass wir beide für's Leben gern chinesisch essen.« Mit einem Blick auf Anna, die ein bisschen enttäuscht dreinschaute, fügte er hinzu: »Aber wenn's Recht ist, komme ich gerne später noch mal vorbei.«

»Na und wie mir das recht ist!«, rutschte es Anna heraus, woraufhin Tommy einen Ohnmachtsanfall markierte, Anna ihm ein Kissen an den Kopf warf, und der Knoten, der ihre Gemüter eingeschnürt hatte, mit einem befreiendem Lachen platzte.

Als Spock ging, fragte er Anna aber noch leise unter der Türe: »Bleibt es bei unserem Plan für morgen?«

»Jetzt erst recht.«

*

Es hatte etwas länger gedauert, bis Spock wieder aufgetaucht war. Sein Vater, der im Allgemeinen auf seine Linie und seine Gesundheit achtete, hatte sich dazu hinreißen lassen, genüsslich vier Gänge zu verputzen. Dafür hatte Patrick aber auch eine gute Nachricht zu vermelden: »Ich hoffe, es stört niemanden, dass ich meinem Vater von der Angelegenheit hier erzählt habe, aber es hat sich gelohnt«, dann wandte er sich an Lars: »Als ich ihm sagte, dass eine Überwachung des Telefons nicht genehmigt wird, ist ihm etwas eingefallen: Als er noch in der Hauptgeschäftsstelle arbeitete, hat ihm der Sicherheitsbeauftragte von *Glaze* mal erzählt, dass er aus Amerika eines dieser Telefone bestellt hat, die sofort die Nummer des Anrufers anzeigen. Die Dinger sind bei uns eigentlich gar nicht zugelassen – wir haben halt den besseren Datenschutz – aber von der technischen Seite her funktionieren sie hier genauso wie in den USA. Mein Vater lässt das Gerät gleich morgen aus der Zentrale herschicken, dann können Sie es gegen Ihren Apparat austauschen und haben immer automatisch die Nummer von jedem Anrufer.«

»Phantastisch«, meinte Lars, »das ist doch immerhin schon mal was. Sag' deinem Vater ... oder nein, ich werde ihn selbst anrufen und mich bei ihm bedanken.«

*

Zum Abendessen war Spock gerne geblieben, erst um Zehn hatte er sich auf den Heimweg gemacht, kurz darauf war Anna zu Bett gegangen. Obwohl sie durch die ganze Aufregung sehr müde war, befürchtete sie doch, dass sie noch lange alle möglichen Gedanken im Kopf herumwälzen würde. So hätte sie sich sicher gewundert, wenn sie die Gelegenheit dazu gehabt hätte, dass sie keine fünf Minuten später tief und fest eingeschlafen war.

*

»Oh nein, muss dieser verflixte Wecker schon klingeln«, dachte Anna, noch halb im Schlaf und schlug blindlings nach dem vermeintlichen Störenfried. Aber dann wurde ihr langsam klar, dass es das Telefon war, das unten im Wohnzimmer klingelte, und ein Blick auf das Leuchtzifferblatt ihres altertümlichen Weckers sagte ihr, dass sie gerade mal zwei Stunden geschlafen hatte. Als sie merkte, dass unten jemand abhob und sie dann, ohne die Worte zu verstehen, die Stimme ihres Vaters erkannte, wollte sie sich schon wieder in ihre Decke einrollen, doch plötzlich setzte sie sich mit einem Ruck auf. Sollte das etwa schon wieder ...?

Eilig sprang sie aus dem Bett und tapste zu ihrem Vater herunter, der gerade den Hörer auflegte und Anna etwas geistesabwesend und mit vom Schlaf zerzaustem Haar entgegenblickte.

»Wer war's denn?«, wollte sie wissen.

»Hm? – Oh, bloß so ein Trottel, der sich verwählt hat«, kam es überzeugend zurück. Zu überzeugend für Annas Geschmack.

Sie legte ihrem Vater die Hand auf den Arm und meinte: »Lieb von dir, aber Du glaubst doch nicht wirklich, dass Du mich an der Nase herumführen kannst? Und Du willst doch sicher nicht, dass ich die ganze Nacht überlege, was das für ein Anruf gewesen sein könnte? Also sag' schon.«

Lars nahm seine Tochter kurz in die Arme, zögerte dann einen Augenblick und meinte schließlich mit belegter Stimme: »Er hat gefragt, ob sein kleines Präsent gut angekommen sei und wie es dir gefallen hätte, das war alles.« Das stimmte zwar nicht ganz, denn bevor *ER* auflegte, hatte er noch ein *Beispiel* genannt, was er mit Anna machen wollte, aber Lars brachte es nicht fertig, seiner Tochter davon zu erzählen. Stattdessen fragte er sie: »Hör zu, ich weiß, Du wirst bald siebzehn und so, aber willst Du nicht für die nächsten Nächte in unser Schlafzimmer umziehen? Du brauchst dich wirklich nicht zu genieren. Wir könnten das Klappbett ...«, weiter kam Lars nicht.

Zunächst hatte Anna ihren Vater nur ungläubig angesehen, doch nun hatte sie Mühe, ihre Stimme leise zu halten, um die anderen nicht aufzuwecken: »*Waas? Kommt ja überhaupt nicht in Frage!* Dieser Dreckskerl bringt mich bestimmt nicht dazu, mich wie ein verschrecktes Karnickel zu verkriechen! Du selbst hast schließlich gesagt, dass wir uns von ihm das Leben nicht vermiesen lassen sollen!«

»He«, beschwichtigend fuhr Lars ihr mit der Hand durch das Stirnhaar, »ist ja schon gut. Aber Du hast recht, lass dich nicht unterkriegen. Nur: Du solltest es schon zulassen, dass Mama und Tommy und ich – und natürlich auch Spock – ein bisschen auf dich aufpassen, hm?«

»Nein, da hab' ich natürlich nichts dagegen einzuwenden«, entgegnete Anna und schämte sich beinahe, dass sie ihren Vater so angefaucht hatte – und sie ärgerte sich, dass dieser Wer-auch-immer sie schon soweit gebracht hatte.

Als Anna wieder im Bett lag, wunderte sie sich selbst, dass sie keine Angst hatte. Stattdessen konnte sie es kaum erwarten, die Hubertusklinik aus der Nähe zu sehen. Endlich selbst aktiv zu werden und diesem Kerl zeigen, dass sie sich nicht so schnell ins Bockshorn jagen ließ, das war das richtige Rezept! Mit diesem Gedanken schlief sie wieder ein. Am nächsten Morgen erwachte sie erstaunlich munter und in kämpferischer Stimmung. Keine sieben Stunden mehr bis zur Hubertusklinik!

Annas Eltern saßen schon auf der Terrasse, wo die Familie im Sommer oft frühstückte. Beide sahen übernächtigt aus und hatten Ringe unter den Augen. Lars hatte, weil er seine Sorgen teilen musste, noch in der Nacht seine Frau geweckt und ihr von dem Anruf erzählt, dann hatten sie versucht, sich gegenseitig aufzumuntern, brachten aber trotzdem bis zum Morgengrauen kaum ein Auge zu. So wunderten sie sich nicht schlecht, als ihre Tochter frisch wie der junge Frühling und mit blitzenden Augen am Kaffeetisch erschien.

Sie sahen sich an, und jeder sah im Gesicht des Anderen den Widerstreit zwischen Stolz und Sorge.

Schließlich fragte Kathrin ihre Tochter: »Spock holt dich doch wieder für den Schulweg ab?«

»Klar«, dann lachte Anna sogar, »und keine Angst, ich bin schon vorsichtig!«

7. Schreie im Nichts

Anna und Patrick hielten mit ihren Fahrrädern an der Bushaltestelle vor dem großen, neogotischen Rathaus. Das Mädchen hatte ihrem Freund natürlich schon am Morgen von dem Telefonanruf berichtet, und ihre drei Freunde hatten sie während der Unterrichtspausen auf den neuesten Stand gebracht. Heike wartete schon an ihrem Treffpunkt. Sie hatte gerade Anna und Spock begrüßt, als auch Roland um die Ecke geradelt kam.

»Hallo«, rief sie ihm entgegen, »jetzt fehlt nur noch Kurt, dann kann's losgehen!«

Roland machte ein etwas betretenes Gesicht, als er vom Rad stieg und meinte: »Ich glaube, da können wir lange warten. Kurt ist ausgestiegen.«

»*Bitte?*«, »*Was!*«, »*Wieso?*«, tönte es von drei Seiten.

»Na ja, er hat mich gleich nach der Schule angerufen. Ich soll ausrichten, dass er nicht länger mitmachen will. – Was heißt eigentlich *nicht länger*, wo wir doch noch gar nicht angefangen haben? – Er sagt, da die Polizei jetzt sowieso mit drin hängt, könnte sie die Arbeit auch gleich ganz übernehmen, das sei sowieso das Gescheiteste. Wenn ihr mich fragt: Als Anna heute in der Schule das mit der Ratte erzählt hat, da ist ihm klar geworden, dass es ernst wird, und er hat schnell die Kurve gekratzt.«

Die anderen sahen sich enttäuscht an, besonders Heike saß ein Kloß im Hals. Verbittert frotzelte sie: »Da waren's nur noch vier«, während Spock seufzte: »Na, ist ihm ja eigentlich nicht zu verdenken. Aber er hätte es uns wenigstens selbst sagen können. Und wie sieht's jetzt mit euch aus? Heike? Roland?«

Um Heike aufzumuntern griff Roland in seine Faxen-Kiste. Er schlug die Hacken zusammen, salutierte vor

Spock und rief: »Oui, mon Colonel! Roland der Kühne meldet sich zur Stelle! Mein Ur-Ur-Ur-Ur-Urgroßvater hat Waterloo überstanden – sonst gäb's mich heute nicht – da werde ich mir doch nicht wegen irgend so 'nem moddrigen Gespenst in die Hosen pinkeln!«

»Puh, ich rede zwar nicht so einen Stuss wie unser Kleiner, aber ich bin auch dabei«, sagte nun Heike, wobei sie das »Kleiner« bedauerte, noch während sie es aussprach: Sie ahnte, dass Roland sie nur aufmuntern wollte.

Als die auf vier geschrumpfte Truppe los fuhr, meinte Heike noch: »Na ja, wenigstens haben wir ein Bomben-Wetter. An so einem herrlichen Sommertag sieht eigentlich alles gleich nur noch halb so gefährlich aus wie am Samstagabend in Recke Rolands Garten.«

Doch das schöne Wetter machte ihnen auf andere Weise zu schaffen, und sie bereuten bald, dass sie sich für die Fahrräder entschieden hatten, statt den Bus zu wählen. Denn die Hubertusklinik lag bekanntlich auf einem kleinen Berg, und die Straße hoch zum Krankenhaus war ziemlich steil. Schon kurz nach Beginn der Steigung stiegen sie von ihren Rädern.

Während sich Heike den Schweiß von der Stirn wischte, fragte sie: »Wollen wir – pfff ... – wollen wir die Räder nicht hier unten abstellen?«

»Bist Du verrückt?«, keuchte Roland, »ich bringe mich doch nicht um das Vergnügen, mich nachher den ganzen Weg runterrollen zu lassen!«

Also begannen sie, ihre Räder langsam den Berg hinauf zu schieben. Die Straße zog sich in einem großen Bogen um den Berg herum. Nur auf der linken Seite gab es Häuser, zur rechten wanderte ein lichtes, von Hecken begrenztes Wäldchen bis zum Krankenhaus hinauf. Etwa nach drei Viertel der Bergstrecke standen zwei Bänke in der Sonne. Anna rief »Pause«, Roland hatte sein Rad schon gegen eine Hecke gelehnt und sich gesetzt, die anderen taten es ihm gleich.

»Wie ist also unser Schlachtplan?«, fragte Roland beflissen. Anna überlegte: »Erst werden wir uns mal Gewissheit verschaffen, dass es auch das richtige Krankenhaus ist. Wir tun zunächst mal so, als wollten wir jemanden besuchen. Danach werde ich ...«, »werden *WIR*«, echote es ihr von drei Seiten entgegen, »... mal in der Verwaltung vorsprechen. Ich hoffe, die haben noch Unterlagen von damals.«

»... und rücken sie auch raus«, fügte Spock hinzu.

Heike kam ein Gedanke: »Schade, dass wir nicht wenigstens irgendeinen Namen haben, nach dem wir uns erkundigen können.« – »Aber den haben wir ja!«, rief Anna. »In dem Traum wurde dieser, hm ..., Chirurg *Dr. Klinger* genannt, Dr. Max Klinger!«

»Jetzt wo Du's sagst«, Spock rieb sich nachdenklich die Nase, »diese Schwester sagte zu mir, ich käme gerade noch rechtzeitig, um Dr. Max bei der Operation zu beobachten. Ach ja! Da ist noch ein anderer Name gefallen! Ich habe euch doch von der jungen Frau erzählt, die mich ins Krankenhaus geschickt hat. Aber sie sagte nicht, dass Anna im Krankenhaus sei, sie nannte einen anderen Mädchennamen, ... verdammt, wie war das doch gleich? ... ich komm' nicht drauf.«

Schließlich machten sie sich wieder auf de Weg.

»Huh, der ist schneller oben!«, meinte Heike noch, als ein Polizeiwagen mit heulenden Sirenen an ihnen vorbei zischte. Sie dagegen mussten ihre Fahrräder noch fast zehn Minuten schieben. Erst, als sie fast schon den großen Parkplatz vor dem Krankenhaus erreicht hatten, konnten sie wieder aufsteigen und den Rest der Strecke radeln, über den Parkplatz, an der Pförtnerloge vorbei und durch eine kleine Grünanlage. Als sie endlich ihre Stahlrösser vor der Klinik in die Fahrradständer gestellt hatten und auf den Eingang zu marschierten, hatten alle ein seltsames Kribbeln in der Wirbelsäule, doch keiner sagte etwas davon.

In der Eingangshalle herrschte reges Kommen und Gehen. Spock nickte sofort und flüsterte: »Ja, ich war in meinem Traum zwar nur ganz kurz hier, aber ich bin mir ziemlich sicher, dass wir richtig sind.«

»Schnell, in den vierten Stock«, am liebsten wäre Anna zu den Fahrstühlen gerannt, doch sie wollte sich nicht zu auffällig benehmen. Sie hatte sowieso das Gefühl, ihr Gesicht würde glühen und alle Welt würde sie anstarren.

Anna konnte kaum ruhig stehen, als sie endlich dem vierten Stock entgegen fuhren, den anderen erging es nicht viel besser. Als sich zu guter Letzt die Aufzugtüre doch noch mit einem »Bing« öffnete und alle hinausgedrängt waren, blieben Anna und Spock wie erstarrt stehen. Heike und Roland sahen ihren Gesichtsausdruck und ersparten sich die Frage. Kein Zweifel, dass den Beiden der blaue Gang nur allzu bekannt vorkam.

Eine Krankenschwester, die vorbei eilte, hätte die vier sichtlich nervösen jungen Leute sicher angesprochen, doch in einem der Krankenzimmer hatte ein Patient die Alarmglocke gedrückt, das durfte nicht warten. Auch eine ältere Putzfrau, die gerade mit einer leise surrenden Putzmaschine langsam den Boden bearbeitete, schaute neugierig zu der Gruppe hinüber.

Plötzlich stutzte Anna. »Der Boden! Irgendetwas stimmt mit dem Boden nicht.«

»Wie bitte? Also hör' mal, junges Fräulein, wenn Du meinst, Du kannst es besser, dann hole ich dir gerne Putzlappen und Schrubber!«

Anna schaute verdutzt die Putzfrau an, die ihre Maschine in zwei Meter Entfernung abgestellt hatte und nun, die Fäuste in die Hüften gestemmt, vor ihr stand. Dann dämmerte es ihr langsam: Sie hatte laut gesprochen ... Schnell versicherte sie der Putzfrau: »Nein, nein, Entschuldigung, aber ich habe wirklich nicht Ihre Arbeit gemeint. Ich wollte nur sagen ..., also, ich war schon einmal hier, und ich bin mir ziemlich sicher, dass der Gang einen grauen Linoleumboden hatte und nicht diese hellgrauen Gummifliesen.«

»Ach das ist es«, entgegnete die Putzfrau, »und ich dachte schon ... Du hast aber recht, vor so drei, vier Jahren wurden diese Fliesen verlegt, davor war's wirklich ein Linoleumbelag.« Und da es ihr ganz angenehm war, ihre Arbeit für einen kleinen Plausch zu unterbrechen, fügte sie unvermittelt hinzu: »Es war auch höchste Zeit, der alte Belag war schon am Auseinanderfallen, und der neue hier lässt sich auch viel besser sauber halten.«

Spock fragte: »Dann arbeiten Sie schon lange hier?«

»Will ich meinen, junger Mann, jetzt sin's schon über zwanzig Jahre, dass Mira Woll« – dabei klopfte sie sich auf den nicht eben kleinen Bauch – »hier für Ordnung sorgt.«

»Dann können Sie uns vielleicht weiterhelfen, wir suchen nämlich jemanden ...«

»Na, frag nur immer zu. Vermutlich weiß ich hier besser Bescheid als das junge Gemüse in der Verwaltung.«

Jemanden suchen? Die anderen waren auf Spocks Frage gespannt, doch als sie kam, war sie eigentlich naheliegend: »Kennen Sie zufällig einen Dr. Max Klinger, der mal hier gearbeitet haben soll?«

»Dr. Klinger? Hm, Klinger ... ne, da klingelt bei mir nix. Der war sicher nich' sehr lang' hier, denn ich hab' im Laufe der Zeit so ziemlich jeden kennengelernt.«

Mira Woll merkte, dass sich die jungen Leute etwas enttäuscht ansahen, aber sie wollte jetzt weiter. Irgendwie, sie hätte nicht sagen können warum, war ihr das Gespräch plötzlich unangenehm. »Tja, tut mir leid, da müsst ihr's wohl doch bei der Verwaltung probieren, ich muss mich ranhalten.« Sie ging wieder zu ihrer Putzmaschine. Doch bevor sie das Gerät einschaltete, drehte sie sich noch einmal um: »Bist Du sicher, dass dieser Klinger hier Arzt war?«

»Nein, ehrlich gesagt. Das war bloß eine Vermutung. Wieso fragen Sie?«

»Je länger ich über den Namen nachdenke ... Irgendwas gab's hier doch mal mit einem Klinger, aber er gehörte, glaub' ich, nicht zu den Ärzten, und, hm, ich glaube, es war auch nix angenehmes. Irgendwie hab' ich ein ungutes Gefühl bei dem Namen.« Dann drückte sie den Startknopf der Reinigungsmaschine, die runden Schrubber begannen zu rotieren, und sie arbeitete sich weiter den Gang hinauf.

»Na prima«, murmelte Roland und sah ihr hinterher, »das war ja ungemein hilfreich gewesen.«

»Was hast Du denn erwartet?«, wollte Heike wissen, »dass sie sagt, klar, den kenn´ ich gut, geht nur in den OP, da wartet er schon auf euch – mit gewetzten Messern?«

»Huh, find' ich irgendwie nicht so komisch«, erwiderte Spock, »und Anna sicher auch nicht, ... Anna?«

Anna stand ein paar Schritte abseits und schien wie in Trance zu lauschen, dann schüttelte sie kurz den Kopf und murmelte: »Augenblick, muss mal was überprüfen«, und schon ging sie eilig den Gang hinunter, um weiter unten auf der rechten Seite hinter einer großen Doppeltüre zu verschwinden.

Die anderen warfen sich fragende Blicke zu, doch als niemand eine Erklärung parat hatte, zuckten sie nur kurz mit den Schultern und warteten.

Als Anna nach einer guten Minute immer noch nicht zurückwar, flüsterte Roland plötzlich: »Ärgert ihr euch eigentlich auch immer so über diese idiotischen Filmhelden, die sich völlig unnötig von der Gruppe trennen und trotz der allergrößten Gefahr alleine in düstere Gänge hinabsteigen?«, dann sahen sich die drei an, und ohne sich um die verwunderten Blicke von zwei Patienten zu kümmern, die gerade über den Flur schlurften, stürmten sie auf die schwere Tür zu, hinter der Anna verschwunden war.

*

Spock war der Erste an der Türe, riss sie auf und wurde von den anderen geradezu hindurchgedrückt, als sie an ihm vorbei drängten. Sie befanden sich in einem großen Treppenhaus, und da, vor der obersten Stufe, stand auch Anna. Den Oberkörper ein wenig nach vorne gebeugt, den Kopf zur Seite geneigt, schien sie konzentriert auf etwas zu horchen. Roland fiel ein Stein vom Herzen, dass sich seine Befürchtungen nicht bestätigt hatten. Er stieß mit geblähten Backen die Luft aus und seufzte: »Also Anna, sag uns doch ab sofort bitte, was Du vorhast, sonst bekomme ich noch einen Herzkasper, und die können mich grad hier behalten. Und … was ist eigentlich los?«

Abrupt drehte sich Anna um: »Ja hört ihr es denn nicht?«

Roland lauschte und schüttelte dann schulterzuckend den Kopf während Heike meinte: »Nö, tut mir leid …« da wurde sie von Anna unterbrochen: »Aber Patrick hört es auch!« Die beiden anderen wandten sich Spock zu und bemerkten erstaunt, dass nun er mit vor Verblüffung aufgerissenen Augen erstarrt zu sein schien.

»Na nun möchte ich aber endlich wissen …«, setzte Roland an und legte dabei Spock die Hand auf die Schulter. Kaum hatte er ihn berührt, sprang er erschrocken zurück, als hätte er eine blanke Stromleitung angefasst, dann sah er sich hastig um, und nun war die Reihe an ihm, Spock entgeistert anzustarren. Heike beobachtete alles mit wachsendem Erstaunen, doch Roland dämmerte es so langsam.

Er packte entschlossen mit der Rechten Heikes Handgelenk und legte ihre Hand auf Annas Schulter, während er selbst mit der Linken Spocks Arm umfasste. Heike war so überrascht, dass sie nicht einmal zurückzuckte. – Nun hörten es alle. Obwohl sie alleine auf dem Treppenabsatz standen, waren da eindeutig Kampfgeräusche.

Sonderbarerweise hörte es sich einerseits so an, als würde sich alles direkt vor ihrer Nase abspielen, andererseits war es aber auch gedämpft. Heike musste automatisch an ihren letzten Skiurlaub denken, als sie in einer großen, schneebedeckten Senke in extremem Nebel geraten waren. Sie hatte nichts mehr gesehen aber deutlich Stimmen anderer Skifahrer und Geräusche gehört, die ihr nah und fern zugleich vorgekommen waren.

Hier im Treppenhaus war ein schweres Poltern und ein Schrei zu hören, dann abgebrochene Flüche, ein Keuchen und Ringen, ein paar dumpfe Schläge, plötzlich trat Ruhe ein. Dann begann alles noch einmal von vorne.

Schließlich, nachdem die Geräuschkulisse wie auf einer Platte mit Sprung zum vierten Mal begann, zog Spock die anderen mit sanfter Gewalt zur Tür und drängte sie auf den Gang zurück. Kaum hatten sie die Türschwelle überschritten, waren die Geräusche verschwunden.

Spock steckte seinen Kopf noch einmal durch die Tür.

»Noch da?«, fragte Roland, Spock nickte schweigend, dann stutzte er und flüsterte: »Es wird schwächer, es ... jetzt hat es aufgehört.«

»Kann mir einer erklären, was das grad' war?« fragte Heike, während ihr linkes Augenlid zweimal nervös zuckte.

Anna antwortete mit unsicherer Stimme: »Vielleicht ... also, ich schätze, wir haben gerade so was wie eine Live-Übertragung aus der Vergangenheit erlebt, nur ohne Radio und Kabel.« Dann erklärte sie: »Ich habe euch doch von meinem ersten Traum erzählt? Das hier war das Treppenhaus, in dem mir irgendjemand von hinten einen Stoß versetzt hat und ich in diese endlose schwarze Tiefe gestürzt bin. Ich vermute, dass es hier wirklich einen Kampf gegeben hat.«

»Aber warum konnten Heike und ich erst etwas hören, als wir euch berührten?«, fragte Roland, gab aber gleich selbst die Antwort: »Es muss also wirklich irgendwie mit deinem Krankenhausaufenthalt zusammenhängen, Anna, oder zumindest auf ein Ereignis zurückzuführen sein, das zur selben Zeit hier passiert ist. Aber wie passt Spock da hinein? Warum konnte er diese Geräusche hören, ohne Anna zu berühren?« Dann wandte er sich direkt an Spock: »Warst Du vielleicht auch als Säugling hier im Krankenhaus?«

»Nein, ich war überhaupt noch nie in Saarfurth, bevor ich hierher gezogen bin!«

»Aber Du wärst damals nicht einmal zwei Jahre alt gewesen und könntest dich heute doch gar nicht mehr daran erinnern. Vielleicht warst Du hier und weißt es bloß nicht mehr?«

»Glaub' ich eigentlich nicht«, überlegte Spock, »es liegt wohl eher daran« – er umarmte Anna sanft – »dass wir uns, na, ziemlich nahe stehen.«

»Uuuh, *ziemlich nahe stehen*«, äffte ihn Roland nach, »dass ihr bis über beide Ohren verliebt seid, beschreibt die Sache wohl besser. Aber ihr hattet ja schon vermutet, dass ihr deswegen auch im selben Traum gelandet seid.«

Zu einer Erwiderung blieb Spock keine Zeit, denn die Krankenschwester, die ihnen vorhin schon über den Weg gelaufen war, kam nun wieder durch den Gang, blieb diesmal aber vor ihnen stehen und fragte: »Da seid ihr ja immer noch, wen oder was sucht ihr denn?«

Spock schaltete schnell: »Eigentlich wollten wir nur zur Verwaltung. Können Sie uns sagen, wie wir da hinkommen?«

»Ach so! Na, da seid ihr hier aber falsch. – Ihr seid über den großen Parkplatz vor der Klinik gekommen? Gut. Da hättet ihr euch rechts halten müssen. Das Verwaltungsgebäude liegt fast direkt am Parkplatz.«

Die vier Freunde bedankten sich und machten sich auf den Weg.

In der Eingangshalle des Krankenhauses hingen in Acryl-Gehäusen drei Telefone für Besucher. »Augenblick«, sagte Anna während sie auf den einzigen noch freien Apparat zusteuerte, ihre Telefonkarte zückte, abhob und wählte.

Nach kurzer Zeit schien jemand auf der anderen Seite abzuheben, denn Annas Freunde hörten sie sagen: »Hallo Mama, ... Wie? Nein, nein, es ist nichts passiert, ich wollte dich nur etwas fragen. Wie hieß eigentlich der Arzt, der mich damals nach meinem Unfall behandelt hat? ... Peter Alban? ... Och, nichts bestimmtes, ich habe nur gerade Heike und Roland die Geschichte erzählt und gemerkt, dass ich den Namen von meinem Lebensretter vergessen hatte, den wollte ich eben wissen. ... Ja, keine Angst, ich bin wirklich vorsichtig. ... Ja, Du auch! Bis später, tschüs.«

»So, so«, meinte Roland, »Du hast uns also gerade die Geschichte von dem Unfall erzählt und nicht vorgestern im Garten. Da muss ich wohl was durcheinander gebracht haben!«

Spock feixte: »Na so was, Du kannst ja lügen, ohne mit der Wimper zu zucken!«

Anna lächelte spitzbübisch: »Wisst ihr, ich habe den großen Vorteil, dass ich praktisch nie lüge. Wenn ich dann doch mal zu einer *kleinen* Notlüge greifen muss, dann glaubt man mir alles, selbst wenn ich behaupte, dass Marsmenschen gelandet sind.«

»Na hoppla, da muss ich wohl besser aufpassen, was Du mir so erzählst«, entgegnete Spock, »aber was sollte das eigentlich? Ach so, ich verstehe: Du meinst, wenn das Ganze irgendwie mit deinem Unfall zusammenhängt, dann kann uns vielleicht der Arzt von damals weiterhelfen. Und jetzt können wir uns nach diesem ... wie war nochmal sein Name? – Dr. Peter Alban.«

Roland sah Anna an: »Hat unser Sherlock die Zehe auf den Nagel getroffen?«

»Exaktamento! Also los, versuchen wir unser Glück bei der Krankenhausverwaltung. Und lasst bitte mich reden.«

Aber Anna sollte dazu keine Gelegenheit mehr haben.

*

Als sie sich dem Verwaltungsgebäude über den Parkplatz näherten, merkten sie schon von weitem, dass etwas nicht stimmte. Ein Streifenwagen, vermutlich der, der sie vorhin überholt hatte, stand auf dem kleinen Vorplatz vor dem Eingang. Neben ihm parkten zwei weitere Wagen, die anhand der auf den Nummernschildern fehlenden Buchstaben hinter der Ortskennung ebenfalls als Dienstfahrzeuge auszumachen waren. Eine kleine Menschenmenge stand aufgeregt diskutierend vor dem Eingang, aber zwei uniformierte Polizisten ließen niemanden ein, auch nicht einen großen, kräftigen Reporter, der nun wüst schimpfte, während er sich gleichzeitig immer wieder mit der linken Hand nervös durch seine braunen, zerzausten Haare fuhr. – »Entschuldigen Sie«, sprach Spock einen untersetzten Mann an, der, die Hände in den Hosentaschen, müßig das Treiben beobachtete, »wir wollten eigentlich etwas mit der Verwaltung klären, aber die scheinen hier ja dicht gemacht zu haben. Was ist passiert?«

»Scheint, als hätte es am helllichten Tag einen Überfall gegeben. Auf die Klinik-Verwaltung! Ganz schön blöd, da gibt's doch nix zu holen. Aber genaues weiß noch niemand nicht, die Polizisten sagen ja kein ... *Ach Du heilige Scheiße!*«

Gerade war die Tür aufgegangen, und zwei Männer in weißen Kitteln trugen eine Bahre heraus, auf der ein bis über das Gesicht zugedeckter Körper lag. Hinter den beiden sah man schon die nächsten Träger mit einer zweiten Bahre.

Das Raunen in der Menge war kurz verstummt, nur um gleich darauf noch heftiger aufzuflammen, und so mancher Hals reckte sich, um einen Blick in das Innere des Gebäudes zu erhaschen und zu sehen, ob noch weitere Leichen folgen würden. Aber es folgten nur noch zwei Zivilbeamte. Der Reporter, das kantige Gesicht vor Aufregung verzogen, hatte inzwischen unablässig die Bahren fotografiert, mit denen die Toten offenbar zum Krankenhaus hinüber geschafft werden sollten. Als er aber die beiden Männer sah, sprang er zunächst zwei Sätze zurück und auf die andere Seite der Bahrenträger, wobei er einen von ihnen fast ins Stolpern brachte, um schnell zwei Fotos zu schießen, auf denen die Bahren und die beiden Polizeibeamten gleichzeitig zu sehen waren. Dann eilte er wieder ein paar Schritte nach vorne und rief: »He, Kommissar Pauli, Hauptkommissar Pauli! Sagen Sie uns, was hier passiert ist? Sind die beiden umgebracht worden? Wer sind die Opfer? Wie wurden sie getötet?«

Die beiden Beamten blieben stehen, der ältere von ihnen, ein kräftiger Mann um die Fünfzig, sah den Reporter verärgert an und kratzte sich seine von grauem Haar eingerahmte Halbglatze, die in auffallendem Widerspruch zu seiner absolut faltenlosen, fast rosigen Haut stand. Dann seufzte er: »*Sie* schon wieder! Ich glaube fast, Blue, all die Widerwärtigkeiten, über die sie berichten, geilen Sie echt auf, was? Wenn Sie was wissen wollen, rufen Sie unsere Pressestelle an. Das gilt für jeden Reporter und für Sie erst recht.«

»Hören Sie, Pauli, das brauche ich mir von Ihnen nicht bieten zu lassen!«

»Sooo? Ich frage mich, woher Sie eigentlich schon wieder gewusst hatten, dass es hier Müll zum Rumstochern gibt?«, damit wandte sich der Kommissar zu einem der Streifenbeamten, die immer noch vor der Tür standen, und meinte: »Ach, Konrad, seien Sie so nett und begleiten Sie unseren guten, alten Blue zu seinem Wagen, und wenn Sie ein Radio finden, das Polizeifunk empfangen kann, dann wissen Sie ja, was Sie zu tun haben.«

»He ...«, setzte Blue an, doch der Kommissar unterbrach ihn, indem er weiter zu seinem Untergebenen sprach: »Und wenn er Zicken macht, beschlagnahmen Sie seinen Fotoapparat, aber passen Sie auf, dass Sie nicht aus versehen den Film belichten, so was ist schnell passiert, gell!?«

Blue verstand die Drohung und zog schimpfend mit dem Streifenbeamten ab. Wenigstens hatte er, wie immer, wenn er seinen Wagen verließ, die Polizei- und Feuerwehr-Frequenzen an seinem Radio blockierte – er hatte eigens dafür einen als Nebelscheinwerfer-Schalter getarnten Knopf ins Armaturenbrett einbauen lasse.

Anna und ihre Freunde hatten entsetzt den Abtransport der Toten beobachtet. Alle vier sagten sich, dass dies bestimmt nichts mit ihrer Sache zu tun hatte. Denn das durfte einfach nicht sein. Aber im Innern wussten sie, dass es eine Verbindung zwischen ihren Problemen und den Toten gab – und dass der Kampf in die harte Phase gegangen war.

Als nun Kommissar Pauli an Anna vorüber ging, nahm sie ihren Mut zusammen und fragte: »Entschuldigung, aber können Sie mir sagen, wie lange die Verwaltung geschlossen bleibt?«

Der Kommissar blieb überrascht stehen und meinte verärgert: »Na, Fräuleinchen, *deine* Sorgen möcht' ich haben«, dann wandte er sich an den verbliebenen Streifenbeamten: »Hättet ihr nicht wenigstens die Kinder wegschicken können?« – und wieder zu Anna: »Ihr macht jetzt, dass ihr nach Hause kommt.«

»Aber ...«, setzte Anna an, doch der Kommissar ließ sie einfach stehen.

Spock winkte die anderen beiseite. Als sie sich etwas von der Ansammlung entfernt hatten, die immer noch vor dem Gebäude ausharrte, wollte keiner zuerst reden.

Schließlich schüttelte Patrick traurig den Kopf und meinte: »Wir müssen uns wohl gedulden, bis morgen die Zeitung herauskommt. – Hoffentlich irre ich mich, aber wir dürfen wohl kaum davon ausgehen, dass rein zufällig zwei Morde in einem Gebäude geschehen, gerade wenn wir dort nach Informationen suchen wollen?«

Anna und Heike nickten nur stumm, während Roland etwas ratlos fragte: »Und was jetzt?«

Patrick entgegnete: »Am liebsten würde ich ja wirklich das machen, was uns dieser Hauptkommissar Pauli so freundlich nahegelegt hat, nämlich nach Hause fahren. Denn eigentlich reicht's für heute wirklich. Aber ich glaube, dass uns die Zeit unter den Nägeln brennt. Denn unser Feind hält noch immer alle Trümpfe in der Hand. Wir brauchen unbedingt ein paar Erfolge, um endlich voran zu kommen. Hat jemand eine Idee?«

Schweigen.

Dann meinte Heike zögernd: »Also, wenn ich daran denke, was uns Mira Woll heute erzählt hat ..., ich glaube, um etwas über diesen Dr. Alban zu erfahren, brauchen wir die Verwaltung gar nicht. Wir müssten nur jemanden finden, der schon länger hier arbeitet und sich etwas auskennt.«

»Klar, Heike hat Recht«, begeistert klatschte Roland in die Hände, »und ich weiß auch schon, wen wir fragen können! Den Pförtner! Der ist nicht mehr ganz so taufrisch, das hab' ich gesehen, als wir bei unserer Ankunft am Pförtnerhäuschen vorbeigekommen sind. Und in seinem Beruf muss man ja wohl über die Leute, die im Haus arbeiten, Bescheid wissen, oder?«

»Also los!«, rief Anna und machte eine einladende Handbewegung.

Während sie über den Parkplatz gingen, meinte sie unvermittelt: »Mir fällt da noch was ein, – da hat mich das Rumgehüpfe von diesem Reporter drauf gebracht: Wenn es hier vor fünfzehn Jahren irgendein unangenehmes Ereignis gegeben hat und es nicht völlig vertuscht wurde, dann müsste doch zumindest die Saarfurther Zeitung etwas darüber berichtet haben, oder? Und die Saarfurther Zeitung hat ein Archiv, das auch dem Publikum zugänglich ist. Wir werden einfach überprüfen, ob irgendwas Auffälliges über die Hubertusklinik berichtet wurde, in der Zeit, in der ich im Krankenhaus war!«

»Prima«, rief Spock begeistert, »auf die eine oder andere Art werden wir schon weiter kommen«, dann meinte er jedoch mit einem Blick auf die Uhr: »Das mit dem Archiv schaffen wir aber heute wohl nicht mehr.«

»Na, da haben wir für morgen also auch schon was vor ... Lasst mich reden.« Die letzten Worte hatte Anna den anderen zugeflüstert, weil sie das Pförtnerhäuschen fast erreicht hatten.

Der Pförtner, ein großer, dünner Mann um die Sechzig, stand vor seiner Loge, spähte zum Verwaltungsgebäude hinüber und rätselte, was dort passiert sein könnte. Seine schwarze Uniformjacke hatte er über den Stuhl in seiner Kabine gehängt, die Krawatte gleich dazu gelegt, und nun war er dabei, die zwei oberen Knöpfe seines kurzärmeligen, weißen Hemdes zu öffnen.

Anna hatte Glück, sie brauchte ihn gar nicht anzusprechen, denn er eröffnete von sich aus das Gespräch: »Sagt mal, ich sehe, ihr kommt von da drüben«, dabei deutete er mit einem langen, knochigen Finger zum Verwaltungsgebäude hinüber, »könnt ihr mir sagen, was da los ist?« Und um seiner Neugier eine Legitimation zu geben, fügte er noch an: »Ich darf hier ja nicht weg, möchte aber doch wissen, was in meinem Revier so passiert.«

»Aber sicher«, erwiderte Anna, während sie den Pförtner freundlich anlächelte und ihre Taktik festlegte: Sie wollte Informationen, also würden sie, ohne dass es der Pförtner wusste, ein Geschäft mit ihm machen. Sie würde ihm eine interessante Story erzählen, dafür würde er sich nachher bemühen, ihr exakte Auskünfte zu geben. Also erzählte sie lebhaft, dass es wohl ein Verbrechen und zwei Tote gegeben hätte. Natürlich wusste Anna über den Hergang auch nichts, dafür schilderte sie aber noch, ordentlich ausgeschmückt, die Auseinandersetzung zwischen Kommissar und Reporter. Der Pförtner hatte gespannt zugehört, bis Anna schließlich ihre Geschichte beendete: »Tja, vielleicht hatten wir Glück gehabt, dass wir nicht früher dort waren. Wer weiß, wo wir sonst hinein geraten wären? Allerdings sind wir so natürlich auch nicht an die Auskünfte gekommen, die wir haben wollten. Aber ...«, und dabei lächelte sie wieder süß, »... vielleicht können Sie uns ja weiterhelfen?«

»Oh, ich will's gerne versuchen«, meinte der Pförtner geradezu beflissen, »worum geht es denn?«

»Eigentlich brauchen wir bloß eine Auskunft. Wissen Sie, meine Eltern haben mir jetzt erst gesagt, dass mir ein Chirurg aus dem Krankenhaus das Leben gerettet hat, nachdem ich als Säugling angefahren worden war. Und jetzt, ... nun, ich würde meinen Retter eben gerne einmal kennenlernen«, flunkerte Anna mit charmantem Augenaufschlag.

»Und wer war der Arzt?«

»Dr. Peter Alban.«

Der Pförtner brauchte nicht lange zu überlegen: »Oh, an den erinnere ich mich gut – und gerne. Er war lange hier am Krankenhaus, und wir haben immer mal wieder ein paar Worte gewechselt.«

»Was ist aus ihm geworden?«

»Vor gut zwei Jahren hatte er das Angebot bekommen, Chefarzt in einer kleinen Klinik in Trier zu werden, und das hat er dann auch, soweit ich weiß, angenommen.«

»Sie wissen nicht zufällig, wo ich ihn in Trier erreichen kann?«

»Nein, tut mir leid, aber ich glaube nicht, dass es da viele Krankenhäuser gibt. Halt, wartet mal, ich weiß, wie ihr an seine Adresse kommt, ohne erst Krankenhäuser im abzuklappern.«

Die vier Freunde sahen dem Pförtner gespannt zu, wie er durch das offene Fenster in seine Kabine griff, einen kleinen Notizblock und einen Kugelschreiber von seinem Pult nahm und etwas aufschrieb.

»So«, meinte er schließlich, »ihr müsst wissen, dass Dr. Alban all die Jahre zwei besonders gute Freunde an der Klinik hatte, die mit ihm zusammengearbeitet haben, und die arbeiten immer noch hier. Ich habe euch die Namen hier aufgeschrieben: OP-Schwester Roswitha Zapf und der Anästhesist Karl Palusky, die haben sicher noch Kontakt mit Dr. Alban. Roswitha hat mir mal erzählt, dass sie im Hessenring wohnt, ich glaube, Hausnummer 22 – steht auch hier auf dem Zettel. Wo Karl Palusky wohnt, weiß ich allerdings nicht, aber bei *dem* Namen dürfte es keine Schwierigkeiten machen, seine Adresse zu finden.«

»Eigentlich könnten wir sie ja gleich im Krankenhaus aufsuchen?«, überlegte Anna laut.

»Oh, da muss ich dich enttäuschen, aber die haben diese Woche zusammen Frühdienst, zudem werden bei uns gerade reihum Überstunden abgebaut – oder man versucht´s zumindest. Auf jeden Fall sind die Beiden heut schon kurz nach Zwölf raus gekommen.«

Anna schenkte dem Pförtner noch einmal ihr bezauberndstes Lächeln, während sie den Zettel aus seiner Hand entgegen nahm und meinte: »Na, dann werden wir es morgen Mittag bei den beiden zu Hause versuchen. Vielen Dank, Sie wissen gar nicht, wie Sie uns geholfen haben.«

Als sie sich schon etwas von der Pförtnerloge entfernt hatten, fragte Spock Roland: »Sag mal«, dabei deutete er mit dem Daumen auf seine Freundin, »wickelt die mich auch immer so um den kleinen Finger? Du musst mich warnen, wenn ... – *Autsch!*«

Mit einem kräftigen Stoß in seine Seite und einem kurzen Kuss hatte ihn Anna unterbrochen, dann hakte sie sich bei ihm ein und meinte spitz: »Tja, Junge, damit wirst Du dich abfinden müssen, dass ich dich an der Leine habe!« Doch dann wurde sie gleich wieder ernst: »Und was machen wir jetzt?«

»Kriegsrat!«, antwortete Spock, »wir fahren runter in die Altstadt und beratschlagen, was wir als nächstes unternehmen. Einverstanden?«

*

Die Hintertüre des Eiscafés Perrugino führte zu einem malerischen kleinen Hof, der von Fachwerkhäusern eingerahmt war. Die zweiten Stockwerke sprangen an drei Seiten zurück, so dass Platz für eine umlaufende, durch vorgezogene Dächer geschützte Galerie blieb. Am Holzgeländer der Galerie waren Blumenkästen mit prächtig blühenden roten, rosa und gelben Geranien befestigt. In einer Ecke des Hofes stand ein großer Käfig, in dem zwei Nymphensittiche munter drauf los krakeelten.

Meistens war es schwierig, in dem begehrten Innenhof einen freien Platz zu finden, aber als die vier Freunde ankamen, gaben gerade zwei junge Paare entnervt auf, die offensichtlich auf einen Tisch gewartet hatten, und kaum waren sie verschwunden, wurde der Tisch in der hintersten Ecke des Hofes frei. Dankbar ließen sie sich um den runden Tisch auf die Kaffeehausstühle sinken. Sie waren alle ziemlich geschafft von den Aufregungen des Tages, aber als ihre Bestellung kam und sie anfingen, ihr Eis zu löffeln, begannen sie sich wieder etwas besser zu fühlen, nur Anna wirkte noch niedergeschlagen.

»He, Kopf hoch! Wir kommen doch weiter, oder?«, fragte Spock mitfühlend.

»Das ist es nicht. – Ich muss an die beiden armen Teufel denken, die sie abtransportiert haben. Irgendwie ..., bin ich nicht irgendwie mitverantwortlich für das, was ihnen ...«

»*Du spinnst wohl?*«, brauste Spock auf, dann beugte er sich vor und zischte: »Lass dir so was nicht im Traum einfallen! Natürlich besteht da irgendein Zusammenhang, aber *Du* hast doch keine Schuld an dem, was *ER* anrichtet! Und glaub' bloß nicht, dass mich die beiden Toten kalt lassen. Aber Du hast wirklich schon genug am Hals, und kein Mensch kann von dir verlangen, dass Du die Verantwortung für *seine* Verbrechen übernimmst!«

Doch dann legte er sanft seine Stirn gegen ihre, ließ seine Linke auf ihrer Schulter ruhen, umfasste mit der Rechten zärtlich ihren Nacken und flüsterte eindringlich: »Du musst mir wirklich glauben, dass Du dir auf keinen Fall Sachen aufladen darfst, die ..., die einfach nicht für dich bestimmt sind.«

»Hast ja recht«, seufzte Anna, dann sahen sie sich lange in die Augen, bis sich Roland auffällig räusperte und Heike unter Augenklimpern flötete: »Hach, muss Liebe schööön sein!«, woraufhin ihr Anna naserümpfend eine zusammengeknüllte Papierserviette an den Kopf warf.

»Fühlst Du dich jetzt besser?«, fragte Roland.

»Ja, schon. Nur eine Sache stört mich noch: Vielleicht könnten wir der Polizei ja auf die Sprünge helfen, wenn wir ihr sagen, dass sie sich auch darum kümmern soll, was vor fünfzehn Jahren in der Klinik geschehen ist und obendrein die Namen Max Klinger und Peter Alban ins Spiel bringen ... wisst ihr, nur damit die Mordkommission, vielleicht dieser Pauli, diese Namen wenigstens schon mal kennt. Vielleicht können wir dadurch verhindern, dass noch mehr Unschuldige mit hinein gezogen werden?«

»Na klar, Anna, ich sehe die Szene genau vor mir«, entgegnete Roland und sprach dann abwechselnd mit einer hellen und einer dunklen Stimme: »*Hallo, Herr Kommissar, ich bin die Anna, und ich kann Ihnen ein paar Tipps zu dem Verbrechen in der Hubertusklinik geben.* – So? Na, dann schieß mal los. – *Also, Sie müssen nur herausfinden, was vor fünfzehn Jahren in der Klinik los war, während der Monate, in denen ich dort wegen einer Unfallverletzung lag. Ich weiß zwar nicht, was passiert ist und wie das Ganze mit den Toten zusammenhängt, aber dass es so ist, ist ganz sicher!* – Aha, sonst noch was? – *Ja, vielleicht kann Ihnen auch Dr. Alban weiterhelfen, der wohnt allerdings schon seit zwei Jahre in Trier. Und auf einen gewissen Max Klinger sollten Sie achten!* – Wer ist das jetzt wieder? – *Keine Ahnung, aber der hat mich im Traum verfolgt, Sie können meinen Freund Spock hier fragen, der war nämlich mit mir im selben Traum!* – Ach, ist ja hochinteressant! Und Spock war auch dabei? Da will ich doch gleich ein Protokoll aufnehmen, muss nur eben schnell meinen Bleistift spitzen. Ihr wartet bitte solange in dieser netten, gepolsterten Zelle, ja? Es kann höchstens zehn, zwanzig Jahre dauern ...«

»Aufhören, es reicht!«, rief Anna und hielt sich den Bauch, »aber Du hast recht, leider!«

Spock meinte nun: »Trotzdem, ich verstehe Annas Sorgen. Hm, wir machen es so: Sollten wir irgendetwas herausfinden, was damals geschehen ist oder sollten wir etwas über diesen Klinger erfahren, dann werden wir die Polizei durch einen anonymen Brief drauf stoßen. Ich weiß, anonyme Briefe sind eigentlich 'ne ziemlich feige Angelegenheit, aber wie es Roland schon so feinfühlig andeutete: Wir könnten wohl kaum glaubhaft erklären, wie wir die Spur aufgenommen haben.«

Alle gaben ihre Zustimmung und Heike meinte nun: »Wenn wir nur schon wüssten, was sich heute da oben im

Krankenhaus abgespielt hat! Das könnte uns vielleicht weiterhelfen.«

Roland schnippte mit den Fingern: »Augenblick mal, vielleicht gibt es ja eine Möglichkeit! Dieser Kommissar Pauli hat doch von einer Pressestelle der Polizei gesprochen? Nun, hier im Gang zu den Toiletten hängt ein Telefon. Es braucht nur einer von uns bei dieser Pressestelle anrufen und sich als Reporter irgendeiner Zeitung von außerhalb vorzustellen! Bei Mordfällen ist das sicher nichts Ungewöhnliches. So könnten wir die Informationen direkt von der Quelle kriegen.«

»Wow, manchmal hat unser Kleiner wirklich gute Einfälle«, rief Heike so begeistert, dass Roland vor lauter Stolz ganz vergaß, sich über das »Kleiner« zu ärgern. Aber der Stolz verging ihm, nachdem er die anderen gefragt hatte: »Und wer macht's?«

Heike rieb sich nachdenklich die Nase, Anna und Spock sahen sich fragend an, und wie auf ein geheimes Kommando lächelten plötzlich alle drei Roland an.

Dem wurde ganz flau im Magen: »Ho..., Hoppla, aber nein! So haben wir nicht gewettet!«

Heike flötete mit unschuldigem Augenaufschlag: »Aber es ist doch schließlich *deine* Idee? Da ist es nur gerecht, dass wir dir auch die Ehre der Ausführung überlassen.«

»Zuviel der Ehre«, murmelte Roland düster, doch dann hellte sich seine Miene auf: »Außerdem kann ich's ja gar nicht machen! Schließlich ist meine Stimme noch, äh, eine Nuance zu hell, die würden doch sofort merken, dass sie keinen ausgewachsenen Reporter am Telefon haben!«

»Aber das ist doch kein Problem«, grinste Spock mit einer Spur Bosheit, »schließlich können sie dich nicht sehen, also stellst Du dich einfach als Reporter*in* vor!«

»*Waas!?* Jetzt soll ich mich auch noch als Frau ausgeben? Kommt ja überhaupt nicht in die Tüte!«

Heike und Anna säuselten zusammen: »Roooland!«

»Nein, das mache ich auf gar keinen Fall, *NIE UND NIMMER*. – Ihr braucht mich gar nicht so anzusehen, ich tu's mit Sicherheit nicht! – Nein!«

*

»Hallo? Hier ist Marlene Schmidt vom Kölner Anzeiger«, sagte Roland trotz des Eisklumpens in seinem Magen und hielt dabei den Telefonhörer so fest umklammert, dass seine Handknöchel weiß wurden, »dürfte ich Ihnen vielleicht ein paar Fragen zu dem Doppelmord in der Hubertusklinik stellen?«

*

Die beiden Mädchen hätten sich ja zu gerne Rolands Nummer angesehen, aber sie blieben sitzen, um die Plätze frei zu halten und noch für jeden einen Milchshake zu bestellen. Nur Spock war mit Roland gegangen, um im Telefonbuch die Adresse von Karl Palusky herauszusuchen und die Hausnummer von Roswitha Zapf zu überprüfen. Er versuchte auch gleich nach Rolands Gespräch, die beiden zu erreichen, hatte aber kein Glück.

*

Als die Jungs zurückkamen, war Roland sichtlich blass um die Nase, und ein dicker Schweißfilm stand noch immer auf der Stirn. Er ließ sich auf seinen Stuhl plumpsen und konnte ein leichtes Zittern der Hand nicht vermeiden, als er nach dem Vanille-Shake griff und, den Strohhalm ignorierend, mit einem gierigen Zug drei Viertel des Glases leerte.

»Na, na, lief doch alles wunderbar«, klopfte ihm Spock auf die Schulter, »Du warst echt spitze, *Marlene!*«

Heike prustete lauthals los, während sich Anna an ihrem Milchshake verschluckte und dann eine fifty-fifty Mischung aus Lachen und Husten hören ließ.

»Nein wirklich, Mädels«, fuhr Spock fort, ohne sich um die mehr oder minder verstohlenen Blicke zu kümmern, die ihnen von anderen Tischen zugeworfen wurden, »das war echt 'ne Oscar-reife Leistung, was unsere Starreporterin hier gebracht hat!«

»Ha, ha, wirklich sehr komisch«, brummte Roland, dann verzog er das Gesicht und meinte: »Zugegeben, sich mal richtig Ausschütten vor Lachen, ist in unserer Lage so was wie 'n kleiner Erholungsurlaub. Und vermutlich müsste ich selbst am meisten lachen, aber was ich da eben am Telefon gehört habe …«

Schlagartig wurden die anderen wieder ernst und Heike legte ihre Hand auf sein Handgelenk während sie mitfühlend fragte: »War's schlimm?« Allein für die Hand auf seinem Arm hätte Roland noch zehn solcher Anrufe erledigt.

»Na ja«, begann er, »wie Spock schon so überaus charmant andeutete, hat mir der Pressesprecher tatsächlich abgekauft, dass ich für den Kölner Anzeiger arbeite. Was er mir erzählt hat …, ich glaube, das bestätigt leider unsere Befürchtungen. Dieser Überfall muss etwas mit unserer Geschichte zu tun haben. Der Täter ist vermutlich ganz dreist in das Verwaltungsgebäude spaziert, schließlich herrscht in einem Teil des Gebäudes ständig Publikumsverkehr – eine ideale Tarnung. Dann ist er zum Computerarchiv im rückwärtigen Teil des Gebäudes gegangen, das praktisch überhaupt keine Besucher hat. Er konnte also mit etwas Glück und Vorsicht völlig unbemerkt in das Archiv-Büro gelangen. An der Türe fand die Polizei ein Schild mit der Aufschrift *Bin gleich zurück.* Das hat der Täter offenbar angebracht, um ungestört zu bleiben. Innen hat er dann schnell einen Stuhl unter die Türklinke geklemmt und die beiden verdutzten Angestellten sofort überrumpelt. Der Frau hat er gleich ...«, Roland stockte und musste schlucken, »... na ja, er hat ihr die Kehle durchgeschnitten, den Mann aber offenbar zunächst nur am Schreien gehindert, wie, das ist noch nicht geklärt, aber ein, zwei gezielte Schläge in den Magen dürften gereicht haben. Getötet hat er ihn erst später«, Rolands Stimme war inzwischen zu einem monotonen Flüstern herabgesunken, »nachdem er ihn nicht mehr brauchte, hat er ihn einfach erwürgt. Allerdings hatte er ihm vorher noch ... den kleinen Finger der linken Hand abgetrennt, entweder, weil er irgendwelche Informationen wollte, oder einfach – wie sagte der Beamte am Telefon? – *,um seinen Forderungen Nachdruck zu verleihen'.*

Die Blutspuren zeigen, dass der verletzte Mann möglicherweise noch selbst am Computer arbeitete oder den Täter einwies, allerdings lässt sich nicht sagen, was er suchte. Und noch was: Die Patientenakten werden nur noch zwei Jahre aufgehoben und dann auf CDs übertragen und in einem feuersicheren Nebenraum aufbewahrt – und weit über 100 der CDs wurden geklaut. Der Pressesprecher hat da zwar nichts Genaueres gesagt, aber wir können uns denken, welcher Jahrgang sich unter der Beute befunden hat, oder?«

Anna und Spock nickten schweigend. Heike fragte, während sie zu Rolands Bedauern ihre Hand wieder von seinem Arm nahm: »Aber warum so viele? Ach so, das ist natürlich Tarnung, damit die Polizei nicht herausfindet, um welchen Jahrgang es ihm eigentlich geht.«

»Bingo«, meinte Spock, »aber wir könnten Kommissar Pauli auf die Sprünge helfen, was? Und genau das werde ich heute Abend noch tun.«

»Gut, komm nachher mit zu mir«, forderte Anna ihn auf, »ich habe noch irgendwo so ein Kinderspielzeug, da kann man sich mit Gummibuchstaben Stempel basteln. Damit schreiben wir den Brief und werfen das Zeug dann weg.«

»So machen wir's«, nickte Spock, dann wandte er sich wieder an Roland: »Hast Du sonst noch was erfahren?«

»Nichts, was uns weiterhelfen könnte«, Roland zuckte mit den Achseln, »das Büro liegt nach hinten raus, der Täter ist dann einfach durch ein Fenster gestiegen und wahrscheinlich in dem Wäldchen verschwunden, das schon kurz hinter dem Verwaltungsgebäude beginnt. Es hat dann wohl eine ganze Weile gedauert, bis jemand, der etwas aus dem Archiv brauchte, gemerkt hat, dass da etwas nicht stimmt und schließlich ein Angestellter mit einem Universalschlüssel die Toten entdeckt hat.«

Die Freunde schwiegen bedrückt, weil sie an die Toten denken mussten und an den Schreck des Angestellten, als er die Leichen entdeckt hatte.

Schließlich stammelte Heike: »Mann oh Mann, der ist ja wirklich eiskalt!«

Anna atmete einmal tief durch, sah die anderen der Reihe nach an und meinte: »Ich weiß, wir haben schon darüber gesprochen, und es liegt ja auch auf der Hand, aber ich muss es trotzdem noch einmal sagen: Seid um Himmels willen vorsichtig! Wenn einem von euch was passieren würde ...«, Anna schüttelte sich und schwieg.

»Keine Angst«, erwiderte Roland, »ich werde mich streng an Heikes Taktik halten: Im Zweifelsfall seht ihr nur noch meine Rücklichter in der Ferne verschwinden. Aber, abgesehen von eurem Brief an Kommissar Pauli, wie sieht denn jetzt unser weiterer Schlachtplan aus?«

»Augenblick«, entgegnete Spock, »ich versuche nochmal, Herrn Palusky oder Frau Zapf zu erreichen.«

Er verschwand Richtung Telefon, kam aber schon bald kopfschüttelnd zurück: »Fehlanzeige. Ist immer noch keiner zu Hause. Außerdem hatte ich die geniale Idee, die Auskunft

anzurufen und nach Peter Albans Adresse in Trier zu fragen
– warum ist eigentlich keiner von uns Schlauköpfen schon
vorher darauf gekommen? –, aber auch das war 'ne Niete.«

»Na schön, dann mal der Reihe nach«, Anna rieb nachdenklich ihre Handflächen unter ihrem gesenkten Kopf gegeneinander, dann blickte sie auf und fuhr fort: »Wer-auch-
immer hat uns ja sehr deutlich demonstriert, dass wir uns
ranhalten müssen. Er ist schnell, wir müssen schneller sein.«

Spock unterbrach: »Meinst Du nicht, wir können dieses
Wer-auch-immer getrost durch Max Klinger ersetzen?«

Anna zögerte: »Ich weiß nicht ..., na, spielt ja keine
Rolle, also nennen wir ihn vorläufig ruhig Max. Und um etwas Zeit gegenüber Max gut zu machen, werden wir uns
morgen trennen.«

Die drei anderen verzogen ihre Gesichter und wollten sofort protestieren, aber Anna hob abwehrend ihre Hand und
rief lachend: »Keine Angst, keiner wird alleine in irgendwelche düsteren Gänge herabsteigen müssen! Hört mich doch
erstmal an! Also: Nachdem, was uns der Pförtner gesagt hat,
endet der Dienst von Frau Zapf und Herrn Palusky morgen
um zwölf Uhr. Und wir haben wegen dieser Lehrerkonferenz
doch nur Schule bis viertel vor Eins. Da könnten wir doch
den beiden direkt anschließend einen Besuch abstatten. Ich
übernehme die Krankenschwester und Spock den Anästhesisten.«

»Umgekehrt«, warf Heike ein.

»Was? Wieso denn?«, wollte Anna wissen.

»Na ist doch wohl klar, dass Du besser aus einem Mann
Informationen herauskitzeln kannst, wenn Du deinen Char-
me spielen lässt, und Spock besser für die Frau geeignet
ist!«

»Also Heike!«, gab sich Anna entrüstet, »aber wo Du
recht hast, hast Du recht. – Gut, Spock übernimmt Roswitha
und ich Karl.«

»Und was bleibt für uns?«, wollte Roland wissen.

»Du und Heike, ihr bleibt zusammen«, erwiderte Anna (und diesen Teil seiner Aufgabe fand Roland schon mal gar nicht übel), »ihr nehmt euch das Archiv der Saarfurther Zeitung vor und durchstöbert die Ausgaben aus der Zeit, als ich den Unfall hatte. Achtet darauf, ob damals etwas Ungewöhnliches in der Hubertusklinik geschehen ist.« Dann zögerte Anna einen Augenblick, bevor sie hinzufügte: »Seht euch auch die Todesanzeigen an, die während der drei, vier Tage nach meinem Unfall erschienen sind.«

»Was? Wieso denn ...«, setzte Roland an, wurde aber von Spock unterbrochen, der laut mit den Fingern schnippte und rief: »Der Motorradfahrer!«

»Was haben die denn nun wieder?«, wollte Heike von Roland wissen, der zuckte mit den Schultern und bekannte: »Ich verstehe nur Bahnhof.«

Anna erklärte ihnen: »Bei dem Unfall damals ist doch auch ein Motorradfahrer ums Leben gekommen, und dessen Namen hätte ich gerne. Vielleicht ist in der Todesanzeige sogar der Unfall erwähnt, oder da steht so was wie »plötzlich aus unserer Mitte gerissen« oder so. Wenn nicht, dann schreibt die Namen der verstorbenen Männer heraus, so viele werden das nicht sein.«

Spock fragte: »Meinst Du wirklich, da gibt es einen Zusammenhang?«

Anna zuckte mit den Schultern: »Keine Ahnung, aber ich will nichts ungeprüft lassen.«

Roland schüttelte sich: »Uuh, späte Rache aus dem Sarg? Na danke ...«

»Du musst immer gleich übertreiben«, maulte Heike, die aber trotzdem bei seinen Worten eine Nuance blasser geworden war, »dann ist es schon eher ein durchgedrehter Verwandter mit, na, sagen wir ruhig mit übernatürlichen Fähigkeiten?«

»Nun mal halblang, ihr beiden«, rief Anna, »das ganze Rätselraten bringt doch nichts. Lasst uns einfach abwarten, was der Tag morgen bringt.«

»Anna hat recht«, meinte Spock und fügte nach einem Blick auf die Uhr hinzu: »Außerdem geht es schon auf halb sechs zu. Es wird langsam Zeit für uns, Anna, schließlich wollen wir noch diesen Brief fertig machen.«

»O.k.«, Anna stand auf und fragte Heike und Roland: »Und was ist mit euch beiden, bleibt ihr noch?«

»Na ja«, antwortete Roland, »nach *dem* Tag kann ich noch eine halbe Stunde Urlaub gebrauchen. Ich glaube, ich werde mir ausnahmsweise noch einen Milchshake gönnen. Wie sieht's mit dir aus, Heike?«

Heike zögerte nur kurz: »Ja, ich bleib auch noch etwas«, dann schenkte sie Roland ein galantes Lächeln und flötete: »Danke für die Einladung.«

Innerlich atmete Roland auf, dass er genug Taschengeld eingesteckt hatte, gleichzeitig sah er Spock an, und beide sagten kopfschüttelnd nur ein Wort: »Frauen!«

8. Karl Palusky verpasst das Abendessen

Trotz der aufreibenden Frühschicht war Karl Palusky kein bisschen müde, als er aus der Klinik kam. In den zurückliegenden Jahren hatte er oft ein Gefühl der Leere empfunden, der Grund dafür war ihm bewusst gewesen: Er, der aus einer kinderreichen Familie stammte, war – nach etlichen Verwicklungen – Junggeselle geblieben und hatte keine Familie. Aber heute war so ein Tag, an dem er seine Entscheidung für das Single-Dasein absolut nicht bedauerte. Heute Abend würde Karla wieder zu Besuch kommen.

Vor einem guten viertel Jahr hatte ein gemeinsamer Bekannter auf der Geburtstagsparty eines Kollegen irgendeinen albernen Witz über die Ähnlichkeit ihrer Vornamen gerissen, und so waren sie ins Gespräch gekommen. Ein Gespräch, das bis zum Ende der Party dauerte, das sie am nächsten Abend zunächst in einem kleinen Lokal, dann in Karlas Wohnung und schließlich in ihrem Bett fortgesetzt hatten.

Dabei war Karl absolut nicht der Typ, der sich Hals über Kopf in eine Beziehungskiste stürzte. Und gerade bei Karla hätte er sich leicht herauswinden können aus seinen Gefühlen, denn es gab, zumindest äußerlich, ziemliche Unterschiede zwischen ihnen: Er war gut über einen Meter neunzig groß (genau genommen hatte er die Zwei-Meter-Marke sogar knapp überschritten, aber das gab er nicht gerne zu), Karla dagegen erreichte gerade mal eins-fünfundsechzig. Er war ein ausgesprochen bulliger Mann, und sie war so zierlich, dass er im Bett zunächst immer Angst gehabt hatte, er könnte ihr wehtun. Doch als er ihr seine Bedenken gestanden hatte, da hatte sie nur ein leises Lachen hören lassen, ihn an sich gezogen und ihm »mein zärtlicher alter Grizzly« ins Ohr gegurrt. Na ja, das »alt« stimmte irgendwie auch, denn immerhin war er dreizehn Jahre älter als sie.

Karl hatte eine ganz neue Erfahrung gemacht: Er hatte diese Frau kaum drei Wochen gekannt, da begann sich schon bei ihm der Gedanke einzunisten, ob er mit seinen sechsundvierzig Jahren nicht vielleicht doch noch zu einer Familie käme. Nun bummelte Karl nahe seiner Wohnung über den kleinen Markt am Kirchplatz, um frisches Gemüse einzukaufen, denn heute Abend wollte er für Karla kochen. Zuerst Zucchini- und Oberginenstreifen, in einer leckeren Marinade gebeizt und dann gebraten; danach sollten Kartoffelpuffer mit Krabben folgen.

Das war auch so was: Karl hatte absolut nichts gegen ein großes, saftiges Steak einzuwenden, aber Karla verzog das Gesicht, wenn sie so einen »blutigen Fleischklumpen« sah. Na, für Karla würde er sich vielleicht sogar seine geliebten Steaks abgewöhnen. Dann musste Karl laut loslachen, als er merkte, dass er sich wie ein verliebter Teenager fühlte. Der Verkäufer, der gerade seine Kartoffeln einpackte, starrte ihn verwundert an. Sollte er doch! Rundum zufrieden marschierte Karl mit seiner vollen Tragetasche heimwärts.

Vor drei Jahren hatte eine Immobilienfirma einen dreistöckigen Altbau in der Fassgasse aufgekauft und – die Proteste einiger Mieter hatte nichts genützt – die kleinen Mietwohnungen in vier große Eigentumswohnungen umgewandelt. Da Karl allein lebte und nie sonderlich viel gebraucht hatte, war sein Sparbuch entsprechend angewachsen. Ihm gefiel das Haus in dem alten Stadtteil, und so hatte er leichten Herzens die Wohnung im zweiten Stock gekauft.

Als er nun die Haustür aufsperrte und in den Hausgang trat, nahm er zuerst die Post aus dem Briefkasten und stieg dann, zwei Stufen auf einmal nehmend, die Treppen zu seiner Wohnung hinauf. Kurz vor seiner Etage hörte er, wie die Tür der Wohnung im dritten Stock geöffnet wurde und ihm Schritte im Treppenhaus entgegen kamen. Als Karl gerade den Wohnungsschlüssel in sein Türschloss steckte, bog ein

Mann um den Treppenabsatz über ihm. Der Mann nickte ihm freundlich lächelnd zu, während er zu ihm herunter stieg und fragte: »Herr Palusky?«

Karl erwiderte, ebenfalls freundlich: »Ja bitte?«

*

Heike und Roland waren nach der Schule mit dem Bus zum Rathaus gefahren und machten sich von dort zu Fuß auf den Weg zur Saarfurther Zeitung. Ein deutliches Stimmungsgefälle hatte sich zwischen den beiden breitgemacht: Während Roland schon im Bus munter drauflos geplappert hatte und nun seinen Weg beschwingt zurücklegte, war Heike sehr einsilbig und blickte meistens zu Boden.

Als sie nun so nebeneinander hergingen, sah Heike ab und an stirnrunzelnd zu Roland hinüber, blieb schließlich abrupt stehen und fuhr ihn wütend an: »Also jetzt langt's!«

Roland blieb mit einem verdutzten »Wie bitte?« ebenfalls stehen, und Heike legte mit verhaltenem Zorn los: »Ich verstehe dich nicht – erst warnst Du uns, die ganze Angelegenheit nicht auf die leichte Schulter zu nehmen, und jetzt scheinst Du das Ganze selbst für einen Spaß zu halten! Hast Du schon vergessen, dass es gestern zwei Tote gegeben hat? Und was ist mit diesen gespenstischen Geräuschen im Krankenhaus? Auch schon vergessen? Ich habe mir auf jeden Fall die ganze Nacht den Kopf darüber zermartert. Wenn ich nur daran denke, dann ...«

»Aber verstehst Du denn nicht?«, unterbrach sie Roland, »das ist es doch gerade, weshalb ich trotz allem so gut gelaunt bin! –Glaub bloß nicht, dass mir die Toten egal sind. Und ich habe letzte Nacht auch noch lange wach gelegen und nachgedacht. Nur scheinbar bin ich dabei zu anderen Ergebnissen gekommen als Du. Schau, ich weiß ja nicht, wie es bei dir war, aber noch vor ein paar Jährchen habe ich übersinnliche Geschichten für bare Münze genommen und tatsächlich an Geister und so 'n Zeug geglaubt. Nur hatte ich mir das mittlerweile halt so ziemlich abgeschminkt. Aber seit gestern hat sich da mein Bild wieder etwas gewandelt. Ich glaube zwar immer noch nicht an Märchen-Gespenster, wenn Du weißt, was ich meine, aber ich denke, wir sind uns einig, dass wir unser Erlebnis im Krankenhaus ohne weiteres ein übernatürliches Ereignis nennen können, oder?«

»Schon«, entgegnete Heike ratlos, »aber ich wüsste wirklich nicht, wieso ich mich darüber freuen sollte?«

»Aber kapierst Du es denn nicht?! Welche Kraft auch immer im Krankenhaus gewirkt hat, in unserem Physikunterricht werden wir sicher nie etwas über sie hören. Ich weiß zwar wirklich nicht, ob diese Kraft gut, böse oder einfach neutral war, aber letztlich bedeutet ihre Existenz doch, dass wir Menschen, irgendwie ..., nun, dass wir nicht alleine sind. Und diese Kräfte scheinen stärker als die Zeit zu sein, denn die Geräusche gestern hätte es in unserer Welt gar nicht mehr geben dürfen. Wenn Du das jetzt alles zusammenzählst, lässt das dann nicht hoffen, dass auch wir Menschen – wie soll ich sagen? – dass wir uns keine Sorgen über die Zeit zu machen brachen? Dass wir nach ein paar Jahren auf dieser Welt eben einfach auch die andere Welt kennenlernen? Und das finde ich irgendwie ..., irgendwie *beruhigend*.«

»So ..., so habe ich das noch gar nicht gesehen!«

Während sie den Rest des Weges bis zur Saarfurther Zeitung zurücklegten, warf Heike erneut ab und an einen schnellen Seitenblick auf ihren Begleiter, diesmal aber nicht ärgerlich sondern verwundert. Und sie hatte immer gedacht, dieser Junge hätte nichts als Kasperkram im Kopf. In Zukunft würde sie etwas vorsichtiger bei der Beurteilung anderer sein. Vielleicht kam es ja einfach nur darauf an, anderen auch mal eine zweite Chance zu geben?

Als sie das Zeitungshaus erreicht hatten und nach dem Archiv fragten, wurden sie zu einem Büro im Erdgeschoss des großen Gebäudes verwiesen. Vor der Tür blieb Roland stehen, deutete auf ein Schild und rief: »He, sieh mal, wir haben Glück gehabt!«

Leise las Heike: »Publikumsverkehr nur montags und dienstags«, dann wandte sie sich an Roland: »Hoffentlich ist damit unser Glück für heute noch nicht ganz verbraucht. Ehrlich gesagt, so sonderlich scharf bin ich nicht darauf, in dunklen Archiven zwischen langen Regalreihen und vergilbten Zeitungen entlang zu krauchen; – noch nicht einmal mit Ritter Roland an meiner Seite.«

Aber als sie anklopften und die Türe öffneten, erlebten sie eine angenehme Überraschung: Sie befanden sich in einem großen, hellen Büro, das zwar zweckmäßig, aber dennoch freundlich eingerichtet war.

»Wo sind denn die ganzen Zeitungen?«, entfuhr es Roland überrascht. Ein junger Angestellter unterbrach seine Arbeit an einem Computerterminal und wandte sich schmunzelnd um: »Natürlich im Keller, wo sie hingehören, oder was hast Du gedacht?«

Sie konnten an einem großen Tisch Platz nehmen, mussten sich aber etwas gedulden, bis der freundliche Angestellte, der sich als Axel vorgestellt hatte, mit drei großen Ordnern zurück kam, in denen sich die Ausgaben aus den gewünschten Monaten befanden. Aufgeregt begann Roland, in der ersten Mappe zu blättern, während Heike nun hinter ihm stand und sich über ihn beugte. »So«, meinte Roland, »gleich muss ..., nanu, was soll *das* jetzt?«

Heike rief: »Da wird doch der Hund in der Pfanne verrückt!«, dann flüsterte sie: »*Er* ist uns schon wieder zuvorgekommen!«

Auf Heikes Ausruf hin hatte sich Axel auf seinem Drehstuhl umgewandt und fragte: »Was nicht in Ordnung?«

»Tscha, na ja, so kann man's nennen«, antwortete Roland, »da fehlen etliche Zeitungen, stattdessen sind alle möglichen anderen, neueren Exemplare eingeheftet.«

»*Was?*«, jetzt stand der junge Mann auf und kam zu ihnen herüber, »wollt ihr mich auf den Arm nehmen? – Mich laust der Affe, tatsächlich! Wie konnte denn das passieren?«

»Ich dachte, Sie könnten uns das sagen?«, fragte Heike.

»Hm«, Axel zuckte die Schultern, »irgend so ein Neunmalkluger wollte sich wohl das Geld für's Kopieren sparen oder er brauchte aus irgendwelchen Gründen die Originale. Aber wie hat er's geschafft, die Exemplare auszutauschen?«

Warum die Zeitungen fehlten, hätten ihm Heike und Roland sagen können. Jetzt wussten sie wenigstens, dass sie in der Zeitung etwas gefunden *hätten*; ein schwacher Trost.

Heike antwortete auf Axels Frage: »Er muss die Mappe wohl unter dem Vorwand, Kopien machen zu wollen, mit hinaus genommen haben. Und dann hat er sie in Ruhe – vielleicht auf der Toilette – ausgetauscht.«

Axel schmunzelte: »An dir ist wohl ein Sherlock Holmes verloren gegangen? Aber Du hast vermutlich recht, so könnt's gewesen sein.«

»Und andere Exemplare der geklauten Zeitungen haben sie vermutlich auch nicht?«, wollte Heike wissen.

»Nee, hin ist hin und futsch ist futsch.«

Zu Roland gewandt, meinte Heike: »Na, Anna und Spock werden sich freuen, wenn wir mit leeren Händen kommen. Hoffentlich haben sie mehr Erfolg.« Sie wollte sich schon von Axel verabschieden, als ihr etwas auffiel: »Sagen Sie, Sie scheinen das ja alles auf die leichte Schulter zu nehmen. Stört es Sie denn überhaupt nicht, dass diese alten Ausgaben jetzt verloren sind?«

»Nö, stört mich wirklich nicht. Soll er doch glücklich damit werden! Schließlich haben wir die Exemplare von damals auch noch auf Microfich.«

Heike wandte sich zu Roland, und sie strahlten sich gegenseitig an, während Heike die rechte Hand mit der Handfläche nach oben hielt, Roland klatschend einschlug und meinte: »Das hat er übersehen! Gut zu wissen, dass ihm auch Fehler unterlaufen!«

»Wem passieren welche Fehler?«, wollte Axel wissen.

Heike reagierte schnell: »Na, dem Dieb der Zeitungen«, und bevor Axel auffiel, dass diese Antwort eigentlich nicht ganz befriedigend war, hakte sie rasch nach: »Mikrofish, das sind doch diese Folien, auf die eine ganze Masse von Seiten in Mini-Formaten drauf kopiert werden, und die man dann mit speziellen Vergrößerungsgeräten lesen kann?«

»Richtig.«

»Wäre es dann möglich, dass wir uns wenigstens die Ablichtungen der Exemplare mal ansehen können, die dieser Dieb weggeschnappt hat?«, bat Heike.

»Hm«, Axel runzelte die Stirn, »von den frühen Jahrgängen sind noch nicht alle übertragen und eigentlich soll dieses System der Öffentlichkeit erst zugänglich gemacht werden, wenn alles in vierfacher Ausfertigung komplett ist.«

»Ach bitte«, Heike setzte ihr niedlichstes Lächeln auf und klimperte ganz entzückend mit den Wimpern, »es ist wirklich wichtig.«

»Na ja«, lenkte Axel ein, »ich denke, da die Originale verschwunden sind, kann ich ruhig mal eine Ausnahme machen, kommt mit.«

Während sie Axel folgten, der durch eine Seitentüre in einen Nebenraum verschwand, flüsterte Roland zu Heike: »Das sind also die berühmten Waffen der Frau! Ich hätte ihn sicher nicht so schnell rumgekriegt!«

Die Antwort war ein kräftiger Stoß eines Ellenbogens in seine Rippen.

Im Nebenraum suchte Axel ihnen aus einem großen Metallschrank mit vielen Rollfächern die gewünschten Folien heraus und legte sie auf einen Tisch neben ein Vergrößerungsgerät, das er einschaltete, dann erklärte er: »Jede Folie entspricht einer Zeitung, Nummer und Erscheinungsdatum sind am oberen Rand aufgedruckt. Seht ihr, hier müsst ihr die Folien einschieben und hier könnt ihr sie bewegen, also praktisch in der Zeitung *blättern*, das ist schon alles. Wenn ihr fertig seid, lasst die Folien einfach auf dem Tisch liegen, ich räume sie dann wieder weg.«

»Vielen Dank auch!«, rief Heike ihm noch nach, während er schon wieder seiner Arbeit zustrebte. Roland legte bereits die erste Folie ein.

Zuerst fanden sie den kurzen Bericht über Annas Unfall. Es war ihnen ganz sonderbar zumute, hier zu sitzen und zu lesen, dass ihre Freundin mit lebensgefährlichen Verletzungen ins Krankenhaus eingeliefert wurde, auch wenn das Ganze schon über fünfzehn Jahre her war. Schon in der folgenden Ausgabe fanden sie den Namen des tödlich verunglückten Motorradfahrers: Mathias Bachenberger. Aber der Name brachte bei ihnen nichts zum klingeln; vielleicht würde er ja Anna etwas sagen? Doch schon mit der nächsten Ausgabe landeten sie einen Volltreffer. Andächtig, die Köpfe dicht beisammen, lasen sie die Artikel auf der ersten und dritten Seite. Beide zuckten sie gleichzeitig zusammen, als sie auf einen bestimmten Namen stießen. Als sie zu Ende gelesen hatten, sahen sie sich erst ein paar Sekunden schweigend an. Heike registrierte, dass Roland etwas blasser um die Nase war als noch vor einer halben Minute, Roland bemerkte dasselbe bei Heike.

Schließlich meinte er unvermittelt: »Da haben wir sie ja alle zusammen: Dr. Alban und ...«, er musste sich zusammenreißen, damit seine Stimme bei diesem Namen nicht zu vibrieren anfing, »... Max K., – also Klinger.«

»Und noch ein Bekannter wird erwähnt«, warf Heike ein.

»Wer denn?«

»Ist dir nichts bei dem Namen des Polizisten aufgefallen, der die Presseerklärung abgegeben hat?«

Roland suchte noch einmal die Stelle: »Kommissar Pauli. Stimmt, so hat doch dieser aufdringliche Reporter gestern den Kommissar angesprochen, der uns vor der Krankenhausverwaltung vertreiben wollte?«

»Ha, Anna und Spock werden staunen, wenn sie hören, was wir rausgefundn haben. Ich glaube kaum, dass die beiden heute auch so aufregende Entdeckungen machen wie wir.«

*

Vor der Fassgasse 7 holte Anna noch einmal tief Luft und klingelte. – Nichts geschah. Nach einer halben Minute wiederholte sie den Versuch, wieder vergeblich.

Vielleicht könnte sie ja eine Nachricht unter seiner Wohnungstür durch schieben?

Skeptisch lehnte sich Anna gegen die Haustür und ... tatsächlich, sie öffnete sich mit einem leisen Klicken.

Anna besah sich nochmals die Klingelleiste. »Karl Palusky« stand auf der dritten Klingel von unten, seine Wohnung würde also vermutlich im zweiten Stock liegen.

Anna trat in den Hausgang. Als die Türe hinter ihr ins Schloss fiel, war außer dem lauten Summen einer fetten Fliege kein Ton zu hören, und Anna hatte den Eindruck, dass nicht nur Karl Palusky ausgeflogen war. Das Haus schien ihr vollkommen menschenleer zu sein.

Menschenleer, aber offenbar nicht gemüseleer: Am Fuß der Treppe entdeckte sie überrascht eine einsame Kartoffel.

Zu dem Summen der Fliege gesellte sich das Knarzen der hölzernen Stufen, als Anna, Kartoffel hin oder her, die Treppe hinaufzusteigen begann.

Spock legte sich gründlich in die Pedale, als er nach der Schule zu Roswitha Zapf radelte. Während dieser Palusky so ziemlich im Zentrum wohnte, lebte die Schwester in einem der äußeren Stadtteile, ein gutes Stück von der Stadtmitte entfernt. Von der Schule aus betrachtet, war zwar der Weg zu ihr auch nicht viel weiter als der Weg in das Stadtzentrum, aber während Anna zum Teil ein leichtes Gefälle auf ihrer Strecke hatte, musste Spock eine gehörige Portion bergauf strampeln.

Als er schließlich vor dem mehrstöckigen Apartmenthaus ankam, versuchte er seine Atmung wieder zu beruhigen, während er mit dem Finger über die lange Klingelleiste fuhr.

Zapf, da stand es ja! Sie musste in einer der mittleren Etagen wohnen. – Spock hatte Glück, denn kurz nachdem er geklingelt hatte, meldete sich eine Frauenstimme an der Gegensprechanlage: »Ja bitte?«

»Guten Tag, Frau Zapf, mein Name ist Patrick, Patrick Mayer. Sie kennen mich nicht, aber der Pförtner der Hubertusklinik meinte, dass Sie mir vielleicht weiterhelfen könnten?«

»So?«, kam es etwas skeptisch zurück, »worum geht es denn?«

»Na ja, das Ganze ist etwas kompliziert«, das war die Untertreibung des Jahres, »zum einen bräuchte ich die Adresse von Dr. Alban in Trier ...«

»Von Peter? Wieso das denn?«

Ach du liebes Bisschen! Das konnte ja ein nettes Gespräch werden, wenn auf jede Frage eine Gegenfrage folgte! »Also, ehrlich gesagt geht es um meine Freundin. – Anna glaubt, der Doktor könnte ihr bei einem Problem ...«

»*Anna?*« Da, bitte, schon wieder eine Gegenfrage, »Wie ..., wie ist denn ihr Nachname?«

»Silvan, wieso?«

» ... «

»Hallo, Entschuldigung, sind Sie noch da?«

Ein zögerndes »Ja« war die Antwort und dann: »Aber komm doch besser rauf.«

Das ließ sich Spock nicht zweimal sagen. Im Aufzug klatschte er aufgeregt in die Hände. Endlich jemand, der etwas zu wissen schien!

*

Das Summen der Fliege begleitete Anna auf ihrem Weg die Treppe hinauf. Auf dem ersten Treppenabsatz fand sie drei weitere Kartoffeln und auf den ersten Stufen, die weiter nach oben führten, lagen auch noch ein paar. Langsam stieg Anna höher – und blieb wie erstarrt stehen, als ihr plötzlich etwas entgegenpolterte: *Plop, plop, plop, plop,* – etwas langes, dunkelgrünes holperte an ihren Füßen vorbei und leistete den Kartoffeln auf dem Treppenabsatz unter ihr Gesellschaft. Eine Zucchini! –

Ein leises »Huh« entfuhr Annas Kehle, das sich nicht so ganz entscheiden konnte, ob es erleichtert, hysterisch oder wie der Ansatz eines Lachens klingen sollte. Sie lehnte sich mit dem Rücken gegen das Treppengeländer, legte mit geschlossenen Augen den Kopf in den Nacken, atmete langsam und tief durch, währen sie dachte: »Na prima, jetzt mache ich mir schon die Hosen voll, wenn ich bloß irgend so ein blödes Gemüse durch meine Tritte ins Rollen bringe.«

Als sie sich etwas beruhigt hatte und die Augen aufschlug, sah sie zwischen dem zweiten Treppenabsatz und der zweiten Etage einen Arm durch das Treppengeländer baumeln.

Eine ewige Sekunde starrte sie den Arm und die dazugehörige Hand an, sah die kräftige, schwarze Behaarung auf

Arm und Handrücken, die gekrümmten Finger, den Ring an einem der Finger. Dann schnellte sie sich wie eine gespannte Feder von dem Treppengeländer weg, wollte sich gleichzeitig umdrehen, trat neben eine Stufe und landete bäuchlings zwischen den drei Kartoffeln und der Zucchini.

Als sie schließlich schwer keuchend an der Wand kauerte, merkte sie nicht einmal, dass sie sich gehörig den rechten Ellenbogen angeschlagen hatte.

Nachdem eine halben Minute später das Haus immer noch nicht über ihrem Kopf eingestürzt war und sich auch sonst nichts rührte – selbst das Summen der Fliege war verstummt –, schaffte es Anna, wieder etwas Ordnung in ihre Gedanken zu bringen. »Ruhig, ruhig«, murmelte sie sich vor, »wenn ER noch hier wäre, dann hätte er mir sicher schon seine Aufwartung gemacht. Soviel also dazu, alleine auf Kundschaft zu gehen.«

Dann fiel ihr ein, dass sie, statt Selbstgespräche zu führen, vielleicht besser nachsehen sollte, ob sie dem Besitzer des Armes nicht doch noch helfen könnte. Doch als sie sich schließlich, den Ellenbogen reibend, aufrappelte und vorsichtig ihren Weg fortsetzte, machte sie sich zwei Dinge klar. Erstens: Der Mann da oben war Karl Palusky. Zweitens: Er war tot. Jetzt kannte Anna zumindest einen Grund, warum der Verwaltungsangestellte der Hubertusklinik vor seinem gewaltsamen Dahinscheiden noch an den Computer gezwungen worden war: Er musste die Datei mit den Personaldaten öffnen, denn dort waren natürlich auch die Adressen aller Angestellten eingetragen.

Anna bereitete sich auf einen unangenehmen Anblick vor. Ihre Erwartungen wurden noch übertroffen.

Der Körper von Karl Palusky lag, etwas verkrümmt, rücklings auf den unteren Stufen der Treppe, so dass die Füße schon auf dem Treppenabsatz ruhten. Der linke Arm ragte durch die Stäbe des Geländers. Karl Paluskys linkes

Augenlid war weit aufgerissen, das rechte halb geschlossen, seine braunen Augen starrten ins Nirgendwo, sein halb geöffneter Mund wirkte ganz entspannt, kein Atem ließ die Lippen erzittern. Es war unschwer zu erkennen, an welcher Stelle sein Kopf immer und immer wieder gegen die Kante der fünften Stufe geschlagen worden war. Der Täter musste noch weitergeschlagen haben, als Karl diese Welt schon längst verlassen hatte, denn sein Hinterkopf war praktisch nicht mehr vorhanden. Hätte Anna ihren Weg fortgesetzt, ihr wäre kaum Platz geblieben, an Karl Palusky vorbei zu kommen, ohne in Blut oder andere Sachen zu treten. Eine halbleere Tragetasche lag zusammengesunken zu seinen Füßen und hatte die Hälfte ihres Inhalts in der Gegend verstreut.

Anna stand, die Hände auf den Mund gepresst, vor Karl. Obwohl sie versucht hatte, sich auf den Anblick gefasst zu machen, musste sie würgen. Nachdem sie dann auch noch die Fliege wiederentdeckt hatte und sah, worauf sie saß, blieb ihr nichts anderes übrig als das Treppengeländer wie eine Schiffsreling zu benutzen.

Sobald sie ihren Magen erleichtert hatte, fühlte sie sich – körperlich – ein klein wenig besser. Tränen liefen über ihre Wangen, als sie Karl erneut ansah. Sie hatte ihn nicht gekannt, aber das änderte nichts, denn natürlich hatte dieser Mann wie jeder Mensch seine Wünsche, Hoffnungen und Pläne gehabt.

Wer kümmerte sich jetzt um Karl Paluskys Hoffnungen?

Anna schämte sich, dass sie auch erleichtert war, weil *sie* wieder mit dem Schrecken davon gekommen war. Was wäre passiert, wenn sie eine viertel Stunde früher gekommen wäre? Anna fröstelte bei dem Gedanken. Wenn doch bloß Patrick hier wäre.

Patrick!

Irgendetwas hatte sie vergessen ... Patrick sollte jetzt eigentlich bei Schwester Zapf sein. Wenn nun aber Max oder

Wer-auch-immer Karl Palusky beiseite geschafft hatte, bedeutete das dann nicht unweigerlich, dass er auch Schwester Zapf …? – Ein Telefon!

Wo um Himmels willen war das nächste Telefon?

Sie quetschte sich, zwei Stufen überspringend, an Karl Palusky vorbei und jagte nach oben in der trügerischen Hoffnung, dort vielleicht doch jemanden anzutreffen. Die Tür der obersten Wohnung stand offen. Das hätte ihr eigentlich zu denken geben müssen, aber sie war zu sehr in Sorge, um sich darüber den Kopf zu zerbrechen. Dass das Gegenstück der Sicherheitskette aus dem Holz des Türrahmens gerissen war, bemerkte sie nicht. Sie registrierte nur erleichtert, dass eine offene Türe auch ein erreichbares Telefon bedeuten musste.

Ohne ihr Tempo zu zügeln stürmte sie in den Flur der Wohnung, nahm einfach die nächstbeste Tür und stolperte in ein Wohnzimmer. Es gab ein Telefon auf einem Beistelltisch neben einer Couch, aber Hörer samt Telefonschnur waren abgerissen. Die Telefonschnur war um den Hals einer fast nackten, etwa vierzigjährigen Frau geschlungen, dann fest zugezogen und in ihrem Nacken verknotet worden.

Die Frau lag mit dem Bauch nach unten auf der Couch, ihr Körper sah beinahe entspannt aus, nur ihre rechte Hand lag seltsam verdreht auf ihrem Rücken, so als hätte sie noch versucht, den Knoten zu erreichen. Der Kopf war etwas zur Seite gedreht und sie schien Anna eine Fratze zu schneiden, die Augen in dem blauen Gesicht weit aufgerissen, das Gesicht verzerrt, die Zunge herausgestreckt.

Anna taumelte und riss dabei eine Vase von einem Schränkchen, die klirrend auf dem Dielenboden zerbarst. Das Klirren ließ sie zusammenzucken und schien ihre Gedanken wieder in Bewegung zu setzen. Sie wusste nicht, woher sie die Kraft nahm, aber sie flüsterte zu sich selbst: »Halt durch, nur noch ein bisschen.«

Gegenüber dem Wohnzimmer lag die Küche, Anna entdeckte sofort, was sie gebrauchen konnte: In einer Klemmleiste steckte neben verschiedenen Messern auch eine Geflügelschere. Sie nahm die Schere, ging zu der Frau zurück und schnitt laut weinend den Knoten in ihrem Nacken durch. Sicher, es war zwecklos, aber wenn nicht ...?

Und jetzt ein Telefon, das bedeutete, sie musste wieder nach unten. Sie hatte ein Gefühl, als würde sie sich durch einen Berg Watte kämpfen. Als sie vor Karl Paluskys Wohnung stand und auf seine Leiche herabsah, sank sie auf die Knie. Was hatte das alles noch für einen Sinn? Wie lächerlich war es gewesen, zu glauben, dass sie eine Chance hätten? Alexandra und Kurt hatten es richtig gemacht. Wäre Patrick doch nur genauso schlau gewesen!

Wieder an Patrick denkend, schrie sie leise verzweifelt auf. Dann schrie sie noch einmal, diesmal aber wütend und laut. Sie *musste* an irgendein beschissenes Telefon kommen!

Der Schlüssel!

In der Türe zu Paluskys Wohnung steckte der Schlüssel!

Anna schnellte sich an die Türe und öffnete. Nirgends stolperte sie über eine Leiche, und sie fand auch gleich das Telefon auf dem Sekretär im Wohnzimmer. Verdammt, die Adresse von der Zapf ...? Wo steckte der verflixte Zettel? Aber da lag ja auch ein Adressbuch neben dem Telefon, und da sich der Anästhesist und die Krankenschwester gut gekannt hatten ..., richtig! Die einzige Adresse unter »Z« war ein Treffer. Dort anrufen? Nein, erst die Polizei hinschicken.

Anna wählte den Notruf.

»Hier Polizeinotruf«, meldete sich eine ruhige Stimme, »geben sie bitte zunächst Ihren Namen und ihre ...«

»Hier spricht Anna Silvan«, unterbrach ihn Anna laut und deutlich, »und es geht verdammt noch mal wirklich um Leben und Tod, also hören sie zu: In der Fassgasse 7 sind ein Mann und eine Frau überfallen worden, der Mann ist tot, die

Frau vermutlich auch, schicken sie trotzdem einen Krankenwagen. Ich weiß mit Sicherheit, dass der Mörder auch Frau
Roswitha Zapf töten will, ihre Adresse: Hessen-Ring 22,
Hessen-Ring 22. Vielleicht ist der Mörder schon dort, also
um Himmels willen: *Beeilen Sie sich!*«

»Bleiben Sie ganz ruhig«, meldete sich die Stimme wieder, »und sagen Sie mir noch einmal ganz genau ...«

»*Was?*«, Annas Nerven waren nahe dran, die Kündigung
einzureichen, »Haben Sie denn nicht verstanden ...? Haben
sie die Adressen?«

»Hören Sie ...«

Die Ruhe in dieser Stimme machte Anna rasend. Sie
brüllte mit aller Kraft, die ihr noch geblieben war: »*HABEN
SIE DIE ADRESSEN?*«

»Natürlich«, kam es verdutzt zurück, »aber ...«

Anna legte einfach auf. Sie hob gleich wieder ab, sah
kurz in das Adressbuch und wählte mit zitternden Fingern.

*

Als Spock im sechsten Stock aus dem Aufzug trat, sah
ihm aus einem der Apartments eine kräftige, rothaarige Frau,
die die Vierzig wohl schon deutlich überschritten hatte, mit
einer Mischung aus Neugier und Nervosität entgegen.

»So«, sie reichte ihm zur Begrüßung die Hand, »Du bist
also – Entschuldigung, wie war doch gleich ...?«

»Patrick.«

»Aber komm doch rein, Patrick. Und wie heißt deine
Freundin? Anna Silvan, sagst Du?«

»Ja, aber Sie kennen sie? Woher?«, fragte Spock gespannt, während er durch einen kleinen Flur geführt wurde.
Links gingen zwei Türen ab, am Ende des Flures befand sich
ein kleiner Wandschrank und rechts, gegenüber der ersten
Türe, ging es in eine Art Studio. Dort hinein führte Roswitha

Zapf ihren Besuch, zeigte auf eine freundliche Couchgarnitur, was wohl soviel wie »nimm doch Platz« bedeuten sollte, und ging zu einer kleinen, modernen Küchenzeile, um, den Rücken ihrem Gast zugewandt, Kaffee aufzusetzen.

Spock merkte, dass ihre Geschäftigkeit nur ein Vorwand war. Ganz offensichtlich wollte sie ihr Gespräch noch etwas verzögern, brauchte Zeit zum Nachdenken.

Aber schließlich wandte sie sich abrupt um, lehnte sich mit verschränkten Armen gegen einen Küchenschrank und fragte: »Sie müsste jetzt sechzehn sein. Wie geht es denn Anna, ich meine, wie hat sich denn unser Sorgenkind von damals entwickelt?«

»Wie bitte? Oh, also für meinen Geschmack hat sie sich ausgezeichnet entwickelt«, antwortete Spock, »und ich denke, das finden auch ihre Eltern. Von dem Unfall ist jedenfalls nichts zurückgeblieben. Nur jetzt haben wir halt ein kleines Problem ...«, das war dann die Untertreibung des Jahrhunderts »… aber deswegen bin ich ja hier!«

»Sag mir erst einmal, was Du schon weißt.«

»Praktisch nichts! Das ist es ja gerade, weswegen wir Doktor Alban aufsuchen wollten! Wir wissen eigentlich nur, dass irgendetwas Merkwürdiges in der Hubertusklinik passiert sein muss, als Anna ihren Autounfall hatte, oder zumindest in der Zeit, während sie im Krankenhaus lag.«

»Also ihr wisst *nicht* ...?«, dann unterbrach sich Roswitha Zapf selbst und starrte Spock nur weiter prüfend an.

Der hielt es nun in dem Sessel, den er sich ausgewählt hatte, nicht länger aus, sprang auf und rief fast wütend: »*Aber nein*, wenn ich es Ihnen doch sage! Aber wenn *Sie* etwas wissen, so reden Sie doch!«

Jetzt musste die OP-Schwester schmunzeln: »Nur ruhig Blut, junger Mann! Setz dich erstmal wieder!«

Spock tat es mit zusammengebissenen Zähnen, um ihr keine Gelegenheiten für weitere Abschweifungen zu geben, während sie fortfuhr: »Ich versteh deine Ungeduld. Nur musst Du auch mich verstehen. Ich bin von deinem Besuch, gelinde gesagt, überrascht und weiß einfach nicht, was ich dir sagen darf.« Mehr wie zu sich selbst fuhr sie fort: »Ob wir vielleicht gemeinsam mit Anna und ihren Eltern ...?«, dann wieder direkt zu Spock: »Ich muss mich erst mit Peter beraten, und natürlich auch mit Karl.«

»Karl Palusky?«, hakte Spock nach, »bei dem ist Anna ja jetzt gerade, oder dort müsste sie zumindest sein, wenn er zu Hause ist.«

»So? Na, dem sein Gesicht möchte ich sehen! – Hm, ich denke, ich werde erstmal Peter anrufen und um Rat fragen.«

Sie löste sich von dem Küchenschrank, wollte zum Telefon, das auf einem kleinen Ecktisch zwischen der Couch und Spocks Sessel stand. Doch sie hatte noch nicht einmal den ersten Schritt vollendet, als ihr jemand zuvorkam: Das Telefon begann zu klingeln. Und bevor sie den zweiten Schritt zum Telefon machen konnte, schrillte auch noch die Türglocke. Roswitha zögerte einen Augenblick, meinte schulterzuckend: »Na, immer alles auf einmal! Kannst Du bitte mal rangehen?«, dann drehte sie sich um und verließ das Zimmer Richtung Wohnungstüre.

*

»Hier bei Zapf«, meldete sich Spock und war verblüfft, als er Annas Stimme erkannte, die unter Weinen und Lachen rief: »Oh Patrick, Du bist es! Alles in Ordnung? Ist Frau Zapf auch da?«

»Ja, alles klar, es hat nur gerade geklingelt – jetzt klopft es –, und sie ist raus, die Tür öffnen.«

Ein Schrei aus dem Hörer: »NEIN! KARL IST TOT! NICHT ÖFFNEN, DAS IST *ER*!«

Und Patrick fragte nicht »Was meinst Du?« oder »Wer?«, nicht einmal »Hm?«, – es war einer der seltenen Augenblicke, in denen man eine neue Situation ohne jegliche Zeitverzögerung erfasst. Er warf den Hörer auf die Gabel und wandte sich der Türe zu.

Die Tür des Studios war halb in den Flur hinaus geöffnet, in dem schmalen Spalt, der Spock noch einen Blick auf den Flur freigab, erschien nun Roswitha Zapf, langsam rückwärts gehend, die Hände an ihren Hals gepresst und mit den Augen auf jemanden starrend, der ihr nachzufolgen schien. Nun wurde die Türe ein wenig weiter zugedrückt, das bedeutete: Wer immer Schwester Zapf folgte, musste sich jetzt genau hinter dieser Tür befinden!

Patrick war schon auf dem Weg.

Er warf sich mit aller Kraft gegen die Türe, und die stieß mit voller Wucht in die Person, die gerade hinter ihr vorbei gehen wollte, schwang dann halb auf, als dieser jemand zurückgeworfen wurde.

Trotz der höllisch schmerzenden Schulter sprang Spock, die taumelnde Schwester mit sich reißend, mit einem Satz über den Flur und durch die nur angelehnte Tür auf der anderen Seite. Er fand sich in einem kleinen Bad wieder, schlug die Türe zu und drehte den Schlüssel um. Keine Sekunde zu früh, denn fast im selben Augenblick warf sich jemand von draußen gegen die Tür und rüttelte an der Klinke.

»*Verschwinde*«, schrie Patrick in Richtung Tür – als ob es etwas nützen könnte –, dann keuchte er: »Scheiße, war das knapp!«, rieb sich die Schulter und wandte sich zu Roswitha Zapf um, die neben der Türe an der Wand lehnte. Sie hielt ihre Hände immer noch an ihren Hals gepresst. Zwischen ihren Fingern quoll Blut hervor.

Spock glotzte sie entsetzt an, aber ein harter Schlag gegen die Tür riss ihn schnell aus der Erstarrung. Das mickrige Schloss würde dem nicht lange standhalten!

Gegenüber der Türe war eine kleine Sitzbadewanne installiert. Spock riss ein Handtuch vom dem Halter neben dem Waschbecken, setzte sich, die schwankende Schwester mit sich zu Boden ziehend, mit dem Rücken gegen die Badewanne und stemmte seine Füße gegen die Türe. Der zweite Schlag donnerte dagegen, und obwohl sie verschlossen war, begannen Spocks Knie zu schmerzen.

Während er seine Füße noch fester gegen die Türe stemmte, legte er gleichzeitig den Kopf von Roswitha Zapf in seinen Schoss, löste ihre Finger von ihrem Hals und versuchte, mit dem Handtuch die Blutung zu stillen. Aber wie sollte man eine Blutung am Hals, an einer verletzten Schlagader zum Stillstand bringen? Und das, während man gleichzeitig versucht, einen bestialischen Killer daran zu hindern, einem den Garaus zu machen?

Die nächste Erschütterung.

Der Blutstrom, der Spocks Jeans und T-Shirt tränkte, wurde schwächer.

Roswitha hatte nun die Augen geschlossen und lächelte. Sie lächelte, weil es kein Wochenende war, denn dann wäre ihre Tochter vielleicht auch hier gewesen, zu Besuch aus dem Internat. Wen würde Silke eigentlich am nächsten Wochenende besuchen? Sie oder ihren Mann? Dann öffnete sie noch einmal ihre Augen, sah zu dem Jungen auf, der irgendetwas mit ihrem Hals machte. Es tat ein klein wenig weh. Konnte er denn nicht damit aufhören?

Sie wollte ihm sagen, er solle ihrer Silke ausrichten, wie sehr sie ihre Tochter liebte, und ihrem Mann sollte er sagen, dass sie ihm verziehen hatte. Aber als sie Worte formen wollte, hörte sie nur ein leichtes Blubbern, eine warme Flüssigkeit kam aus ihrem Mund und floss über ihr Kinn. Sie wollte ärgerlich werden, weil ihre letzten Worte ungehört bleiben würden, weil ihr Mann nun nie erfahren würde, dass sie ihm nicht mehr böse war. Aber dann wurde sie doch nicht ärgerlich. Warum sollte sie sich aufregen, wo sie doch so angenehm müde war? Zunächst erschien es ihr vielleicht ein bisschen zu kalt, aber dann wurde es aus ihrem Innersten heraus doch wohlig warm.

Nun schlafen ... so schön müde,

so samt,

so rosa

so

...

Der Blutstrom aus ihrer Wunde versiegte schließlich ganz, aber Patrick wusste, dass es ihm nicht gelungen war, die Blutung zum Stillstand zu bringen.

Noch war die rostbraune Lache, in der er saß, warm, fast körperwarm, diese zähe Flüssigkeit, die sein Hemd, seine Hose so schwer, so klebrig machte.

Während eine erneute Erschütterung seine Kniescheiben malträtierte, ließ er den Kopf der Schwester vorsichtig zu Boden sinken, dann nahm er die Füße von der Türe, stand mit schmerzenden Knien auf, rutschte fast aus, konnte sich noch fangen und schrie unter Tränen: *»Du dreckiger Bastard! Ich mach dich fertig!«*

Die einzige Reaktion von draußen war ein erneutes Rütteln an der Klinke.

In Patricks Kehle stritten sich ein hysterisches Lachen und ein verzweifeltes Schluchzen, so konnte er nur heißer keuchen: »Du sollst sehen, was man in Träumen alles lernt!«

Er legte ein Badetuch über das Waschbecken, wickelte sich ein Handtuch um die Faust und schlug gegen die mittlere Türe des Spiegelschränkchens. Dann nahm er mit der umwickelten Hand die größte Scherbe von dem Badetuch und stellte sich neben die Türe. Er wollte nicht warten, bis sie aufgebrochen wurde. Nach dem nächsten Krachen des Holzes schrie er: *»DU SCHWEIN«* und übertönte so das Geräusch, das er beim Umdrehen des Schlüssels verursachte.

Bei seiner nächsten Attacke würde dieses Schwein mit Schwung durch die Tür rasseln, und er würde ihm die Scherbe in die Kehle treiben, oder es zumindest versuchen.

Spock hielt den zitternden Arm zum Stoß bereit.

Aber es folgte kein weiterer Angriff. Stattdessen hörte er eilige Schritte und dann die Haustür ins Schloss fallen.

Spock lauschte, dann riss er, jede Vorsicht in den Wind schlagend, die Badezimmertür auf. Jetzt konnte auch er es hören, zwar noch leise, aber immer deutlicher werdend: Polizeisirenen. Polizeisirenen, die näher kamen!

Spock dachte, er sollte die Verfolgung aufnehmen, sehen, ob er nicht wenigstens einen Blick auf den Mann erhaschen könnte. Erschöpft sank er zu Boden und ließ seinen Tränen freien lauf.

*

Anna war dem Zusammenbruch nahe. ER war dort und Patrick war dort. Konnte Patrick das durchstehen? Hatte er überhaupt eine Chance? Sie wollte hin zu ihm, wusste aber, dass sie in ihrem Zustand den Weg niemals schaffen würde. Außerdem musste jeden Augenblick die Polizei eintreffen, und wenn sie dann nicht mehr hier wäre, würde sie vermutlich noch mehr Ärger bekommen als ohnehin schon auf sie wartete. Konnte sie noch irgendetwas tun? Ja, sie konnte jemanden warnen, aber wie ..., sicher, da lag ja das Adressbuch, und der erste Eintrag unter »A« war Peter Albans Telefonnummer und Adresse. Jetzt wusste sie auch, warum ihnen die Telefonauskunft nicht weiterhelfen konnte: Es wohnte gar nicht in Trier selbst, sondern in einem Dorf in der Nähe der Stadt.

Anna wählte, eine Stimme meldete sich: »Hallo und guten Tag ...«,

»Dr. Alban? Ent...«,

»... hier ist der automatische Anrufbeantworter von Miriam und Peter Alban. Wir sind im Augenblick leider nicht zu Hause, doch wenn Sie eine *gute* Nachricht hinterlassen wollen, sprechen sie bitte nach dem Pfeifton, wir rufen Sie gerne zurück.«

Anna stöhnte verzweifelt auf. Schon wieder Pech! Hektisch sprach Sie eine Nachricht auf das Band und hoffte, dass sie noch einigermaßen zusammenhängend redete, hoffte, dass Dr. Alban die Nachricht erhielt, bevor *ER* bei ihm auftauchte. Annas Gedanken wurden immer schwerer, doch sie nahm sich noch einmal zusammen, riss mit zitternden Fingern die Seiten mit Peter Albans und Roswitha Zapfs Adressen aus dem Büchlein, strich die Namen mit einem herumliegenden Kugelschreiber einmal durch und legte die Seiten wieder neben das Adressbuch. Sie wischte schließlich den Kugelschreiber, fast wie in Trance, mit einem Zipfel ihres T-Shirts sorgfältig ab und ließ ihn dann auf den Boden fallen.

Was nun? Was war mit Patrick geschehen? Vielleicht sollte sie ihre Eltern anrufen? Lebte er noch? Und warum schwankte der Boden so? Was war mit Patrick? Warum drehte sich das Zimmer? Die Eltern anrufen ...? Sie griff wieder nach dem Hörer, aber der Hörer war so weit weg. Endlich hatte sie ihn in der Hand und starrte ihn an, dann brach sie zusammen und hörte nicht einmal mehr die Sirenen, die sich dem Haus näherten.

9. Hauptkommissar Pauli ärgert sich

Kommissar Pauli saß in seinem Büro und nahm sich noch einmal den mysteriösen Brief vor, der heute Morgen gekommen war. Die Spurensicherung hatte an ihm nichts entdeckt. Natürlich würde sich auch noch ein Psychologe den Text vornehmen, aber dabei würde kaum viel herauskommen. Wer immer den Text geschrieben hatte, wollte sichergehen, dass irgendwelche Rückschlüsse unmöglich waren, denn er oder sie hatte nur Stichworte benutzt und sich äußerst kurz gefasst:

Zum Doppelmord:

- Beachten:

Hubertusklinik vor 16 Jahren

Dezember

- Fragen Sie Dr. Peter Alban & Max Klinger

Diese beiden Namen – einerseits hatten sie Pauli aufhorchen lassen, aber andererseits schienen sie auch darauf hin zu deuten, dass es sich bei dem anonymen Briefschreiber nur um einen Wichtigtuer oder makabren Witzbold handeln konnte, denn offenbar wusste er oder sie nicht, dass Max Klinger schon über sechzehn Jahre tot war. Schließlich hatte er selbst den Fall bearbeitet, auch wenn damals das »Haupt« vor dem »Kommissar« noch gefehlt hatte.

Andererseits war damals auch dieser Dr. Alban mit von der Partie gewesen. Vielleicht war dieses »fragen Sie Max Klinger« ja gar nicht wörtlich gemeint, sondern sollte nur auf eine Querverbindung aufmerksam machen?

Fantastisch, so ein anonymer Brief, der mehr Fragen aufwirft als klärt!

Konnten die Morde gestern wirklich mit den Ereignissen von damals in Verbindung stehen?

Unmöglich!

Oder?

Damals war doch alles eindeutig gewesen: Ein Vater aus asozialen Verhältnissen hatte seine Tochter einmal zuviel geschlagen. Der Säugling war an den Folgen in der Hubertusklinik gestorben, der Vater hatte sich daraufhin, ebenfalls in der Hubertusklinik, das Leben genommen.

Immer wieder die Hubertusklinik.

Auch bei den Morden gestern.

Und dieser Dr. Alban, hatte er nicht sowohl die Tochter als auch später, nach dessen Sprung, den Vater operiert?

Hauptkommissar Pauli fragte sich, ob er damals bei seiner Untersuchung gründlich genug vorgegangen war. Aber zum einen schien die Sachlage eindeutig gewesen zu sein, zum anderen musste er sich eingestehen, dass weder er noch sonst irgend jemand sonderlich daran interessiert gewesen war, den Selbstmord des Vaters genauer unter die Lupe zu nehmen. Dieser Mistkerl hatte seine Tochter schrecklich zugerichtet, und seine Frau hatte er auch geschlagen. Sein Tod war für die Welt kein großer Verlust gewesen.

Nun ja, ein Kollege aus Trier würde morgen dem Doktor an seinem neuen Arbeitsplatz einen Besuch abstatten und ihm ein paar Fragen stellen, schaden konnte das auf keinen Fall.

Nach dem derzeitigen Aufenthaltsort von Sandra Klinger – oder wie auch immer sie jetzt heißen mochte – wurde ebenfalls gefahndet, bisher allerdings ohne Erfolg. Ob sie den Brief geschrieben hatte? Der Kommissar war sich ziemlich sicher, dass eine Frau dahinter steckte, denn aus der Presseabteilung seiner Behörde war gestern Nachmittag eine interessante Meldung eingegangen: Eine Journalistin, die sich als Marlene Schmidt vom Kölner Anzeiger vorgestellt hatte, habe sich angelegentlich nach dem Doppelmord erkundigt. Dass eine Journalistin ihre Arbeit tat, war an sich natürlich nichts Besonderes. Aber eine Journalistin einer

Kölner Zeitung? Normalerweise bedienten sich Tageszeitungen bei Ereignissen, die nicht in ihrem Verbreitungsgebiet stattfanden und bei denen ihnen kein eigener Korrespondent zur Verfügung stand, einfach der Nachrichtenagenturen. Sicher, dieser Doppelmord war schon sehr ungewöhnlich, aber trotzdem hatte sich der aufmerksame Pressesprecher doch entschlossen, die Angelegenheit zu prüfen. Er hatte beim Kölner Anzeiger angerufen und musste erfahren, dass es dort keine Marlene Schmidt gab. Und da alle eingehenden Gespräche auf Band festgehalten wurden, hatte Hauptkommissar Pauli nun auch eine Kassette vor sich liegen, auf der diese dubiose Marlene Schmidt klar und deutlich zu hören war. Er hatte sich das Band natürlich schon angehört; sie sagte zwar nicht sehr viel, aber für einen Stimmenvergleich war es allemal mehr als ausreichend. Und falls man diese Sandra Klinger finden würde, dann würde sie um eine Probe aufs Exempel nicht herum kommen.

Andererseits war der Hauptkommissar überzeugt, dass der Doppelmord selbst nicht von einer Frau begangen worden war und schon gar nicht von Sandra Klinger, die er als eher zierliche und mehr als schüchterne Person in Erinnerung hatte.

Nun, bisher steckte er mit seinen Ermittlungen fest, aber sie hatten ja erst angefangen, und die eine oder andere Spur würde ihm schon weiterhelfen.

Ein leises Grummeln in seinem Magen und ein Blick auf die Uhr sagten ihm, dass es jetzt erst einmal höchste Zeit für einen Besuch in der Kantine war, und wie immer musste er auch an seine Frau denken. Früher war er, wenn es sich nur irgendwie einrichten ließ, mittags zum essen nach Hause gegangen. Doch im Mai vor sechs Jahren hatte seine Bea begonnen, über Leibschmerzen zu klagen, »Oh, sicher nichts Ernstes, aber ein Besuch beim Arzt kann ja nichts schaden«, hatte sie gesagt. Der Besuch beim Arzt und jede Hilfe war zu spät, viel zu spät gekommen. Zwei schwere Monate später hatte er sie beerdigt.

Sicher, obwohl ihre Kinder damals schon so ziemlich auf eigenen Füßen gestanden hatten, waren sie ihm eine große Hilfe gewesen. Ohne sie hätte diese Zeit vielleicht nicht überstanden. Und natürlich war da seine Arbeit, in die er sich seither mit jeder Faser gestürzt hatte.

Hauptkommissar Pauli wusste, dass er kein Sherlock Holmes war, und auch sein Draufgängertum hielt sich in Grenzen. Er war sicher nicht der gerissenste Polizist und vermutlich auch nicht immer der schnellste mit seinen Resultaten. Aber er schaffte Resultate heran, denn er war der Zäheste unter seinen Kollegen. Wenn er sich einmal in eine Sache verbissen hatte, dann ließ er nicht locker.

Er seufzte – wenn auch nur innerlich –, wie er es immer tat, bevor er in die Kantine ging, dann machte er sich auf den Weg.

Er hatte die Türe noch nicht ganz hinter sich geschlossen, als Hartmann Walter, sein Assistent – den auch seine Freunde nur Walter nannten, weil sein Nachname mehr nach Vorname klang –, mit eiligen Schritten um die Ecke des Flures kam und ihm gleich entgegen rief: »Chef! Ich denke, das sollten wir übernehmen! Gerade kam die Meldung einer Streife, die sich auf einen Notruf hin in der Fassgasse 7 umgesehen hat. Drei Tote, und es könnte wieder unser Freund von gestern gewesen sein: dieselbe Brutalität und Kaltblütigkeit, eines der Opfer offensichtlich wieder erwürgt, ein anderes erschlagen!«

Walter musste sich ziemlich beeilt haben, denn sein breites Gesicht hatte sich leicht gerötet, so dass die vielen braunen Sommersprossen auf der ansonsten recht blassen Haut des etwa 35-jährigen Mannes etwas weniger wild hervorstachen als gewöhnlich.

Ohne großes Bedauern strich Hauptkommissar Pauli die Kantine und fragte, während sie schon in Richtung Aufzug marschierten: »Die Medizinmänner und Frank schon verständigt?«

»Klar, alles in die Wege geleitet!«

»Na dann ab die Post«, dabei standen sie schon im Aufzug und waren auf dem Weg in die Tiefgarage.

Kaum waren sie mit ihrem Dienstwagen auf der Straße, da kamen auch schon neue Informationen über Funk: Offenbar hatte es einen Fehler in der Kommunikation gegeben, denn in der Fassgasse gab es nur zwei Tote. Bei einem jungen Mädchen hatte sich herausgestellt, dass sie nur eine tiefe Ohnmacht ereilt hatte. So erfreulich diese Meldung war, so schlecht war die andere Nachricht. Das Mädchen lebte zwar, aber ein dritter Mord hatte sich dennoch ereignet, und es sah ganz so aus, als bestünde ein Zusammenhang zu dem Verbrechen in der Fassgasse: Der Notrufzentrale war noch eine weitere Adresse genannt worden. Dort hatte man offenbar noch eine Leiche gefunden. Und wiederum einen Teenager. Der war zwar nicht ohnmächtig, aber nichts desto trotz mit den Nerven ziemlich zu Fuß. Kommissar N'Tobo hatte die Leitung dort übernommen.

Vor dem Haus Nummer 7 in der Fassgasse standen inzwischen schon zwei Streifen- und ein Notarztwagen. Zwei uniformierte Polizisten warteten vor der Haustür und versuchten, ein paar neugierige Passanten zu verscheuchen. Als der Hauptkommissar und Walter aus dem Wagen stiegen, kamen auch die Spurensicherung und ein Krankenwagen. Die kleine Fassgasse war jetzt so voll, dass Walter gleich noch einen Streifenwagen beorderte, dessen Besatzung die Einbahnstraße abriegeln und den Verkehr umleiten sollte. Inzwischen betrat der Kommissar, geführt von einem der Streifenpolizisten, das Gebäude, die drei Männer der Spurensicherung folgten auf dem Fuß.

Als sie zu Karl Palusky kamen, wunderte sich der Kommissar nicht mehr über die Blässe des jungen Beamten, der ihm voran ging. Auch Pauli musste schlucken, und er hatte immerhin schon so einiges gesehen.

»Wo ist die Überlebende?«, fragte der Kommissar den jungen Polizisten. Der konnte seinen Blick kaum von Karl wenden und antwortete fast geistesabwesend: »In der nächsten Wohnung, Polizistin Mühlhaus ist bei ihr, und der Notarzt ist auch gerade nochmal reingegangen.«

Also übersprang Hauptkommissar Pauli, dicht an die Wand gedrängt, zwei Stufen, um nicht in eine Lache geronnenen Blutes zu treten, stieg die restlichen Stufen hinauf und betrat die Wohnung.

Er folgte den Stimmen – offenbar hatte der Notarzt gerade etwas zu der Streifenbeamtin gesagt – und gelangte in das Wohnzimmer. Er begrüßte den großen, korpulenten Arzt mit »Hallo, Fritzchen«, und nickte der Polizistin kurz zu. Von Anfang an hatte er aber auch das Mädchen auf der Couch im Auge, und sein erster Gedanke war: »Wie schön, dass sie lebt.« Fast gleichzeitig schoss ihm aber auch durch den Kopf: »Die Kleine kennst Du doch?« Und noch bevor dieser zweite Gedanke zu Ende gedacht war, fiel es ihm auch schon ein: Natürlich, sie hatte ihn gestern vor dem Verwaltungsgebäude der Hubertusklinik angesprochen. Was hatte sie hier zu suchen?

In diesem Augenblick kam Walter in das Zimmer, auch er stutzte sofort: »Das ist doch ...«

»Ja«, unterbrach der Hauptkommissar, »ich hab sie auch erkannt.«

»Schau, schau«, Walter pfiff leise durch die Zähne, »möchte wissen, wie die Kleine da mit drin hängt – ist ja sicher kein Zufall, dass wir ausgerechnet sie hier finden.«

»Tja, würde mich nicht wundern, wenn der Junge, den sie an dem anderen Tatort gefunden haben, einer der beiden

Jungs aus ihrer Clique von gestern ist«, dann fügte der Hauptkommissar nachdenklich hinzu, »und meine These vom Ursprung des anonymen Briefes muss ich vielleicht auch revidieren.«

Jetzt schaltete sich »Fritzchen« ein: »Als ich gemerkt hatte, dass sie noch am Leben und nur ohnmächtig war – inzwischen ist ihr Puls wieder recht ordentlich –, habe ich sie nur auf die Couch gelegt und bin gleich in die Wohnung hier obendrüber, aber für die Frau da oben kam jede Hilfe zu spät. Ich habe natürlich versucht, sie zu reanimieren, aber, wie gesagt, es war zwecklos. Vermutlich war es sogar schon zu spät gewesen, als irgendjemand die Telefonschnur durchtrennte, die der Killer um ihren Hals geknotet hatte. Da die Kleine hier die einzige lebende Person im Haus ist, war sie es möglicherweise gewesen, bevor sie hier runter kam und dann zusammenklappte.«

»Wo hat sie denn gelegen?«, wollte Walter wissen.

»Etwa hier«, der Arzt war vor den Sekretär getreten und deutete auf den Boden.

»Hm, beim Telefon«, meinte Hauptkommissar Pauli, »also hat sie vermutlich auch den Notruf abgesetzt. Was sagte die Zentrale doch gleich, unter welchem Namen hat sie sich gemeldet?«

Walter zog seinen Notizblock zu Rate: »Anna Silvan. Nicht schlecht, wie sie hier, allein mit den Toten, den Überblick bewahrt hat.«

»Ja, und ich hoffe, sie kann auch bald ein paar Antworten geben?«, fragend sah Hauptkommissar Pauli den Notarzt an.

»Oh, das kann nicht mehr lange dauern. Aber eigentlich wollte ich sie, wegen des Schocks, ins Krankenhaus schaffen, sobald der Krankenwagen eingetroffen ist.«

»Der Krankenwagen ist mit uns gekommen«, antwortete Hauptkommissar Pauli, »aber mir wäre es ehrlich gesagt lieber ..., ist es nicht vielleicht besser, wenn sie hier in Ruhe zu sich kommt und erst einmal verschnaufen kann?«

»Schon verstanden«, erwiderte Fritz, »Du denkst, dass es wer weiß wie lange dauert, bis Du im Krankenhaus an sie rankommst, und bis dahin könnte sie sich so manches überlegt haben. Außerdem wären dann natürlich auch ihre Eltern und womöglich noch ein Anwalt dabei?«

»Aber Fritzchen! Erschreckend, wie Du meine Fürsorge missverstehst!«

»Ja, klar,« winkte der Arzt ab, »aber ich bleibe auch hier, und denk daran, dass sie einen Schock hat. Wenn Du sie zu sehr rannimmst, wirst Du mein unmissverständliches Veto hören!«

»Ist ja schon gut, Du sollst dein Vetorecht haben, aber bis sie wieder zu sich kommt, werde ich mir schon mal die Schweinerei oben ansehen.«

*

Anna schlug die Augen auf. Ihr erster Gedanke beschäftigte sich mit der Frage, wer sie wohl durch die Wäschemangel gedreht hatte und wieso ihr Mund mit Watte gefüllt war. Als nächstes fiel ihr auf, dass sie zwar kein Kissen unter dem Kopf, dafür aber zwei unter den Füßen hatte. Doch das war noch nicht alles, was hier nicht stimmte. Wo waren ihr Bett und ihr Zimmer hingekommen? Und warum schlief sie auf dieser Couch?

Dann kam ihr der Gedanke, dass sie ja gar nicht geschlafen hatte, sondern in Ohnmacht gefallen war, und damit fiel ihr auch der Rest schlagartig ein. Sie setzte sich mit einem Ruck auf. Das hätte sie lieber nicht getan, denn sofort tanzten wieder kleine Schatten vor ihren Augen. Sie lehnte sich zurück und versuchte, ganz entspannt durchzuatmen, dabei beobachtete sie durch halb geschlossene Augen den großen, dicken Mann im weißen Kittel und die junge Polizistin, die offenbar neben ihr auf einem Stuhl gesessen hatte, nun aber aufgestanden war und sie neugierig musterte. Soviel also zu der Frage, wie sie vom Boden vor dem Sekretär hier auf die Couch gekommen war. Und die hochgelegten Füße, das war sicher gegen den Schock gedacht.

Jetzt beugte sie ihren Oberkörper etwas vor und fragte: »Was ist mit Spock, ich meine, mit Patrick, geht es ... geht es ihm gut?«

Die Polizistin lächelte sie freundlich an: »Hallo, Anna, wieder da? Du meinst sicher den Jungen bei dieser Adresse im Hessen-Ring, die Du uns durchgegeben hast? Keine Angst, dem ist nichts Ernstes passiert. Bleib Du nur erstmal ruhig liegen und versuch, dich zu erholen.«

Am liebsten hätte Anna die Polizistin umarmt und ihr einen dicken Kuss auf die Wange gedrückt, stattdessen ließ sie sich seufzend wieder zurücksinken und schloss erneut die Augen, fuhr aber gleich wieder hoch: »Und Frau Zapf?«

Für den Bruchteil einer Sekunde schien eine Wolke über das freundliche Gesicht der Polizistin zu ziehen, aber sie antwortete nicht auf Annas Frage, sondern sagte nur: »So, ich muss Hauptkommissar Pauli Bescheid geben, dass Du wieder auf der Erde gelandet bist. Ich komme gleich mit ihm zurück.«

»Ach bitte ...«, oh je, das bedeutete nichts Gutes für Roswitha Zapf und, na klar, ausgerechnet dieser Pauli musste es sein. Der hatte sie sicher längst erkannt. Das war's dann wohl mit Ausruhen, jetzt musste sie ihren Hirnkasten ganz schnell wieder auf Trab bringen.

»Ja?«, fragte die Polizistin.

»... könnte ich wohl etwas zu trinken bekommen? Mein Hals ist ganz trocken. Und dann möchte ich gerne meine Eltern anrufen?«

»Unser Fritzchen hier«, dabei deutete die Polizistin auf den Notarzt, »wird dir was zu trinken geben, und wenn Du mir eure Telefonnummer sagst, dann werde ich deine Eltern benachrichtigen, dass sie herkommen, einverstanden?«

Die Polizistin notierte sich die Nummer, zwinkerte Anna noch einmal zu und machte das Daumen-Hoch-Zeichen, dann ging sie, um ihren Chef zu verständigen.

Unterdessen war der Arzt zu Anna getreten. In der Linken eine halb volle Flasche Mineralwasser und in der Rechten ein gefülltes Glas, meinte er: »So, ich hab dir hier was zurecht gemixt, nur ein paar Vitamine, gelöster Traubenzucker und etwas Baldrian für die Nerven.«

»Hört sich ja lecker an«, trotzdem nahm Anna das Glas und probierte, setzte es aber gleich wieder ab, verzog das Gesicht und meinte: »Brrr, das schmeckt ja wirklich scheußlich, hätten Sie nicht wenigstens den Baldrian weglassen können?«

»Komm, runter damit, dann lass ich dich nachspülen.«

Also trank Anna gehorsam alles aus – in einem Zug, umso schneller hatte sie es hinter sich. Dann stürzte sie noch ein Glas Wasser hinterher, und weil sie noch immer durstig war, füllte sie ihr Glas erneut, ließ es diesmal aber langsamer angehen und harrte der Dinge, die da kommen würden.

Sie brauchte nicht lange auf diese Dinge in Gestalt von Hauptkommissar Pauli zu warten.

*

Von der Streifenpolizistin informiert, war Pauli wieder nach unten geeilt. Im Wohnzimmer von Karl Palusky legte der Hauptkommissar wie beiläufig ein Diktiergerät auf den Couchtisch, schnappte sich einen Stuhl und setzte sich rittlings darauf. Die Arme auf der Lehne verschränkt, musterte er das Mädchen.

»Hallo Anna. Na, geht's dir wieder besser?«, begann er das Gespräch, während sein Magen erneut leise grummelte.

Anna dachte bei sich, dass ihr Gegenüber wohl auch noch nichts zu Mittag gegessen hatte und erwiderte: »Tag, Herr Hauptkommissar Pauli, na ja, danke der Nachfrage, auf jeden Fall besser als noch vor ein paar Minute ...«, sie stutzte kurz, »... nehme ich zumindest an. Ohnmächtig in der Gegend herum zu liegen, ist ja vermutlich nicht so gut.«

Sie hatte ihn also ebenfalls wiedererkannt und sich sogar seinen Namen gemerkt. Gab sie ihm mit der Namensnennung nicht zu verstehen, dass sie damit rechnete, gleich ein paar unangenehme Fragen beantworten zu müssen? Allerdings war eines auf jeden Fall sicher: Ihre Stimme war nicht die von *Marlene Schmidt*. Pauli sprach weiter: »Du warst es doch, die in der Notrufzentrale angerufen hat? Also erzähl mal, was sich hier abgespielt hat. Vor allem: Hast Du irgendetwas von dem Verbrechen selbst mitgekriegt?«

Anna schüttelte den Kopf und sagte, während sich ihr Gesicht verdüsterte: »Wenn ich so früh hierher gekommen wäre, dann ... dann könnte ich jetzt wahrscheinlich nicht mit Ihnen sprechen.«

Dieser Gedanke war dem Hauptkommissar auch schon gekommen. Er nickte Anna aufmunternd zu und sie erzählte, wie sie in das Haus gekommen war, sich über das herumliegende Gemüse gewundert hatte, danach die erste und auf der Suche nach einem Telefon auch die zweite Leiche entdeckt hatte. Wie sie den Knoten im Nacken der Frau durchtrennt hatte, dann hier herunter gekommen war, um den Notruf abzusetzen und Patrick zu warnen, und wie sie schließlich zusammengebrochen war. Von ihrem dritten Anruf erzählte sie nichts, und auch nicht, *warum* sie hierher gekommen war.

Dass sie nicht darüber redete, was sie hier zu suchen hatte, entging Pauli natürlich nicht. Zunächst fragte er: »Kennst Du eines der Opfer?«

»Nein, nicht persönlich. Aber ich vermute, dass der Mann Karl Palusky ist, wegen dem ich hergekommen bin.«

»Und warum vermutest Du das?« Natürlich hatte der Hauptkommissar durch die Ausweispapiere des Toten schon festgestellt, dass es sich wirklich um Karl Palusky handelte.

Anna entgegnete: »Na schließlich habe ich ihn unterhalb seiner Wohnung gefunden, und der Schlüssel steckte sogar noch im Schloss.«

»Und was wolltest Du von Herrn Palusky?«

Anna überlegte fieberhaft und beschloss, so offen wie möglich zu sein, um dadurch wenigstens das Notwendigste besser verbergen zu können. Außerdem konnte es nichts schaden, den Kommissar etwas zu verwirren – falls das möglich war; also ging sie aufs Ganze: »Sehen Sie, man könnte fast sagen, es ist Ihre Schuld, dass ich jetzt hier bin.«

»*Wie bitte?*«

»Na, ich wollte doch gestern in der Verwaltung der Klinik eine Auskunft, nur haben Sie mich da verscheucht. Also habe ich den Pförtner gefragt, und der meinte, dass mir vielleicht Karl Palusky oder Roswitha Zapf weiterhelfen könnten. Was ist eigentlich mit Frau Zapf und Patrick?«

Fast hätte der Kommissar geantwortet, doch dann überging er ihre Frage und wollte selbst wissen: »Herr Palusky und Frau Zapf arbeiten also in der Hubertusklinik?«

»Ja, er ist ..., war Anästhesist und sie – ist? – OP-Schwester.«

Ihr Gegenüber ließ sich weder auf ihr fragendes »ist?« noch auf ihren fragenden Blick ein, sondern wollte wissen: »Du bist also hierher gekommen, und dein Freund hat Frau Zapf aufgesucht? Ihr müsst es ja mächtig eilig gehabt haben, dass ihr die beiden nicht licber nacheinander, dafür aber gemeinsam besucht habt. Was sind das denn nun für dringende Angelegenheiten, in denen ihr unterwegs seid? Das interessiert mich schon die ganze Zeit.«

Jetzt kam es drauf an! Der Kommissar wusste vermutlich nicht, was sie dank der jungen Polizistin ahnte: Roswitha Zapf würde zumindest im Augenblick ihre Geschichte nicht widerlegen können. Aber was würde Patrick erzählen?

Da sie sich auf keine Ausrede geeinigt hatten, blieb eigentlich nur die Story, die sie schon dem Pförtner aufgetischt hatten. Doch der war auch nicht von der Polizei. Sei's drum, dachte Anna; im Geiste drückte sie beide Daumen, dass Patrick bei derselben Geschichte blieb, und sie hoffte inständig, dass sie nicht rot wurde, während sie erzählte: »Also, nein, eilig hatten wir es eigentlich nicht, es schien uns einfach praktischer. Wissen Sie, als Säugling hatte ich einen ziemlich schweren Autounfall gehabt, und ich fand es einfach an der Zeit, mich bei dem Arzt zu bedanken, der mir damals das Leben gerettet hat ...«, uh, uh, das klang nicht gerade überzeugend, das merkte Anna schon am Stirnrunzeln ihres Gesprächspartners, »... der Arzt selbst war inzwischen verzogen, aber der Pförtner meinte, dass Karl Palusky oder Roswitha Zapf – beides Freunde des Arztes – die neue Adresse haben müssten. Deshalb bin ich hier.«

Hauptkommissar Pauli sah Anna lange in die Augen. Sie fing schon an, unruhig auf der Couch hin und her zu rutschen, als er schließlich auffällig ruhig meinte: »Und jetzt wirst Du mir wahrscheinlich gleich erzählen, dass der bewusste Arzt ein gewisser Doktor Alban ist?«

»Ja, richtig, woher wissen Sie ... ach, Sie haben vermutlich die beiden Blätter gesehen?«

Der Kommissar wollte schon aufbrausen, fragte dann aber irritiert: »Welche Blätter?«

Anna atmete innerlich auf, jetzt hatte sie das Heft wenigstens wieder ein klein wenig in der Hand: »Na, neben dem Telefon, mit den Namen und Adressen von Peter Alban und Roswitha Zapf darauf. Sie können sich meine Verblüffung vorstellen, gerade diese Namen zu finden. Deswegen habe ich ja bei dem Notruf auch die Adresse von Roswitha Zapf angegeben, oder glauben Sie vielleicht, ich hätte hellseherische Kräfte? ...«, Vorsicht, jetzt nicht übertreiben, »... ich dachte, die Blätter hat der Mörder aus dem Adressbuch gerissen; – und dann noch die durchgestrichen Namen ..., das konnte nichts Gutes bedeuten.«

Sieh an, ganz schön gerissen, die Kleine. Eigentlich wollte er sie mit der Frage in die Enge treiben, die sie gerade selbst beantwortet hatte – wenn auch nicht besonders glaubwürdig. Aber der Hauptkommissar hatte noch eine Frage auf Lager und fasste Anna nun scharf ins Auge: »So, das ist dir also alles aufgefallen? Na, Du bist ja ganz schön ... ausgebufft ...«, das konnte natürlich vieles bedeuten, »... und dein Unfall, wann war denn der?«

»Vor sechzehn Jahren«, antwortete Anna, dachte im selben Augenblick: »Scheiße, der Brief!« und sah dem Kommissar möglichst gelassen in die Augen.

Jetzt wurde die Stimme des Kommissars drohend, so dass der Notarzt schon einen Schritt auf ihn zu ging: »Du hast doch den anonymen Brief geschrieben? Gib's zu!«

»Welchen Brief? Nein, ich habe keinen geschrieben!«, sondern gestempelt, und das auch nicht allein, fügte Anna in Gedanken hinzu und geriet langsam ins Schwitzen.

»Hör mal zu«, begann der Kommissar, wurde aber vom Klingeln des Telefons unterbrochen und nahm den Hörer ab: »Hallo? ... Ja, ich bin es ... wie? Na dann, leg mal los.«

Die nächsten zwei Minuten war von Hauptkommissar Pauli nur ab und an ein »Aha« oder »Hm« zu hören, und Anna hätte eigentlich über diese unverhoffte Verschnaufpause froh sein müssen, wenn sie der Kommissar nicht die ganze Zeit über angestarrt hätte. Schließlich sagte er noch: »Das ist ja hochinteressant, vielen Dank auch ... Ja ..., ja, dir auch. Wir sehen uns. Bis dann.«

Selbst als er den Hörer auflegte, ließ er Anna nicht aus den Augen, fixierte sie weiter, ohne etwas zu sagen.

Anna standen wirklich kleine Schweißperlen auf der Stirn, und sie war drauf und dran, die ganze Geschichte heraus zu sprudeln; sicher hatte sich Spock verplappert, oder sie hatte sich, was Frau Zapf anbelangte, doch geirrt (was ihr natürlich ganz recht gewesen wäre).

Endlich sagte der Kommissar doch etwas: »Eine Kollegin vom Sittendezernat hat gerade von der Sache hier erfahren und auch, wer den Notruf abgesetzt hat. Und da ihr der Name nicht unbekannt war, hat sie mich gleich hier angerufen. Kommissarin Schmidt-Rodtdörfer. Ich nehme an, der Name sagt dir etwas?«

Das Sittendezernat! Daran hatte Anna in all der Aufregung gar nicht mehr gedacht. Aber wenn die Polizei von sich aus auf die Idee kam, die Fälle miteinander in Verbindung zu bringen, dann konnte ihr das eigentlich nur recht sein. Also spielte sie weiter die Unschuldige: »Glauben ..., glauben Sie, da gibt es irgendeinen Zusammenhang?«

»Na schön, dann will ich dir mal etwas erzählen«, fuhr der Hauptkommissar mit ernster Stimme fort, »Du hast doch dieses kleine, entzückende Geschenk bekommen, nur, wie man so hört, war es leider nicht ganz komplett gewesen: Deiner Ratte fehlte der Kopf. Nun ...«

»Gott bewahre, also *meine* Ratte war das nun wirklich nicht!«

»Unterbrich mich nicht! Nun musst Du wissen, dass wir, wenn ein Verbrechen geschieht, immer ein paar Details vor der Presse zurückhalten. Weißt Du, es gibt immer mal wieder einen Spinner, der sich mit einer Untat brüstet, die er gar nicht begangen hat. Aber anhand dieser Details können wir so einen ganz schnell aussortieren. Und jetzt werde ich dir mal eines dieser Details verraten, die wir bei dem Doppelmord in der Hubertusklinik für uns behalten haben: Bei der

Angestellten, die umgebracht wurde – sie hinterlässt übrigens einen Mann und einen achtjährigen Jungen –, hat der Täter etwas zurückgelassen. Ein Teil eines Rattenschädels. Die Knochenreste haben wir allerdings erst bei der Obduktion gefunden.«

Hätte Anna nicht schon gesessen, sie wäre sicher wieder umgekippt. Mit flatternden Augenlidern sank sie auf der Couch zurück und war froh, außer etwas Mineralwasser nichts mehr im Magen zu haben. Eigentlich hätte Fritz jetzt eingreifen müssen, aber er war selbst aschfahl geworden und ließ sich schwer auf den nächstbesten Stuhl plumpsen.

Hauptkommissar Pauli hatte gehofft, dass Anna, so direkt und brutal mit der Wahrheit konfrontiert, etwas gesprächiger würde, aber als er sie nun so verstört und blass auf der Couch sitzen sah, bekam er doch Gewissensbisse. Statt weiter zu bohren, ließ er sie erst ein wenig verschnaufen.

Schließlich sprach sie, zunächst so leise, dass es kaum zu verstehen war: »Jetzt glaube ich es auch.«

»Was?«

»Die ganzen Morde! Ich glaube jetzt auch, dass die irgendetwas mit mir zu tun haben. Es muss ein Verrückter, ein Wahnsinniger sein. Wer sonst würde sowas machen? Was immer die Morde in der Klinik sonst für einen Grund haben, er hat sie gleichzeitig als Drohung benutzt. Gegen mich.«

Der Hauptkommissar sah Anna stirnrunzelnd an. Sollte sie wirklich nichts weiter wissen? Sie wirkte so ehrlich. Kommissarin Schmidt-Rodtdörfer zufolge hatte der Rattenverschicker gut über Annas Umgebung Bescheid gewusst. Wenn er den Namen ihres Judo-Trainers kannte, dann wusste er vielleicht auch, was sie in der Krankenhausverwaltung wollte. Er hatte dort sein scheußliches Spiel gespielt, dann aus dem Krankenhauscomputer die Adressen von Karl Palusky und Roswitha Zapf erfahren und ... stopp! Da lag ein Fehler. Woher sollte er wissen, dass Anna die beiden nach der Adresse von diesem Doktor Alban fragen wollte? Diese ominöse Operation vor sechzehn Jahren: Er sollte wohl besser mal feststellen lassen, wer damals zum Operationsteam gehört hatte. Er hatte da so seine Vermutungen. Und wenn sich die bewahrheiten sollten, würde Dr. Alban schneller als bisher geplant Besuch von der Polizei bekommen. Auch den Rest des Operationsteams – wenn es denn noch einen Rest gab – würde er unter Polizeischutz stellen. Und schließlich war da noch dieser Brief ..., nein, Anna musste einfach mehr wissen, als sie bisher zugegeben hatte.

Walter kam jetzt wieder ins Zimmer, weil er Pauli nach oben rufen wollte, aber als er dessen konzentriertes Gesicht sah, lehnte er sich abwartend gegen die Wand.

Der Hauptkommissar fragte Anna: »Geht's etwas besser?«

»Na ja, ein wenig.«

»Gut, dann sieh mir mal in die Augen.«

»Wie? Was ...«

»Sieh mir in die Augen, ich möchte dir eine Frage stellen, und ich möchte eine direkte Antwort!«

Anna verschränkte die Arme, presste sie fest gegen ihren Körper und sah ihn an.

»Sagt dir der Name Max Klinger etwas?«

Die Bewegung ihrer Augenlider war kaum wahrzunehmen, aber die grünen Iris ihrer Augen zogen sich mit einem kleinen Ruck etwas zusammen, die Pupillen vergrößerten sich dadurch.

»*Antworte!*«

»Ich ..., ich ...«, setzte Anna mit kläglicher Stimme an, wurde aber von einem kleinen Tumult an der Wohnungstür unterbrochen.

Zuerst hörte Anna eine fremde Stimme: »Augenblick, ich muss erst den Chef ..., *he!* Sie können hier nicht einfach ...«.

»Und ob ich kann!«, war die erregte Antwort zu hören.

Voller Erleichterung erkannte Anna die Stimme ihres Vaters. Schon betrat Lars das Wohnzimmer, augenblicklich lag sie ihm in den Armen und klammerte sich, still weinend, an ihn.

Ein Streifenbeamter in mittleren Jahren war ihm auf den Fuß gefolgt und setzte zu einer Erklärung an, doch bevor er noch das erste Wort herausbrachte, scheuchte ihn sein Chef mit einer einzigen Handbewegung wieder nach draußen, dann wandte er sich an Lars: »Sie sind sicher Annas Vater. Ich bin Hauptkommissar Pauli. Sie können Ihre Tochter gleich wieder haben, aber ich muss ihr zunächst noch ein paar Fragen ...«

»Nein!«

»... stellen.«

»Nein!«, während er Anna über den Kopf streichelte sah Lars den Hauptkommissar über ihre Schulter hinweg unverwandt an, »ich werde meine Tochter jetzt sofort mitnehmen. Ich habe erfahren, was los war, und Sie sehen ja wohl, dass Anna mit den Nerven am Ende ist. Ich muss mich übrigens sehr wundern, dass sie nicht besser versorgt wurde!«

»Hören Sie, Sie können wirklich nicht ...«

»Oh doch, und wie ich kann! Ich will Ihnen keine Steine in den Weg legen, schließlich liegt eine schnelle Aufklärung auch in unserem Interesse. Wenn es Anna besser geht, können Sie fragen, soviel Sie wollen. Aber jetzt nehme ich sie mit, und wenn Sie uns daran hindern wollen, dann werden Sie sehr schnell feststellen, dass ich ein verdammt guter Anwalt bin.« Es hörte sich nicht wie eine Drohung, sondern eher wie eine Feststellung an.

Die beiden Männer sahen sich fünf Sekunden schweigend in die Augen, dann zuckte der Hauptkommissar mit den Schultern: »Ich melde mich morgen bei Ihnen. Aber geben Sie mir noch Ihre Adresse, ich werde Ihr Haus überwachen lassen.«

Lars nickte, nahm eine Karte aus der Brusttasche seines Jacketts und drückte sie Walter in die Hand, der inzwischen schweigend im Türrahmen stand, dann aber, nach einem schnellen Blickwechsel mit seinem Chef, beiseite trat. Anna fest an sich gedrückt, machte sich Lars auf den Weg.

Als könnte er dort eine Antwort auf all seine Fragen finden, starrte Hauptkommissar Pauli noch zwei Sekunden auf den jetzt leeren Türdurchgang, dann wandte er sich abrupt an Walter: »Was gibt's?«

»Komm mit nach oben, Frank und seine Jungs haben eine seltsame Entdeckung gemacht.«

Sie mussten jedoch noch warten, als sie ins Treppenhaus treten wollten, denn gerade mühten sich zwei Sanitäter mit einem Zinksarg um den Treppenabsatz über ihnen und trugen dann ihre schwere Last weiter nach unten. Während der Hauptkommissar mit düsterem Blick den beiden Männern bei ihrer traurigen Arbeit zusah, erzählte er Walter in Kurzform, was er erfahren hatte und dass man davon ausgehen könne, dass der Mörder, der heute zugeschlagen hatte, sowohl mit dem Täter aus der Hubertusklinik identisch war als auch mit dem Mann, der die Silvans terrorisierte.

Bei der oberen Wohnung angekommen fragte Walter: »Ich vermute, Du hast die selben Vorstellungen wie ich, wie die Tote hier oben ins Bild passt?«

»Welche Vorstellung hast Du denn?«

Inzwischen waren sie in der Wohnung angelangt und standen nun vor der Couch, auf der die Tote gelegen hatte. Eine weiße Kreidelinie markierte ihre Umrisse auf dem Sofa, nur der Umriss des linken Fußes war auf den Boden neben der Couch gezeichnet.

Frank, das Gesicht unter der Haube, die zu den weißen Einweg-Overals der Spurensicherung gehörte, leicht gerötet, trat zu ihnen und hörte zu, als Walter antwortete: »Wenn nicht noch eine Querverbindung zu den Silvans oder zur Hubertusklinik auftaucht, dann war es ein tragischer Fall von Zur-falschen-Zeit-am-falschen-Ort. Unser Freund hat es auf Karl Palusky abgesehen, er kommt her, um ihm im Haus aufzulauern. Das scheint am helllichten Tag auf den ersten Blick ganz schön dreist, aber auf der Straße musste er deswegen nicht auffällig werden. Er kommt am frühen Vormittag und probiert einfach die Klingeln aus, bei der obersten hat er Erfolg. Die Frau öffnet. Eine Gegensprechanlage, mit der sie einen Besucher überprüfen könnte, gibt es nicht. Vermutlich weiß sie nicht einmal, dass sie alleine im Haus ist.

Dann steht unser Mann vor ihrer Wohnung. Möglicherweise hatte er sich irgendeine Story zurechtgelegt, doch die Tür steht nur einen Spalt auf, denn die Sicherheitskette ist vorgelegt. Daraus schließt er, dass es auch in der Wohnung selbst kaum Hilfe für die Frau geben dürfte. Ein kräftiger Tritt gegen die Tür, und die beiden lächerlich kleinen Schrauben, mit der das Gegenstück der Sicherheitskette verankert ist, brechen aus dem Holz des Türrahmens. Der Rest ..., dazu kann dir Frank noch etwas sagen.«

Bevor Frank zu Wort kam, meinte der Hauptkommissar: »Ein ausgesprochen kaltblütiges Schwein!«

»Kaltblütig, gerissen und brutal«, warf jetzt Frank ein, »die Frau hatte nur noch eine zerrissene Bluse an, sie wurde vergewaltigt, das war schon an den blauen Flecken zu erkennen.«

Am liebsten hätte der Hauptkommissar die nächstbeste Vase genommen und gegen die Wand geschleudert. Die Anstrengung, sich zurückzuhalten, ließ eine leichte Röte in sein Gesicht steigen. Er wollte wenigstens laut fluchen, um seiner Wut Luft zu machen, merkte aber gleichzeitig wie sinnlos und unzulänglich alle Worte waren.

So sinnlos wie die Tat.

So sinnlos wie das Töten.

Schließlich kam nur ein gepresstes »Verdammte Schweinerei« über seine Lippen, und dann, ein wenig verblüfft: »Aber so was ist mir auch noch nicht untergekommen: Das Dreckschwein hatte es vermutlich ganz gezielt auf Karl Palusky abgesehen, beging also ein geplantes Verbrechen. Doch so ganz nebenbei nutzt er die Gelegenheit und gibt seinen Trieben Ausgang. Und dann auch die Art und Weise, wie er Palusky fertig gemacht hat, diese Kombination von gerissener Planung und animalischer Ausführung des Mordes: das ist ungewöhnlich und – verdammt, ja, erschreckend!«

»Es kommt noch besser, oder genauer, noch schlimmer«, warf Frank ein, »bei der ganzen Schweinerei dacht' ich, dass er uns mit der Vergewaltigung wenigstens die Chance gegeben hat, ihn später durch sein Sperma, also durch seine genetischen Fingerabdrücke zu identifizieren. Aber Pustekuchen! Thomas II. ist zuerst aufgefallen, dass das Schamhaar des Opfers gekämmt war und ...«

»Was!?«, unterbrach ihn der Hauptkommissar, »sag das noch mal?«

»Du hast schon richtig gehört. Nachdem wir die Leiche umgedreht hatten, ist meinem Assistenten aufgefallen, dass ihr Schamhaar gleichmäßig ausgerichtet und nicht verklebt war oder dergleichen. Wir werden das in der Gerichtsmedizin natürlich noch genauer überprüfen, aber nach einer ersten oberflächlichen Untersuchung gibt es keine Spermareste und keine losen Schamhaare. Es sieht ganz so aus, als habe der Täter ein Kondom benutzt und später die Schambehaarung des Opfers sorgfältig ausgekämmt, um auch nicht die kleinste Spur zu hinterlassen.«

Der Hauptkommissar und Walter sahen sich ratlos an; schließlich warf Walter ein: »Aber die Tote lag doch auf dem Bauch ...?«

»Vermutlich hat er sie mehrmals umgedreht, um haargenau zu überprüfen, dass er wirklich nirgends eine Spur hinterlassen hat. Wer so vorsichtig ist, der wird uns wohl auch nicht den Gefallen tun und irgendwo Fingerabdrücke zurücklassen.«

Der Hauptkommissar fühlte sich nicht besonders gut. Eigentlich hatte er genug für heute. Am liebsten wäre er nach Hause gegangen, hätte sich ins Bett gelegt und für den Rest des Tages die Decke über den Kopf gezogen. Stattdessen gab er die Order: »Frank, sag deinen Leuten, sie sollen die Toilette auseinandernehmen, vielleicht hat er ja das gebrauchte Kondom und die eingesammelten Haare in die Kanalisation gespült, und vielleicht ist dabei etwas zurück geblieben. Ich möchte, dass in dieser Wohnung und im Treppenhaus jeder Zentimeter unter die Lupe genommen wird. Jedes Härchen und jeder Stoff-Fussel soll eingesammelt werden; das gleiche gilt für die Wohnung von Frau Zapf. Das Schwein kriege ich, und wenn es das Letzte ist, was ich in diesem Leben erledige. Ich fahre jetzt wieder ins Kommissariat, höre mir den Bericht von Pascal an und jage die Daten sämtlicher Triebtäter durch den Computer.«

»Glaubst Du wirklich, das könnte was bringen?«, fragte Frank skeptisch.

»Probieren müssen wir es auf jeden Fall. Aber, nein, ehrlich gesagt, glaube ich nicht, dass wir unseren Killer unter den bekannten Sittenstrolchen finden. Das bringt keiner von den Typen: innerhalb kürzester Zeit kaltblütig fünf Menschen umzubringen, dabei noch seine bösartigen Triebe auszuleben und trotzdem den Verstand über diese Triebe zu stellen, um nur ja keine Spur zurück zu lassen. Dr. Jeckyll und Mr. Hyde, nur in unserem Fall liebt und beschützt Dr. Jeckyll ganz bewusst seinen dunklen Bruder. Da kommt Arbeit auf uns zu.«

Gerade, als sich Pauli der Tür zuwandte, kam Polizistin Mühlhaus herein und meldete: »Die wenigen Nachbarn, die wir angetroffen haben, konnten uns nicht weiterhelfen. Die haben weder etwas gesehen noch gehört. Wir dehnen jetzt die Befragung auf die ganze Fassgasse aus, aber Sie wissen ja selbst, wie gering die Erfolgsaussichten sind.«

Der Hauptkommissar nickte, dann fasste er seine Untergebene scharf ins Auge und stellte fest: »Sie haben den Vater von Anna angerufen?«

Elena Mühlhaus schien plötzlich der Kragen ihres Uniformhemdes zu eng zu werden: »Ja, unten, vom Streifenwagen aus, ich dachte ...«

»Liebes Fräulein Mühlhaus, wenn Sie schon, ohne Befehle abzuwarten, so ausgesprochen kommunikativ sind, dann habe ich eine passende Aufgabe für Sie. Sehen Sie, als ich heute zum ersten Mal hier oben war, konnten wir feststellen, dass in dieser Wohnung zwei Menschen wohnen – wohnten –, Sonja Zimmer, das Opfer, und Erwin Zimmer, ihr Mann. Durch die Papiere in seinem Büro konnten wir ferner feststellen, dass er ein hohes Tier bei der Hossel-Brauerei ist, aber wir haben ihn nicht erreicht, weil er irgendwo bei einem Essen mit einem Großkunden ist. Er wird vermutlich irgendwann am Nachmittag hier auftauchen. Ihre Aufgabe wird es sein, hier zu warten und ihn davon in Kenntnis zu setzen, dass seine Frau vergewaltigt und umgebracht wurde. Auf Wiedersehen.«

Hauptkommissar Pauli wusste, dass das ungerecht war, und weil er es wusste, fühlte er sich auch keinen Deut besser, sondern nur noch mieser, als er mit Walter die Treppe herunterstieg. Vor der Tür meinte er zu ihm: »Wollen hoffen, dass Pascal vielleicht auf eine Spur gestoßen ist, ich hab' so das Gefühl, dass Dr. Jekyll noch mehr Unheil anrichtet, wenn wir ihn nicht bald schnappen. Und die Silvans bekommen Polizeischutz, was auch immer sie sagen.«

»Dr. Jekyll?«, hörte Pauli sich plötzlich von der Seite angesprochen, »sieh einer an, ich bin immer dankbar für interessante Anregungen! Und was können Sie mir sonst noch sagen?«

»Verdammt, wer hat den denn durchgelassen?«, brauste der Hauptkommissar auf, »Sie kriechen wohl aus jedem Loch, was, Blue?«

»Wenn Sie damit meinen, dass ich als guter Journalist eben allzeit zur Stelle bin, dann haben Sie wohl recht. Was ist nun?«

»Hier zwei Morde einschließlich einer Vergewaltigung, dazu noch ein Mord in einem anderen Stadtteil, und die beiden Morde von gestern stehen auch damit in Verbindung. Dazu kommen noch ein Fall von Psychoterror und eine tote Ratte. Das dürfte wohl auch für Sie fürs Erste genug Schmutz sein? Mehr erfahren Sie – vielleicht! – morgen bei der offiziellen Presseerklärung, und nun guten Tag!«

Noch während seiner letzten Worte stieg der Hauptkommissar mit Walter in sein Dienstfahrzeug und fuhr davon.

Walter fragte: »War das klug, dem Kerl die Geschichte zu erzählen?«

Der Hauptkommissar verzog sein Gesicht zu einem nicht eben gütigen Lächeln und erklärte: »Ich habe ihm doch nur ein paar Andeutungen vor die Füße geworfen, und da er weiß, dass es morgen eine Presseerklärung gibt, kann selbst er es sich nicht erlauben, eine Rahmengeschichte völlig frei zu erfinden. Was meinst Du, wie der jetzt rotiert, um etwas herauszufinden? Nur werde ich jetzt gleich für eine Nachrichtensperre sorgen. Wozu hat man schließlich einen Schwager, der Staatsanwalt ist?

Blue hat mit dem, was er wohl eine *Super Story* nennen würde, einen Tag Vorsprung vor seinen Kollegen, aber er kann nichts damit anfangen! Vielleicht haben wir ja Glück, und er kriegt 'nen Herzkasper?«

Walter pfiff leise durch die Zähne und meinte anerkennend: »Also Chef, manchmal kannst Du ein richtig hinterhältiger Dreckskerl sein!«

*

Da Kathrin Silvan wusste, dass Anna nach der Schule in der Stadt bleiben wollte, hatte sie ihren Einkaufsbummel etwas ausgedehnt. Nach der sechsten Stunde hatte sie Tommy von der Schule abgeholt, um gemeinsam mit ihm in einer kleinen Pizzeria etwas zu essen, danach waren noch ein paar Besorgungen für Tommy fällig gewesen. Kurz vor drei waren sie wieder zu Hause. Kathrin dachte, dass Anna sicher erst am späten Nachmittag und Lars wie gewöhnlich gegen Abend zurückkommen würde. Umso überraschter war sie, als sie plötzlich den Schlüssel an der Haustüre klappern hörte und ihr Mann mit ihrer Tochter herein kam. Ihr lag schon ein erstauntes »Wo kommt ihr denn her?« auf der Zunge, doch als sie Anna genauer ansah, sagte sie stattdessen: »Schatz, wie siehst Du denn aus?«, und mit einem ängstlichen Blick zu ihrem Mann: »Was ist passiert?«

10. Urlaub im Auge des Orkans

Chefarzt Dr. Peter Alban saß in seinem Büro in der Trierer Hochberg-Klinik. Er war mit seinen 51 Jahren natürlich etwas fülliger als noch vor 16 Jahren, und seine Jugend-Leidenschaft, das Bergsteigen, hatte er – mangels Zeit – an den Nagel gehängt. Aber er war »fit wie ein Turnschuh«, so hatte es jedenfalls Pankraz, der dreißigjährige Freund seiner Tochter, letzte Woche mit Respekt und unter Keuchen gesagt, als er nach verzweifeltem Kampf eine Tennispartie gegen Peter knapp verloren hatte. Pankraz war auch der Grund, warum Peter jetzt eine Fernabfrage bei seinem Anrufbeantworter zu Hause durchführte, was er in der Regel nie tat. Doch Pankraz engagierte manchmal einen jungen Zauberkünstler, um die Gäste in seinem Restaurant zu unterhalten, und Peter wollte gerne, zusammen mit zwei anderen Kollegen, »Mr. Magic« als Hochzeitsgeschenk für eine junge Assistenzärztin engagieren, die sie zu ihrer Feier eingeladen hatte. Pankraz hatte versprochen, die Adresse des Zauberers herauszusuchen und »gleich morgen Vormittag« anzurufen.

Peter tippte seine eigene Telefonnummer, dann die Code-Ziffern ein, vernahm das elektronische Piepsen und kurz darauf, wie der Anrufbeantworter in seinem Haus ansprang. Tatsächlich hörte er gleich die Stimme seines Schwiegersohns in spe, die ihm die Adresse des Zauberers nannte. Peter wollte schon auflegen, aber da war noch ein zweiter Anruf abgespeichert. Und was der Doktor nun zu hören bekam, ließ ihn »Mr. Magic« gleich wieder vergessen.

Peter hörte die Stimme eines Mädchens, das offenbar hochgradig aufgeregt, ja fast schon hysterisch war. Manchmal konnte er sie kaum verstehen, weil sie weinte und immer wieder die Nase hochzog, während sie sprach: »Doktor Alban? Hören Sie, *er* ist hinter Ihnen her, er wird versuchen,

Sie zu töten ... oh Gott, bitte, hoffentlich ist Patrick nichts passiert ...«, dann war fünf Sekunden nur Schluchzen zu hören, bevor es weiterging: »Karl Palusky hat er schon getötet und vielleicht auch Frau Zapf.« Peter lief es eiskalt den Rücken runter, aber er hörte weiter der drängenden Stimme zu: »Was ist bloß damals in der Hubertusklinik passiert? *Sie* haben mich gerettet, aber was war noch? Sie ... oh, ach so, ich bin Anna, Anna Silvan ...«, der Adrenalinpegel des Doktors schoss explosionsartig in die Hohe, »... hören Sie, Sie müssen verschwinden ..., aber was ist damals passiert? Warum will er ... wieso ist er hinter mir her? Es hat schon die ersten Toten gegeben, als er sich Ihre Adresse besorgt hat, und dann war da diese Ratte ..., und Karl, die Fliege saß auf ... (die nächsten Worte gingen im Schluchzen unter) ... muss wahnsinnig, absolut wahnsinnig sein, er hat Kräfte ... Sie würden es nicht glauben. Hoffentlich hat er Patrick nicht erwischt ... Ich glaube, sein Name ist Klinger; Max Klinger«, – dann wurde aufgelegt, doch noch sekundenlang starrte Peter den Hörer ungläubig an.

Dieser Name! Das war doch unmöglich, einfach absolut unmöglich! Schließlich hörte sich Peter alles nochmals an, dann noch einmal und schließlich noch ein viertes Mal.

Erst heute Morgen hatte er schockiert von dem Doppelmord in der Verwaltung seiner alten Arbeitsstelle gelesen. Was hatte das Mädchen gestammelt? Es hätte Tote gegeben, als »er Ihre Adressen« ausfindig gemacht hat? Und nun sollten Roswitha und Karl auch tot sein? Oder wollte ihm jemand mit dem Anruf einen bösen Streich spielen?

Aber wer sollte schon wissen, was damals wirklich vorgefallen war? Der alte Lutz war vor fast vier Jahren gestorben. Und die anderen Fraus dem Operationsteam? Die waren nur zu einem kleinen Teil eingeweiht und kamen auch aus anderen Gründen kaum in Betracht: Randy hatte, als er noch nicht einmal vierzig war, einen Hirnschlag erlitten, von dem er sich, soweit es Peter wusste, nie ganz erholt hatte. Er wurde Frührentner und seine Frau zog mit ihm in das Haus ihrer Eltern, irgendwo im Norden. Sabine hatte sich nach ihrer zweiten Hochzeit »aus dem Geschäft zurückgezogen, um wenigstens dieser Ehe eine Chance zu geben«, wie sie damals sagte. Peter war selbst noch auf ihrer Abschiedsparty gewesen, kurze Zeit darauf hatte er sie bereits aus den Augen verloren, genauso wie Kurt. Angeblich war der nach Südfrankreich gegangen, an eine Privatklinik für plastische Chirurgie.

Peter griff wieder zum Telefon und wählte Roswithas Nummer.

»Ja Bitte?«, meldete sich eine ihm unbekannte Männerstimme. Hatte sie vielleicht einen neuen Freund? Aber das hätte er sicher gewusst.

»Könnte ich bitte Roswitha sprechen?«, fragte er zögernd. Kurzes Schweigen, dann: »Wer spricht denn da?«

Peter legte auf und wählte Karls Nummer. Dasselbe Spielchen wiederholte sich. Nun hatte Peter wirklich Angst um seine Freunde. Sollte sie die Vergangenheit tatsächlich eingeholt haben? Aber Max Klinger konnte einfach nicht der Täter sein, der war damals so tot gewesen, wie nur irgend möglich.

Peter war ratlos.

Schließlich rief er eine Bekannte aus alten Tagen bei der Saarfurther Zeitung an.

Ja, es gäbe drei neue Morde in Saarfurth, musste Peter zu seinem Schrecken hören. Doch viel wüsste man noch nicht, die Nachricht sei eben erst gekommen, außerdem habe die Polizei eine Informationssperre verhängt. Wer die Opfer seien? Nein, die Namen seien nicht bekannt. Aber ..., ja, zwei von ihnen sollen auch bei der Hubertusklinik gearbeitet haben, aber warum wolle er das wissen? Ob er, als ehemaliger

Arzt an der Hubertusklinik, irgendetwas wüsste oder dazu sagen könne?

Peter brachte gerade noch »Nein« und »Danke« heraus, dann legte er mit zitternder Hand den Hörer auf.

Es war also wahr. Karl und Roswitha waren tot. Tot! Er wunderte sich, wieso er etwas wissen, aber doch nicht begreifen konnte. Er musste mit Annas Eltern sprechen. Und natürlich mit ihr selbst, denn sie war ja inzwischen kein Baby mehr. – Sechzehn müsste sie jetzt sein, rechnete Peter nach. Dann riss er sich zusammen. Denn als allererstes, so dachte er, musste er sich nun um seine eigene Familie kümmern. Dabei ließ ihn das Gefühl nicht los, dass er schnell und konsequent sein musste.

*

Als Peter anderthalb Stunden später mit seiner Frau, seiner älteren Tochter und Pankraz unterwegs nach Frankfurt war, konnte er es selbst kaum glauben, was er in dieser kurzen Zeit alles organisiert hatte: Die Flug-Buchungen, dann die Vertretung für sich. Besonders mühsam war es, Pankraz ohne genaue Erklärungen dazu zu bewegen, sein Lokal für ein paar Wochen seinem Oberkellner anzuvertrauen. Mit seiner Frau und seiner Tochter gab es weniger Schwierigkeiten als erwartet. Miriam hatte er seinerzeit – nachträglich – eingeweiht, und Sabrina war Feuer und Flamme bei dem Gedanken, zusammen mit ihrer Familie und ihrem Freund ihre jüngere Schwester in Kalifornien zu besuchen. Lediglich derart schnell packen zu müssen, war ihr nicht so recht gewesen. Und was ihre Studien betraf: Sie konnte sich ja auch in Kalifornien mit ihrer Abschlussarbeit befassen.

Peter konnte die Vorfreude seiner Tochter nicht so recht teilen. Seine immense Anspannung begann erst nachzulassen, als ihr Flugzeug schon über dem Atlantik schwebte.

*

Da war sie wieder. Diese heiße Welle der Wut, die Anna durchströmte. Sie schien aus ihrem Zentrum zu kommen, erst kaum merklich, dann immer heftiger, bis schließlich ein Feuer in ihrem Körper brannte, das sie nur mit Mühe unter Kontrolle halten konnte. Mit einem unterdrückten, fast wie Knurren klingenden Stöhnen fegte sie ihr Matheheft vom Schreibtisch. Doch so schnell wie er gekommen war stob der Zorn auch schon wieder auseinander und ließ eine leicht zitternde Anna zurück, die Ellenbogen auf den Schreibtisch gestützt, das Gesicht in den Händen vergraben.

Gut zwei Wochen war es her, dass sie Karl gefunden hatte. Zwei Wochen, in denen etwas geschah, das Anna zutiefst verunsicherte, das sie immer wieder in Wechselbäder von Zorn und Angst stürzte: Nichts.

Sicher, Anna hatte, genau wie Patrick, noch ein paar unerquickliche Gespräche mit Hauptkommissar Pauli über sich ergehen lassen müssen. Doch Neues hatte Pauli nicht erfahren, auch nicht von Patrick, der den Mörder ja auch nicht gesehen hatte. Schließlich war er mit einem Satz über den Flur ins Badezimmer gesprungen und musste dabei auch noch die sterbende Krankenschwester mit sich reißen. Und dazu war ihm die Sicht auch noch durch die in den Flur hinein ragende Wohnzimmertür versperrt gewesen.

Knapp war es nur am vierten Tag »danach« geworden, als Anna schon wieder einigermaßen zu Kräften gekommen war. Der Hauptkommissar war wieder bei ihnen aufgetaucht, hatte sich aber glücklicherweise mit Anna und ihren Eltern auf die Terrasse hinter dem Haus gesetzt, denn kurz nach ihm hatte Roland vorbeigeschaut, um zu sehen, wie es Anna ginge. Tom hatte ihm geöffnet und ihn schnell in sein Zimmer geschleust, damit der Hauptkommissar Rolands Stimme nicht als die von »Marlene« identifizieren konnte.

Erst einen Tag zuvor hatte Heike von ihrer eigenen Vernehmung erzählt, während der sie sich fast verplappert hatte, als plötzlich »Marlenes« alias Rolands Stimme vom Band tönte. Der Kommissar schien enttäuscht zu sein, weil es nicht Heikes Stimme war. Darauf, dass es die Stimme eines Jungen sein könnte, war er jedoch nicht gekommen, und Roland selbst war von Paulis Kollege N`Tobo vernommen worden.

Während die Polizei sehr, aber vergeblich aktiv war, schien der Mörder einen Urlaub einzulegen.

Körperlich hatte sich Anna überraschend schnell erholt, aber in ihr schien sich eine Wandlung zu vollziehen: Von Tag zu Tag wurde sie gereizter und verschlossener. Auch sie selbst bemerkte diese Veränderung, und das machte ihren Zorn noch schlimmer. Erst gestern hatte sie ihre Mutter böse angefaucht, dabei hatte die doch nichts weiter getan, als Anna ein zweites Mal zum Abendessen zu rufen, nachdem sie beim ersten Mal nicht reagiert hatte. Als Kathrin und Lars Annas Verhalten unkommentiert hinnahmen und nur einen schnellen Blick austauschten, war sie noch mehr ausgerastet und hatte geschrien: »Was gibt's da zu glotzen? Bin ich vielleicht aussätzig oder was? Ihr braucht mich nicht zu behandeln wie eine ..., wie ...«, doch da sie selbst nicht wusste, warum sie sich so schlecht behandelt fühlte, war ihr Zorn vollends übergekocht. Mit einem erstickten Schnauben war sie die Treppe hochgepoltert, hatte die Türe zu ihrem Zimmer hinter sich zugeknallt, abgeschlossen, sich auf ihr Bett geworfen und vor Wut geheult.

Später, als ihr Zorn etwas abgekühlt und ihre Scham gestiegen war, hatte sie beschlossen, sich am nächsten Tag bei ihren Eltern zu entschuldigen. – Doch heute Morgen wären ihr die Worte nicht über die Lippen gekommen.

Es klopfte. Spock kam ins Zimmer. Sie war so in Gedanken versunken, dass sie sein Klingeln an der Haustüre nicht gehört hatte. Ihr Freund sah blass aus. Nur die Ränder unter den Augen waren dunkel. In den vergangenen Nächten hatte er schon wieder kaum geschlafen. Denn sobald er sich zu Bett legte, kehrten seine Gedanken immer wieder zu jenen Sekunden zurück, als er die sterbende Krankenschwester in den Armen gehalten hatte. All das Blut. All die Angst.

Und wenn er dann doch in einen unruhigen Schlaf fiel, schreckte er meist aus Alpträumen hoch, an die er sich lieber erst gar nicht zu erinnern versuchte. Und dann war da natürlich noch Anna: Die Veränderung, die mit ihr vor sich ging, ihre Gereiztheit auch ihm gegenüber, waren ihm nicht verborgen geblieben. Wie auch? Denn inzwischen hatten sie sich schon mehr als einmal wegen irgendwelcher Lappalien gestritten und sogar schon einen handfesten Krach gehabt, den Anna vom Zaun gebrochen hatte. Nun trat er neben sie und meinte sachte: »Lass uns reden.«

»*Reden?*«, entgegnete Anna missmutig, »reden willst Du? Über was denn? Darüber, dass ein Verrückter hinter mir her ist? Darüber, dass die Leute in meiner Umgebung wie die Fliegen sterben? Oder vielleicht über irgendwelche unmöglichen Hirngespinste in Krankenhäusern? Reden! *Scheiß aufs Reden*, das ändert doch nichts!«

»Nun beruhig dich doch«, meinte Spock fast verzweifelt, »klar, dass deine Nerven zu Fuß sind, nach alldem was ...«

»Jetzt fängst Du auch noch damit an«, fuhr ihm Anna über den Mund und säuselte bissig: »*Die Nerven der Kleinen sind angespannt, lasst sie uns doch gleich in eine Klapsmühle stecken.*«

»He, das ist ungerecht«, langsam fiel es Spock selbst schwer, nicht sauer zu werden. Hatte er denn nicht das gleiche durchgemacht wie Anna? Hatte er denn nicht versucht, ihr zu helfen?

»Ach, Gerechtigkeit suchst Du?«, knurrte Anna, »dann bist Du aber in unserer Welt nicht gut aufgehoben. Du bist so naiv! Geh doch heim in dein Spielzimmer.«

Spock war sprachlos. Ein dicker Kloß in seinem Hals ließ keine Worte heraus. Er drehte sich um und ging. Dabei hoffte er, dass Anna nicht das Wasser in seinen Augen gesehen hatte und wunderte sich gleichzeitig, woher so nebensächliche Gedanken kamen.

Anna konnte es nicht fassen. War das wirklich sie gewesen, die da gerade zu Spock gesprochen hatte? Sie wollte ihm nachlaufen, aber diese Stimme aus ihrem Innersten zischte: »Lass den Tölpel doch gehen, der nützt dir eh nix«, und sie blieb verkrampft auf ihrem Stuhl sitzen.

Als sie endlich begriff, was sie da angerichtet hatte, richtete sich ihr Zorn wieder gegen sie selbst. Die Plastiksplitter spritzten durch den Raum, als sie mit einem wütenden Schluchzen ihr Lineal mit einem wilden Hieb auf der Schreibtischkante zerschlug.

*

Auf dem Heimweg fühlte sich Spock krank. Eine einzige Frage füllte seinen brummenden Schädel: *Ist es aus?*

Zu Hause wollte er sich in sein Zimmer verkriechen, doch dann rief er Roland an, erzählte in wenigen Worten, was vorgefallen war und bat: »Kannst Du vorbeikommen? Ich brauche jemanden zum Reden. Und bring Heike mit.«

»Heike ist ohnehin bei mir, wir kauen gerade zum ich-weiß-nicht-wievielten Mal alles durch. Wir sind gleich da.«

*

Auf dem Fußboden von Spocks Zimmer saßen sich die drei Freunde im Schneidersitz gegenüber. Heike und Roland hatten noch nie einen so deprimierten Vulkanier gesehen. Die Begrüßung war kurz und trocken ausgefallen, und nun suchte Heike fieberhaft nach tröstenden Worten. Doch Roland sprach zuerst, und es hörte sich nicht nach Trost an: »Na toll. Jetzt hat er es also geschafft!«

»Wer hat was geschafft?«, kämpfte sich Spocks Neugierde durch seine Lethargie.

»Na, unser Mann eben. Dieser Klinger scheint es ja doch nicht zu sein, denn der ist tot, so stand's zumindest in der Saarfurther Zeitung. Aber wer auch immer es ist, ich garantiere dir, genau in diesem Augenblick sitzt er irgendwo und kommt fast um vor Freude, weil ihr leidet wie die Hunde. Er brauchte nicht mal selbst richtig aktiv zu werden. Es genügt, dass er euch ein bisschen anstubst, und schon macht ihr für ihn die Drecksarbeit und treibt einen schönen, fetten Keil zwischen euch. *Und ihr nehmt das wirklich einfach so hin?* Gerade jetzt, wo wir schon eine ganze Reihe Informationen zusammengetragen haben? Gerade jetzt, wo wir der Lösung des Rätsels Schritt um Schritt näher kommen? Glaub mir, wenn wir jetzt nicht zusammenhalten, haben wir verloren.«

Inzwischen konnte sich Roland der vollen Aufmerksamkeit von Patrick sicher sein, und auch Heike hing gebannt an seinen Lippen. Er fuhr fort: »Das Nichtstun, das Warten, bis *ER* wieder zuschlägt, das macht uns fertig. Und genau das will er ja. Es wird allerhöchste Zeit, endlich wieder zu handeln. Und der erste Schritt ist: Du gehst sofort wieder rüber zu Anna, entschuldigst dich bei ihr und ...«

»Aber wieso soll ich mich denn entschuldigen?«, wandte Spock zaghaft ein, »sie war es doch, die ...«

Doch Roland wischte Spocks Einwand, keineswegs zaghaft, beiseite: »Quatsch keine Opern. Denkst Du wirklich, dass es immer so wichtig ist, wer einen Streit angefangen hat? Dass Du zu Anna hältst, darauf kommt es an.«

Mit einer Mischung aus Zweifel und eigenartiger Freude fragte Spock: »Du meinst wirklich, ich soll rüber gehen?«

»Na so was, der ist ja immer noch hier«, wandte sich Roland an Heike. Gleich darauf stand er auf, packte Patrick an den Schultern, zog ihn hoch und schob ihn in Richtung Tür, während er sagte: »Mach dich endlich auf deine durchlöcherten Socken, Anna wartet doch auf dich. Pack sie bei ihrem Kampfgeist, und wenn ihr euch versöhnt habt, ruf an, dann kommen wir auch rüber und überlegen gemeinsam, wie wir der Bestie auf die Schliche kommen.«

In der Tür drehte sich Spock noch einmal um und rief, als wäre es ihm gerade eingefallen: »*Aber klar*, Anna braucht uns!«, dann hastete er davon.

Heike hatte schon in den vergangenen Tagen überrascht feststellen müssen, dass sie trotz der beängstigenden Ereignisse der zurückliegenden Wochen jedes Mal ein geradezu körperliches Wohlbehagen verspürte, wenn Roland bei ihr war. Nun kam auch noch der Stolz dazu, als sie beobachtete, mit welcher Gelassenheit es ihm gelungen war, seinen Freund aufzumuntern und ihr ins Stocken geratenes Unternehmen wieder anzukurbeln. Heike zweifelte keinen Augenblick, dass sich Spock und Anna wieder versöhnen würden. An diesem Tag verabschiedete sie sich stillschweigend von ihren Vorstellungen über Alters- und Größenunterschiede bei Paaren, und was die Meinung anderer zu diesem Thema betraf, so beschloss sie, schlichtweg darauf zu pfeifen.

*

Kathrin Silvan, die Spock die Haustür geöffnet hatte, konnte seine Begrüßung kaum verstehen, so schnell war er an ihr vorbeigelaufen und die Treppe hoch geeilt.

Anna fuhr erschrocken aus ihrem Schreibtischstuhl und aus ihren trüben Gedanken hoch, als Patrick die Tür zu ihrem Zimmer aufriss, mit drei großen Schritten vor ihr stand und sie so schwungvoll an sich zog, dass sie beinahe mit den Köpfen zusammenstießen. Vielleicht wäre sie wieder wütend geworden, wenn Spock sie nicht so überrumpelt hätte, aber als sie seine Körperwärme spürte, seine rechte Hand auf ihrem Rücken und die linke in ihren Haaren ... Für einen Augenblick war ihr, als würde sich ein Krampf in ihren Bauchmuskeln mit einem Kribbeln löste, und sonderbarerweise konnte sie schon wieder lächeln, als sie Spock fragte: »Du verzeihst mir?«

Spock gab die Antwort zwar mit seinen Lippen, aber nicht mit Worten. – Es war eine lange Antwort.

In einer Ecke ihres Zimmers hatte Anna eine kleine Zweier-Couch und dazu zwei passende leichte Segeltuch-Sessel um einen niedrigen runden Tisch gruppiert. Spock setzte sich schließlich auf die Couch, Anna kuschelte sich mit angezogenen Beinen an ihn und redete, während Spock sie streichelte: »Ich weiß nicht, was mit mir los war, und, ehrlich, ich bin mir auch nicht sicher, ob es vorbei ist. Weißt Du, was mir dabei am meisten Angst macht? Dieser wahnsinnige Zorn, der in mir aufsteigt – ich hätte nie geglaubt, dass das möglich ist. Es ist wie in in dem einen Augenblick unseres Krankenhaus-Traums, als wir den Skalpellschwinger besiegten. Damals hatte ich auch für einen kurzen Moment diese Wut gespürt. Aber in den vergangenen Tagen war das alles *real* und auch viel länger.« Spock spürte, wie Anna erschauerte, dann fuhr sie zögernd fort: »Wenn ..., wenn dann der Zorn verraucht ist, dann frage ich mich immer, ob in *IHM* nicht auch so ein Feuer brennt, vielleicht stärker, größer, länger anhaltend, aber doch irgendwie das selbe. Und ich hab' mich ihm so ..., so schrecklich nahe gefühlt.« Anna klammerte sich nun an Spock, presste ihr Gesicht so stark gegen seine Brust, dass er es kaum verstand, als sie sagte: »Oh Gott, ich schäme mich so. Ist das jetzt vorbei? Bitte, lass es vorbei sein.«

Spock flüsterte ihr leise ins Ohr: »Keine Angst, mein Schatz, es *ist* vorbei.«

Anna sah ihn mit hochgezogenen Augenbrauen an.

Spock erklärte: »Schau, Du hast die Veränderung zum Schlechten bemerkt, und Du willst sie nicht, und weil Du stark bist, kannst Du auch wieder so sein, wie Du es möchtest. Vor allem aber – da hat mich Roland drauf gebracht – werden wir nun wieder zum Gegenangriff übergehen. Mag sein, dass wir nicht gleich Erfolg haben, aber Hauptsache ist, wir tun etwas. ER hat uns so eingeschüchtert, dass wir nur noch auf irgendwelche neuen bösen Ereignisse lauern. Durch die ganze Warterei fangen wir so langsam an, am Rad zu drehen, und genau das will er. Aber den Gefallen tun wir ihm nicht: Wir werden uns nicht zerstreiten und auch nicht verkriechen.« Mit einem schiefen Grinsen fügte er noch hinzu: »Wirst schon sehen, dann meldet *der* sich auch bald wieder zu Wort. – Wahrscheinlich früher als uns lieb ist.«

Dann strahlte er Anna an und rief: »He, holde Maid, ich glaube gar, in deinen Augen blitzt fast schon wieder etwas von deinem alten Kampfgeist.«

»Genau«, Anna setzte sich mit einem Ruck auf, »jetzt sind wir wieder dran. Und vielleicht hatten die letzten zwei Wochen auch ihr Gutes: Immerhin sind wir recht lange von irgendwelchen Angriffen verschont geblieben.«

Spock drückte ihr einen schmatzenden Kuss auf die Lippen und meinte mit einem erleichterten Seufzer: »So, und nun werde ich schnell Roland und Heike 'rüber rufen, dann entscheiden wir, was wir als nächstes unternehmen.«

»Etwas, was ich tun werde, weiß ich schon genau«, murmelte Anna zu sich selbst, während Spock hinausging.

Am Abend entschuldigte sie sich bei ihren Eltern und bei Tommy für ihre »miese Laune« der vergangenen Tage, aber das läge nun hinter ihr und würde nicht wieder vorkommen.

Lars und Kathrin schlossen sie erfreut in die Arme, während Tommy feixte: »Was heißt hier *miese Laune der letzten Tage*? Also ich hab' wirklich keinen Unterschied zu sonst bemerkt.«

*

Der Mann hatte es genossen, seine Opfer auf kleiner Flamme zappeln zu lassen. Besonders in den zurückliegenden sieben Tagen hatte er immer öfter diese Wogen des Zorns gespürt; die Wogen *ihres* Zorns, und sie waren von Mal zu Mal heftiger geworden, wenn sie aus Anna herausbrandeten, um ihre Umgebung langsam zu vergifteten. Ja, er hatte die heißen Wellen ihrer Wut gespürt, einer Wut, die ihm durchaus bekannt war. Aber er wusste, dass Anna anders war als er selbst, er wusste, dass sie unter diesem Zorn litt, während er diese unbändige Wut genoss, die ihn immer wieder durchtoste und deren Kräfte er so prächtig zu nutzen verstand.

Schließlich hatte er sogar gespürt, dass Anna drauf und dran war, völlig abzugleiten. Vermutlich wusste sie selbst nicht, wie nahe sie am Abgrund stand. Doch dann – von einem Tag auf den anderen: nichts mehr.

Sie hatte es tatsächlich wieder geschafft! Wie es den kleinen Bälgern nur immer wieder gelang, sich freizustrampeln? Ohne dass dies seinen Hass beeinträchtigen konnte, empfand er so etwas wie Bewunderung für Anna: Nicht nur erholte sie sich jedes Mal erstaunlich rasch von den Schlägen, die er ihr versetzte, ihre Stärke schien sogar daran zu wachsen. Ja wirklich – er bewunderte ihre Zähigkeit, und das gab ihm ein tolles Gefühl. Denn schon vorher hatte er sich auf seine Aufgabe gefreut, aber jetzt würde es ihm ein noch viel größeres Vergnügen sein, dieses Mädchen zu zerstören. Und es würde ein langes Vergnügen sein, denn durch ihre Stärke würde ihr Körper nicht so schnell schlapp machen, wenn er sie leiden ließ.

11. Die Sprache der Toten

»Horn-och-sen! Ihr hirnverbrannten Idioten! Herrgott! Herrgottnochmal! Bin ich denn nur von Schwachköpfen um-geben?«

Hauptkommissar Pauli schäumte. Er stand hinter seinem Drehstuhl, die Rückenlehne so stark umkrallt, dass die Knöchel seiner Finger weiß hervortraten. Kaum einer hatte ihn jemals in einer solchen Stimmung erlebt, aber wer das Vergnügen schon mal gehabt hatte, der versuchte sich in der Kunst des Unsichtbar-Werdens. Den drei Beamten vor Paulis Schreibtisch wollte das leider nicht so recht gelingen.

»Also ich fasse zusammen – unterbrechen Sie mich, wenn ich einen Fehler mache«, deklamierte ein sichtlich um Fassung bemühter Hauptkommissar: »Sie überwachen mit ihren drei Gruppen rund um die Uhr das Haus der Familie Silvan. Ein Einfamilienhaus in einer reinen Wohngegend, wo also für gewöhnlich nur ein sehr begrenzter Personenkreis anzutreffen ist. Und dann ist da dieser Mann, der vor ihrer Nase herumspaziert. Jede ihrer Gruppen bekommt ihn in den letzten Tagen zwei- oder dreimal zu Gesicht, und zwei, drei Mal bleibt er sogar kurz vor Haus Nr.7 stehen. Und keiner von Ihnen kommt auf die Idee, ihn anzuhalten? Und vor zwei Tagen bemerken Sie endlich – und reichlich spät –, dass alle drei Observierungsgruppen diesen Mann gesehen haben, aber – es geht ja nur um ein paar Morde – Sie kommen erst heute damit zu mir?«

Der Hauptkommissar setzte sich nun auf seinen Stuhl, presste mit aufgestützten Ellenbogen die Handflächen gegeneinander, stützte sein Kinn auf die Daumen und begann mit den Zeigefingern gegen seine Nasenflügel zu trommeln, während er seine Untergebenen unverwandt anstarrte. Nach gut zwanzig Sekunden, in denen die drei Polizeibeamten etwa einen viertel Liter Schweiß verloren, ließ er seine Arme auf die Tischplatte sinken und sagte ganz leise: »Erklären Sie's mir bitte? Hoover?«

Der Älteste der drei Beamten schluckte einmal kurz und entgegnete dann: »Also, wir glauben einfach nicht, dass dieser Mann etwas mit der ganzen Geschichte zu tun hat. Er ...«

»Sie *glauben?*«, unterbrach Pauli, »ich darf Sie vielleicht ein ganz klein wenig daran erinnern, dass wir hier in der Mordkommission sind, nicht in der Kirche. Was veranlasst Sie denn zu Ihrem *Glauben*?« Hoover lief rot an und entgegnete: »Der Mann war bestimmt schon 65 Jahre, außerdem recht klein und schmächtig. Der wäre körperlich gar nicht in der Lage, diese ganzen Morde zu begehen.«

Der Hauptkommissar warf im Plauderton ein: »Darf ich Sie vielleicht darauf aufmerksam machen, dass auch Hitler nicht gerade von großem Wuchs war, und sagt Ihnen das Wort *Komplize* vielleicht irgendetwas?«

»Ich war ja noch nicht fertig«, stemmte sich Hoover gegen den Hauptkommissar und fuhr fort: »Als er zum zweiten Mal auftauchte, waren gerade zwei uniformierte Kollegen bei der Überwachung im Einsatz, und der Mann ist von sich aus an die beiden herangetreten, um sich zu erkundigen, was denn eigentlich los sei. So dreist wäre er ja wohl kaum, wenn er etwas mit der Sache zu tun hätte?«

»Ich frage Sie lieber nicht, ob ihm die beiden auch noch Auskunft gegeben haben«, seufzte Pauli, »aber zugegeben: Als Mörder scheint ihn das zu disqualifizieren. Obwohl ...«, Pauli überlegte, »wir sollten immer daran denken, dass wir es mit einem äußerst gerissenen Exemplar eines Mörder zu tun haben.«

Jetzt sprang einer der beiden jüngeren Polizeibeamten für Hoover in die Bresche. »Herr Pauli, Sie hätten diesen Mann selbst sehen müssen, ehrlich, dann würden Sie uns besser verstehen. Er wirkte wirklich durch und durch seriös.«

»Er wirkte *seriös*??? Und? Auch Richard Nixon hatte auf Millionen amerikanische Wähler einen durch und durch seriösen Eindruck gemacht. Sie glauben doch nicht allen Ernstes, unser Mann läuft irre kichernd durch die Gegend und schwingt einen blutigen Knüppel? – Hatte dieser Mann denn irgendwelche besonderen Kennzeichen?«

Nun antwortete wieder Hoover: »Er hatte ein auffällig langes Gesicht mit recht dicken Lippen. Eine Schönheit war er nicht gerade, aber er hatte sehr gepflegtes silbergraues Haar, das wirkte irgendwie – ich weiß nicht recht – irgendwie nicht wie Alters-Grau, sondern wie natürliches Grau, wenn Sie verstehen, was ich meine.«

Pauli brummelte noch ein bisschen vor sich hin und meinte abschließend: »O.k., lassen Sie von Maximilian eine Phantomzeichnung anfertigen und geben Sie die Fahndung raus. Ach, und bringen Sie mir gleich eine Kopie der Zeichnung, ich will Anna und ihren Eltern heute Nachmittag noch einen Besuch abstatten. – Und entschuldigt den Hornochsen, aber das nächste Mal ..., ihr wisst, was ich meine?«

Mit betretenen Gesichtern und in Gedanken drei Kreuze hinter sich schlagend verließen die drei Paulis Büro. Sie waren kaum draußen, da steckte Walter seinen Kopf zur Tür rein und fragte: »Na, das Gewitter vorbei? Kann ich ungefährdet eintreten?«

»Ha, ha, wirklich zum Totlachen«, muffelte der Hauptkommissar, während er sich abgespannt die Augen rieb.

Walter trat ein, schloss die Tür hinter sich und empfahl mitfühlend: »He, Du solltest wirklich mal versuchen, dich ein bisschen zu entspannen, sonst kippst Du mir noch vom Stuhl. Ich würde sagen, nach Dienstschluss nehmen wir noch eine gepflegte Gerstenkaltschale zu uns, o.k.?«

Pauli grummelte etwas Unverständliches, meinte dann aber: »Hast recht, ich glaube, so ein hübsches Pils, eiskalt und frisch vom Fass, das brauche ich heute – vielleicht auch zwei. – Wenn's doch nur endlich mal voran gehen würde. Und gerade jetzt sollen wir auch noch Kindermädchen spielen.«

Walter legte die Stirn in Falten und wollte wissen: »*Kindermädchen*? – Hört sich nicht gut an. Um was geht's?«

Pauli verschränkte die Hände hinter seinem Kopf, dehnte sich etwas und berichtete gleichzeitig: »Als ob wir nicht schon genug am Hals hätten, kommt heute morgen auch noch ein Brief aus dem Innenministerium – dem kleinen – ins Haus geflattert. Da hat uns der Minister höchstpersönlich noch einen Knopf an den Backen genäht.«

»Was für einen Knopf?«, fragte Walter alarmiert.

»Na ja, dieses C.O.P.-Project – Cooperation of Policemen. Manche nennen's auch Bullen-au-pair. Ein Abkommen zwischen Interpol-Ländern, dass einer Handvoll Polizisten die Möglichkeit gibt, die Polizeimethoden in einem anderen Land kennenzulernen – zwecks *Erfahrungsaustausch*, ha!«

»Ach, und da haben wir auch einen zugeteilt bekommen?«

»Ursprünglich wohl nicht, aber als er von unserem *interessanten* Fall gehört hat, da hat er darum gebeten, nach Saarfurth zu kommen – schreibt das Ministerium. Und der Minister war ganz begeistert! Von wegen, dass unser kleines Bundesland dann an einem weltweiten Projekt beteiligt wäre ... Prestige ... alle Polizisten werden Brüder, und so ...«

»Und was ist das für einer?«, unterbrach Walter.

»Ein Cowboy. Direkt aus der Stadt der Engel.«

»Ein Ami? Na da bin ich ja mal gespannt, ob der wirklich so cool ist wie die ganzen Fernseh-Bullen.«

»Wirst bald die Gelegenheit haben, Mr. Bill Brown zu fragen, wie schnell er mit dem Colt ist. Du wirst dir die *Zeit* nehmen müssen, um dich um den Lieutnant zu kümmern.«

»Na, vielen Dank auch!«

*

Als Heike und Roland ihren beiden Freunden die Abschriften der alten Zeitungsartikel gezeigt hatten, da hatten sich Anna und Spock natürlich gefragt, wie ein toter Max Klinger in ihre Geschichte passte, und ob auch die Ermordung seiner Tochter durch seine eigene Hand irgendeine Rolle spielte. Aber Grübeln allein brachte keine Antwort. Sie mussten etwas unternehmen. Der erste Schritt im Plan der vier Freunde: Ein Besuch bei Max. Sie wollten das Grab von Max Klinger ausfindig machen, um sich so weit als möglich die Sicherheit zu verschaffen, dass er auch wirklich dort war, wo er laut Saarfurther Zeitung sein sollte: zwei Meter unter der Erde.

Sie hatten ihre Exkursion für Freitag geplant, doch Hauptkommissar Pauli machte ihnen einen Strich durch die Rechnung, als er sich für den frühen Nachmittag kurzfristig zu einem *Besuch* ankündigte. So blieb Anna zu Hause und ließ ihre Freunde schweren Herzens alleine losziehen, die mit ihren Fahrrädern zum Hauptfriedhof fuhren.

*

Im Wärterhäuschen des Hauptfriedhofs tat ein untersetzter junger Mann seinen Dienst, indem er vor sich hin döste.

Mit sichtlichem Widerwillen rappelte er sich aus seinem hölzernen Armlehnenstuhl hoch, als Spock gegen die Scheibe klopfte. Der Mann trat an das offene Schiebefenster und grunzte etwas, das Spock mit ein wenig gutem Willen als ein fragendes »Ja?« interpretierte. Spock hielt sich nach diesem enthusiastischen Empfang auch nicht lange mit freundlichen Vorreden auf, sondern meinte nur: »Sagen Sie uns doch bitte, wo wir das Grab von Max Klinger finden«, dann nannte er ihm das Todesdatum.

»Mstichnchgucken«, nuschelte der Bedienste, was Spock in »Da müsste ich nachsehen« übersetzte, weshalb er leicht gereizt antwortete: »Ich habe auch ehrlich nicht erwartet, dass Sie es auswendig wissen.«

Der junge Mann runzelte die Stirn und verschaffte sich Bewegung, indem er mit Daumen und Zeigefinger an einem Pickel an seiner rechten Wange zupfte, was das leicht wabbelige Fleisch in dezente Schwingungen versetzte. Dann schien er zu der Einsicht zu gelangen, dass ihn ein Streit nur unnötig lange von seinem weichen Sitzkissen fernhalten würde. Also fischte er einen fetten Ordner aus einem großen Metallschrank und begann zu blättern. Doch schnell wandte er sich mit einem Schulterzucken an Spock: »Max Klinger ham'wr nich' – überhaupt kein Klinger in dem Jahr«, dann bequemte er sich noch und fragte: »Biste s'cher mm Jahr?«

»Wie? Ach so, ja, mit der Jahreszahl bin ich mir absolut sicher. Und die Eintragungen in Ihren Akten sind kmpltt, äh, ich meine, die sind komplett?«

»Türlich«, muffelte der Mann gerade noch, während er schon wieder auf seinen Stuhl zuschlurfte, um sich ächzend darauf niederzulassen.

Spock wandte sich an Heike und Roland, die in zwei Meter Entfernung mit den Fahrrädern warteten: »Verdammt, kein Max! Wo ist der nur abgeblieben? Sagt bloß, der wandelt tatsächlich noch unter den Lebenden?«

»He, Moment!«, warf Heike ein, »wer sagt eigentlich, dass er seine ewige Party auf dem Hauptfriedhof feiert?«

Roland fragte aufgeregt: »Du meinst, er könnte auch wo anders verschimmeln?«

Heike verdrehte die Augen – was Roland so gut gefiel – und antwortete: »So dezent hätte ich das zwar nicht ausgedrückt, aber genau das habe ich gemeint. Wenn das stimmt, was in den Berichten stand, stammte er aus Saarfurth, also wird er wohl auf einem der hiesigen Friedhöfe liegen.«

»Wenn er überhaupt auf einem Friedhof liegt«, warf Spock düster ein.

»Ja«, meldete sich nun Roland wieder zu Wort, während er Heike zweimal leicht mit dem Zeigefinger an den Kopf tippte, »denn unsere Schlaumeierin hat nämlich eines vergessen: In Saarfurth ist nur noch der Hauptfriedhof hier am Stadtrand in Betrieb, während die alten Friedhöfe in der Stadt bloß noch als Parkanlagen genutzt werden.«

Heike lehnte sich mit überkreuzten Armen gegen Roland, so dass sich ihre Ellenbogen in seine Brust bohrten, und säuselte: »Ach ja? Aber wie sieht es denn damit aus, Du Oberschlaumeier: Noch vor ein paar Jahren wurde zumindest der alte Friedhof in Alt-Saarfurt noch ab und an benutzt; und falls ich mich irren sollte, dann muss meine Großtante Lina dort vor sechs Jahren wohl illegal beigesetzt worden sein.«

»Puh«, murmelte Roland kleinlaut, »bild' dir bloß nix drauf ein, wenn Du doch mal das letzte Wort hast. – Das hast Du nur meinem guten Einfluss zu verdanken.«

»He, ihr beiden«, rief Spock, der schon auf seinem Rad saß, »turteln könnt ihr später, jetzt auf zum alten Friedhof.«

Als sie dort nach einer viertel Stunde ankamen, standen sie vor einem neuen Problem: Hier gab es kein Pförtnerhaus und niemanden, der ihnen so geflissentlich Auskunft geben konnte wie der junge Mann am Hauptfriedhof.

Heike seufzte: »Na, da müssen wir halt die Grabsteine einzeln abklappern.«

»Da sind wir ja morgen noch bei der Arbeit«, meinte Spock skeptisch.

»Das glaube ich nicht«, hatte Heike wieder die Antwort parat, »erstens ist dieser Friedhof ohnehin nicht sehr groß, und zweitens, wenn ich mich recht entsinne, dann wurden zuletzt nur noch die Grabreihen in dem Viertel hier rechts vom Eingang genutzt. Wir haben das Grab bestimmt schnell gefunden, wenn wir uns teilen und ...«

»*Oh nein!*«, tönte es ihr mit aller Entschiedenheit von zwei Seiten entgegen. »Du bist wohl nicht ganz bei Trost!«, rief Spock fassungslos, »hier trennt sich niemand.« Gleichzeitig meinte Roland, mit einem Unterton von Sorge in der Stimme: »Hast Du etwa schon vergessen, was die letzten Wochen so alles passiert ist?«

»Was für mutige Jungs«, kicherte Heike, »aber seht euch doch erstmal um, bevor ihr jammert: Für einen Friedhof geht's hier doch recht lebendig zu.«

Tatsächlich waren viele Menschen unterwegs: Ganz in ihrer Nähe rückte eine ältere Frau einem Busch neben einem Grabstein mit einer kleinen Heckenschere zu Leibe. Soweit der Friedhof vom Eingang aus einzusehen war, konnte man auch eine handvoll Spaziergänger auf den Wegen erkennen. Besonders genutzt wurde aber die größere Rasenfläche, die zu ihrer Rechten zwischen den alten Gräbern lag: Ein Mann richtete seinen Schäferhund ab und eine größere Gruppe Jugendlicher hatte sich tatsächlich – mit Decken und allem Drum und Dran – zu einem Picknick niedergelassen. Zwei Weinflaschen machten die Runde, und die Stimmung schien recht gut zu sein.

»O.k.«, seufzte Spock, »jeder nimmt sich ein paar Reihen vor und ruft die Anderen, wenn er etwas gefunden hat.«

*

Spock war noch keine zehn Minuten bei der Suche, da kam Heike auch schon wieder angelaufen, mit Roland im Schlepptau, den sie unterwegs aufgesammelt hatte. Aufgeregt rief sie ihm schon von weitem zu: »*Ich hab' ihn, ich hab' ihn*«, und als sie heran war, schnaufte sie außer Atem: »Ich wollte mein Feld von hinten aufrollen, das hat uns viel Sucherei erspart: Er liegt doch ein paar Reihen weiter links von hier, fast im letzten Grab vor der Außenmauer.«

Noch während Heike die letzten Worte hervorgestoßen hatte, waren sie schon alle drei im Laufschritt unterwegs und standen schließlich vor einem verwilderten Grab, auf dem, von allerlei Unkraut umwuchert, eine billige Steinplatte lag. Auf dieser Platte stand nichts weiter als »Max Klinger« und dazu sein Geburts- und Todesdatum.

Nach längerem Schweigen meinte Roland: »Gut, dass Metallbuchstaben auf die Platte aufgesetzt sind. Wäre der Name in den Stein gehauen, hätte man ihn durch all das Moos kaum erkennen können.«

»Tja, ich schätze, das hier sind die Überreste eines von der Stadt bezahlten Armenbegräbnisses«, meinte Heike, »nach all dem, was wir über ihn gelesen haben, wer hätte da auch für ihn ein Begräbnis zahlen wollen?«

Plötzlich fühlte sich Heike von Roland so fest am Arm gepackt, dass es schmerzte. Überrascht wandte sie sich ihm zu. Roland hatte ein kurzärmeliges T-Shirt an, und überdeutlich war die Gänsehaut auf seinen Armen zu erkennen. Er starrte mit großen Augen auf das Grab links neben dem von Max Klinger, dann deutete er auf den Grabstein und stammelte: »Seht doch nur, das ist doch ...« Nun sahen sich auch Heike und Spock diesen Grabstein genauer an. Beide wurden blass.

»Aber klar ...«, rief Heike, »... seine Tochter!«, ergänzte Spock, dann las er laut die Inschrift vor:

Für Sahra

Die Hand, die sie schützen sollte, raubte ihr das ganze Leben.
Sucht die Schuld nicht bei Gott,
der Mensch hat sich selbst aus dem Paradies vertrieben.
Nun soll ihr die Liebe gehören

Schweigen.

Patrick fand schließlich seine Stimme wieder: »Ganz schön makaber, sie hier neben ihrem Mörder zu bestatten.

Also da hat wirklich jemand viel Feingefühl und Pietät besessen. Möchte wissen, was der sich dabei gedacht hat.«

»Na, nichts natürlich«, meinte Roland ruhig, »das gehört halt auch zu den Gesetzen der Marktwirtschaft: Wer nix hat, kommt eben ganz billig unter die Erde, und Vater und Tochter landen sozusagen zwangsläufig gemeinsam drei Meter tiefer, das bereitet den Behörden am wenigsten Probleme.«

»Aber die Mutter«, warf Heike mit leiser Stimme ein, »wieso hat sie zugelassen, dass ihre Tochter neben diesem ...«, sie schluckte, »... begraben wird?«

Spock erwiderte: »In den Zeitungsartikeln stand doch, dass Sandra Klinger selbst ein paar Tage im Krankenhaus außer Gefecht gesetzt war, nachdem ihr Alter der Welt den Gefallen getan hat, aus dem vierten Stock zu hüpfen? Nun, bis sie wieder draußen war, da war diese Doppelbeerdigung sicher schon über die Bühne gegangen.«

Heike meinte: »Wenigstens hat Sahra einen ordentlichen Grabstein, und ihr Grab ist hübsch gepflegt.« Dann schluckte sie, und zwei Tränen liefen ihr übers Gesicht während sie ganz leise hinzufügte: »Ich bin so traurig.«

Roland zog Heike zu sich heran und drückte sie an sich, während sie ihren Kopf auf seine Schulter legte. Roland war auch traurig, und er schämte sich, weil er sich gleichzeitig freute, dass er Heike im Arm halten konnte.

Schließlich legte Spock seine Arme um seine beiden Freunde und sagte: »Kommt, lasst uns hier weg gehen, ich möchte von diesem Friedhof verschwinden. Vielleicht ist dieser Pauli ja schon wieder gegangen, dann können wir Anna Bericht erstatten.«

Heike hakte sich bei Roland ein, und schweigend machten sie sich auf den Rückweg.

*

Hauptkommissar Pauli war tatsächlich schon wieder gegangen. Als die Freunde nun bei Anna im Zimmer saßen, merkte sie gleich, dass ihre drei Kampfgefährten von dem Friedhofsbesuch noch immer ein wenig bedrückt waren. Bevor sie Fragen stellte, erzählte sie deshalb zunächst einmal von dem Besuch des Hauptkommissars. Gleichzeitig registrierte sie belustigt, dass Heike und Roland den Platz eingenommen hatten, den sonst immer Spock und sie selbst innehatten: Dieses Mal waren es die Beiden, die auf der Doppelcouch saßen, und während sich Heike mit angezogenen Beinen an Roland schmiegte, streichelte er ihr ganz langsam durchs Haar, schien dabei aber gar nicht zu merken, wie nahe er seinen lange vergeblich geträumten Träumen inzwischen gekommen war.

Anna berichtete: »Ich habe da eine recht interessante Neuigkeit von unserem lieben Hauptkommissar erfahren. Mir traut der zwar immer noch nicht so ganz über den Weg, aber er ist inzwischen doch etwas handzahmer geworden. Ich glaube, er schämt sich etwas, weil er bisher kaum Fortschritte gemacht hat.«

»Und wo bleibt die Neuigkeit?«, fragte Spock, der sich gespannt in seinem Segeltuchsessel nach vorne gebeugt hatte.

»Wart's ab, kommt gleich«, fuhr Anna fort, »... dann, glaub' ich, war der Kommissar auch ziemlich zerknirscht, weil seine Leute einen Fehler gemacht haben. – Jetzt haltet euch fest: Die haben doch tatsächlich gemerkt, dass sich ein Unbekannter ein paar Mal für unser Haus und für meine Familie interessiert hat, sie haben ihn sogar gesehen, aber keiner ist auf die Idee gekommen, ihn festzuhalten.«

Jetzt rutschten auch Heike und Roland an den Rand der Couch, Roland hielt aber Heike weiterhin umfasst, während sie unisono riefen: »War das unser Mann!?«

Anna zuckte mit den Schultern: »Mein Haus- und Hof-Polizist scheint sich da nicht sicher zu sein. Wartet mal ...«,

Anna stand auf, ging zu ihrem Schreibtisch und kam mit einem DIN-A4-Blatt zurück, das sie auf den Couchtisch legte, »... ich habe von Pauli eine Kopie des Fahndungsfotos bekommen. Er meinte, der Polizei-Zeichner hätte gute Arbeit geleistet, das hätten ihm zumindest die Männer gesagt, die unseren Freund hier gesehen haben.«

Drei Köpfe beugten sich dicht über die Kopie. »Na, ist doch mal was«, murmelte Spock, während sie gemeinsam das Gesicht betrachteten. Es war auffällig lang und schmal, nicht unbedingt besonders hübsch. Die Lippen waren ziemlich dick, während Nase, Augen und Ohren eine durchschnittliche Größe hatten. Die gescheitelten, leicht welligen Haare wirkten gepflegt. Anna erklärte: »Er soll um die 65 Jahre sein und knapp eins-siebzig groß, mit grau-grünen Augen und grauen Haaren, elegant gekleidet. Also merkt euch das Gesicht. Wenn ihr so einem begegnet: höchste Vorsicht!«

»Da kannst Du sicher sein«, meinte Heike, und Roland spürte, wie sie leicht erschauerte, »wenn ich auch nur annähernd vermute, dass ich diesem Typ gegenüber stehe, dann lege ich bestimmt keinen gesteigerten Wert drauf, ganz sicher zu gehen, No Sir! Dann stelle erstmal einen neuen Geschwindigkeitsrekord auf.«

»Hört sich sehr vernünftig an«, seufzte Roland und erzählte Anna dann von ihrer erfolgreichen Suche auf dem alten Friedhof. Er schloss mit den Worten: »Ich sehe es deiner Nasenspitze an: Dir schlägt das auch auf den Magen, dass sie das Baby direkt neben seinem Mörder beerdigt haben. Wenigstens unterscheiden sich die Gräber: Nur das Grabfeld von Max Klinger war vergammelt, das Grab von Sahra war ordentlich gepflegt. Aber trotzdem: Wenn's nicht unbedingt sein muss, dann werde ich bestimmt nicht mehr auf diesen Friedhof gehen, obwohl er inzwischen ein recht hübscher Park geworden ist. – Und es bleibt bei eurem Plan? Ihr fahrt am Wochenende nach Trier?«

»Wie?«, Anna merkte, dass die Frage ihr gegolten hatte, aber sie war nicht ganz bei der Sache, denn ihr schwirrte ein Gedanke im Kopf herum, den sie nicht richtig zu fassen bekam, »nach Trier? Ja, Patrick und ich wollen sehen, ob wir etwas über diesen Doktor Alban herausfinden können, der so überraschend verschwunden ist. Eigentlich wollten wir ja schon übermorgen fahren, aber Spock hat seinem Vater versprochen, ihm beim Aufbau eines Kellerregals zu helfen. Also werden wir es am nächsten Wochenende versuchen.«

»Das ist auch besser so«, meinte Roland mit einem schnellen Augenzwinkern, »denn dieses Wochenende hätte ich keine Zeit gehabt, aber am nächsten kann ich mitkommen, um euch zu beschützen.«

Heike flüsterte laut zu Anna: »Na dann werde ich besser auch mitkommen, um euren Beschützer zu beschützen.«

Danach spielten sie noch zwei Partien Boggel, aber Anna war immer noch unkonzentriert und bekam jedes Mal mit Abstand die wenigsten Punkte zusammen.

Nach dem zweiten Spiel meinte Heike: »So, jetzt reicht's. Für mich war der Tag lange genug.« Dann wandte sie sich an Roland: »Begleitest Du mich noch ein Stück?«

»Klar! – Autsch!« Beim enthusiastischen Aufspringen war Roland so heftig mit dem rechten Knie gegen den Tisch gestoßen, dass nun ein paar Boggel-Würfel über den Boden kullerten und er mit roten Ohrläppchen aber schief lächelnd das Feixen seiner Freunde über sich ergehen lassen musste.

*

Als Roland und Heike gemeinsam den Vogelberg herunter radelten, hielt Heike plötzlich an und stieg vom Rad. Auch Roland stoppte und sah Heike fragend an.

»Du, Roland?«

»Ja?«

»Komm doch mal.«

Also stellte auch Roland sein Rad ab, ging die paar Schritte zu Heike zurück, die ihn so merkwürdig ansah, und er fragte: »Was hast Du?«

»Warum küsst Du mich eigentlich nicht endlich mal?«

*

Spock wurde von den Silvans zum Abendessen eingeladen und blieb danach noch eine Weile bei Anna. Er hatte es schließlich doch noch geschafft, ihre nervöse Unruhe zu vertreiben. Doch als er spät am Abend gegangen war, stellte sich auch dieses Klingeln in ihrem Hinterkopf wieder ein. Sie war sicher: Irgendetwas – etwas Wichtiges – hatte sie übersehen. Etwas, das Hauptkommissar Pauli gesagt hatte? Oder einer ihrer Freunde?

Während sie kurz vor dem Zubettgehen ihre Zähne putzte, überlegte sie, ob ihre Unruhe vielleicht nur von dieser makabren Geschichte käme, die ihre Freunde von dem alten Friedhof erzählt hatten. Oder hing es möglicherweise mit dem Friedhof selbst zusammen? Vor lauter Grübeln merkte sie gar nicht, dass sie fast zehn Minuten lang versonnen ihre Zähne bürstete, und als sie endlich im Bett lag, dauerte es lange, bis sie in einen unruhigen Schlaf fiel, aus dem sie schon früh wieder erwachen sollte.

Kurz vor fünf Uhr schreckte sie in ihrem Bett hoch. Was hatte sie nun schon wieder geträumt? Sie wusste nur noch, dass es etwas mit dem alten Friedhof zu tun gehabt hatte, wie ihn ihre Freunde beschrieben hatten. Stirnrunzelnd saß sie im Bett. War es wieder ein Alptraum gewesen? Nein, sie fühlte sich gut und hatte weder einen beschleunigten Herzschlag noch Schweißausbrüche. Mit einem Seufzer ließ sie sich wieder in ihr Kissen sinken und registrierte überrascht, dass sie doch noch einmal in den Schlaf hinüberglitt.

»Aha, wusste ich's doch, dass ich von dem alten Friedhof geträumt hatte«, dachte Anna mit einer gewissen Befriedigung in der Fortsetzung ihres ersten Traumes.

Hell und ohne Schatten lag der Friedhof vor ihr.

Auch wenn die Umgebung durchaus als Alptraum-Kulisse taugte: Sie hatte keine Angst, sie spürte nirgends eine Bedrohung lauern, und ihr fiel gleich der Unterschied zu ihren anderen Träumen auf: Während sonst auch Gefühle eine Rolle gespielt hatten, schien es sich diesmal um eine ganz sachliche, analytische Angelegenheit zu handeln. Anna war schon selbst zwei, drei Mal über den Friedhof spaziert, auf dem auch ihre Urgroßeltern begraben lagen. Nun wunderte sie sich, wie deutlich ihre Erinnerungen im Traum waren.

Also, was hatten ihre Freunde erzählt? Die Steintreppe rechts vom Eingang hinauf, an der schmalen Grabreihe vorbei, über die Wiese, dann links hoch und nach rechts durch bis zur Außenmauer. Doch als sie in die Nähe dieses Areals kam und in einen nach rechts führenden Seitenweg einbog, waren die Grabsteine, ja die gesamte Umgebung des Weges, plötzlich nur noch sehr verschwommen zu erkennen. Enttäuscht überlegte Anna, dass sie hier in der Realität wohl nie vorbeigekommen war. Trotzdem ging sie auf gut Glück weiter und blieb erst stehen, als schemenhaft die alte Steinmauer des Friedhofs vor ihr auftauchte. Dann drehte sie sich nach links und starrte die beiden Grabfelder an, die nun wie durch dichten Bodennebel halb verborgen vor ihr lagen. Sie versuchte, sich ein Bild nach Rolands Beschreibung zu machen: Rechts die einfache Steinplatte, auf der nur Klingers Name stand, links der Grabstein mit der Inschrift. Rechts das unansehnliche, verwilderte Grab, links das hübsch gepflegte Grab, rechts das verwilderte Grab, links das gepflegte Grab, das verwilderte Grab, das gepflegte Grab, verwildert, gepflegt ...

Gepflegt?

Himmel, warum waren sie da nicht gleich drauf gekommen? Natürlich ...

»... *das ist es!*«, rief Anna, als sie aus dem Schlaf hochschreckte und mit einem Satz aus dem Bett sprang, »wer pflegt nach sechzehn Jahren noch Sahras Grab?«

Das konnte doch nur ihre Mutter sein? Das hätte sie der gar nicht zugetraut, nach allem, was sie inzwischen über den Fall gelesen hatte. Und Sandra Klinger war damals dabei gewesen, in der Hubertusklinik. Vielleicht wusste sie, was in jenen Tagen vorgefallen war? Wusste, was der Grund für all die Schrecken der vergangenen Wochen war? Und selbst wenn jemand anderes für die Pflege von Sahras Grab verantwortlich sein sollte, dieser jemand würde sicher Sahras Geschichte kennen, und Sahra war am selben Tag wie sie in die Hubertusklinik eingeliefert worden. So oder so: Hier bot sich auf jeden Fall die Möglichkeit, eine Spur aufzunehmen.

Mittlerweile war es halb sechs. Eigentlich noch viel zu früh, und ihre Freunde wollte sie um diese Zeit auch nicht anrufen. Aber da sie ohnehin schon auf war, konnte sie ja auch gleich, noch vor der Schule, den alten Friedhof besuchen – was heißt hier konnte? Sie *musste* einfach hin. Gefährlich würde es schon nicht werden, schließlich schienen sich ja doch immer ein paar Menschen in der Parkanlage aufzuhalten. – Daran, dass um diese frühe Stunde am Freitagmorgen wohl kaum ein Spaziergänger seinen Weg dorthin lenken würde, dachte Anna in ihrer Aufregung nicht.

Als sie ihre Entscheidung getroffen hatte, hielt sie nichts mehr. Schnell machte sie eine Katzenwäsche, schlüpfte in Shorts, T-Shirt und Schuhe, schlich leise nach unten und schloss ebenso leise die Haustür hinter sich.

Die beiden Polizisten, die gerade für die Bewachung des Hauses eingesetzt waren, wunderten sich, dass Anna so früh unterwegs war. Einer stieg aus dem Wagen und sprach sie an: »Wohin des Wegs, so früh, junges Fräulein?«

»Keine Angst«, lächelte sie den Mann an, den sie bereits vom sehen kannte, »ich bleib' schon unter Leuten.« Dann verschwand sie durch die Seitentür der Garage, kam wenige Augenblicke später mit ihrem Fahrrad wieder heraus und winkte den beiden Polizisten noch zu, als sie sich auf den Sattel schwang und losradelte.

Die Reifen ihres Fahrrades zischten über den Asphalt, denn in aller Frühe musste ein leichter Sommerregen niedergegangen sein, und die Straßen waren noch nass.

Anna fuhr schnell. Schon ein paar Minuten vor sechs Uhr stand sie, etwas außer Atem, vor dem Haupteingang des alten Friedhofs, wo sie ihr Fahrrad an einen angerosteten Laternenpfahl kettete. Als sie durch das alte Portal trat und ein paar Schritte getan hatte, fiel ihr plötzlich auf, dass sie mutterseelenallein unterwegs war. Nun wurde ihr doch etwas mulmig zumute, zumal ihr noch allzu deutlich der Tag in Erinnerung war, an dem sie alleine in Karl Paluskys Haus gestanden hatte. Aber sie ging weiter.

Schon nach wenigen Minuten hatte sie die beiden Gräber gefunden. Es prickelte auf ihrem Rücken, als sie vor ihnen stehen blieb. Ja, etwa so hatte sie es sich vorgestellt: Klingers Grab war geradezu vergammelt, das von Sahra dagegen hatte einen recht guten, etwa 80 Zentimeter hohen Marmorgrabstein und war ordentlich gepflegt. War das wirklich Sandra Klingers Werk? Anna ging vor Sahras Grab in die Hocke, besah sich den Boden genau. Um ein paar wohlgeformte Zwergsträucher herum war sogar eine Lage Torf aufgebracht worden, und das konnte noch nicht lange her sein, der Torf sah noch ganz frisch aus. Anna nahm eine wenig davon in die Hand, betrachtete die braunen Flocken ein paar Sekunden konzentriert und ließ dann die trockenen Krumen durch ihre Finger gleiten. Dann stellten sich ihre Nackenhaare auf und sie spürte, wie ihr Gesicht heiß wurde.

Trockene Torfkrumen?

Wo es doch in aller Frühe geregnet hatte und ... – Anna legte eine Handfläche auf die Erde – ... der übrige Boden noch feucht war?

Wie von der Sehne geschnellt sprang Anna auf und drehte sich in derselben Bewegung nach links. Und ihr Blut gefror. Keine zwei Meter von ihr entfernt stand ein Mann. Ein Mann, der sie anstarrte. Ein Mann mit schmutzigen Händen, seine Rechte schloss sich um eine blitzende Gartenschere.

Statt eines Schreis kam nur ein heißeres Keuchen über Annas Lippen. Auch wenn sie diesem Mann noch nie persönlich begegnet war: Sie kannte ihn doch. Sie kannte dieses lange, schmale Gesicht, diese etwas zu dicken Lippen und das graue Haar. Sie kannte dieses Gesicht von dem Fahndungsfoto, das ihr Hauptkommissar Pauli gegeben hatte.

Anna wollte davonstürzen, doch ihre Füße schienen am Boden festgeschraubt.

»Hallo Anna«, sagte der Mann und wechselte die Schere in die andere Hand, »ich glaube, wir müssen uns mal unterhalten.«

Dann tat er einen Schritt auf sie zu und streckte seine rechte Hand nach ihr aus.

In diesem Augenblick kam wieder Bewegung in Anna, sie machte einen panischen Satz schräg zurück, landete mitten auf Sahras Grab und blickte sich gehetzt um: Von rechts kam der Mann und zu ihrer Linken endete der Weg nach wenigen Metern vor der alten, steinernen Friedhofsmauer. Zu beiden Seiten des Weges, jenseits der Grabreihen, verliefen dicke, fast zwei Meter hohe Hecken, die zu einer Art grünen Mauer zurechtgestutzt waren. Ohne zu zögern wandte sich Anna der nächsten Hecke zu, machte einen Satz auf Sahras Grabstein und schnellte sich von dort bäuchlings auf die grüne Mauer.

Die Hecke gab nach, Anna sank ein paar Zentimeter ein, verhedderte sich in dem grünen Gewirr, versuchte, sich auf der anderen Seite herunterfallen zu lassen und spürte, wie sich eine Hand um ihre linke Ferse schloss. Da hatte sie sich freigestrampelt und plumpste auf die weiche Erde zwischen zwei Grabsteinen. Und schon wieder war sie in einer von Hecken eingeschlossenen Sackgasse gelandet. Sie rappelte sich auf und merkte, dass sie ihren linken Schuh eingebüßt hatte, merkte mit hysterischem Lachen, dass es wieder einer dieser verflixten Segeltuchschuhe war, mit denen für sie der ganze Ärger begonnen hatte.

Lang-Gesicht rief nun von der anderen Seite: »Anna! Warte doch, ich muss dir etwas erklären!«

Den Teufel würde sie tun! Sie rannte los, musste aber schon nach wenigen Metern innehalten, weil ein spitzer Stein an ihrer nackten Fußsohle haften geblieben war. Während sie das Steinchen abstreifte, hörte sie mit Schrecken, wie sie von dem keuchenden Lang-Gesicht auf der anderen Seite der Hecke überholt wurde – so hatte er die Möglichkeit, sie am Ausgang ihres Weges abzufangen.

Zu Annas Rechten stand zwischen zwei Grabsteinen eine alte Birke. »Birken waren schon immer meine Lieblingsbäume«, murmelte sie mit einem Anflug von Erleichterung, schleuderte den zweiten Schuh auch noch von sich und begann, den Baumstamm hoch zu klettern. In rund dreieinhalb Meter Höhe ragte ein dicker Ast über die nächste Hecke hinaus. Als sie den Ast erreicht hatte, riskierte sie einen Blick zum Ausgang der Sackgasse: Lang-Gesicht hatte »seine« Hecke wohl gerade umrundet und kam nun hastig und irgendetwas rufend wieder auf sie zugestürzt.

Anna hängte sich wie ein Faultier an den Ast und kletterte flink über die grüne Mauer hinweg. Auf der anderen Seite löste sie zuerst ihre Füße, ließ sich kurz baumeln und dann auf die weiche, schwarze Erde fallen. Schwer atmend sah sie sich um: Endlich hatte sie dieses Sackgassenareal überwunden. An vielen Stellen waren etliche Gräber schon längst eingeebnet worden, von Tannen beschattete Wege wechselten sich mit lichten Plätzen ab. Vor allem aber konnte Anna in verschiedene Richtungen querfeldein laufen, und es gab auch viele Möglichkeiten, sich zu verstecken. Anna rannte zunächst ein paar Meter auf dem Kopfsteinpflaster des Hauptweges, dann schlug sie sich nach links, durchquerte eine größere Tannengruppe und kletterte schließlich auf einen Kastanienbaum am Rande einer kleinen Grünfläche, um sich in der Baumkrone zu verstecken.

Auf einem der oberen Äste sitzend, mit dem linken Arm fest den Stamm umschlungen, ließ sie die Beine baumeln, sog ein paar Mal tief und langsam die Luft ein. Welchen Ausgang sollte sie nehmen? Wo würde Lang-Gesicht auf sie lauern? Den Hauptausgang sollte sie wohl lieber meiden, denn da stand ihr Fahrrad. Aber wo waren nochmal die beiden anderen Ausgänge? Warum konnte sie sich bloß im Wachzustand nicht genau so gut an ihre früheren Besuche erinnern wie im Traum?

Schließlich entschied sie sich, wieder zurück zu gehen und zu versuchen, über die Mauer zu steigen, das würde Lang-Gesicht bestimmt nicht erwarten. Doch da sah sie etwas von ihrem luftigen Platz, das sie schnell zu einem anderen Entschluss kommen ließ: Obwohl ihre Armbanduhr noch nicht ganz zwanzig nach sechs zeigte, war – ein Hoch auf die Arbeitszeitflexibilisierung! – offenbar doch schon ein Gärtner im Einsatz: Linker Hand von ihrem Baum kam auf einem kleinen Weg, der auf die Rasenfläche führte, ein Mann in Sicht, der einen großen Handwagen hinter sich her zog. Der Mann trug einen blauen Overall mit irgendeinem großen Aufdruck darauf.

Mr. Overall steuerte einen kleinen Steinbrunnen an, neben dem eine Abfalltonne stand. Auf seinem Handwagen befanden sich bereits zwei zusammengebundene Müllsäcke. Erleichtert kletterte Anna von ihrer Ausguck-Kastanie und lief auf den Mann zu, der eben einen blauen Müllbeutel aus der Abfalltonne zog und ihn zuband.

Mr. Overall würde ihr schon beistehen. Als sie ihn beinahe erreicht hatte, rief sie ihn keuchend an: »Bitte, Sie müssen mir helfen, ich werde verfolgt ...«

Mit einem erschrockenem »Huh« fuhr der Mann herum und ließ sogar den Müllbeutel fallen. Er hatte Anna nicht herankommen gehört und starrte sie mit großen Augen an, dann wurden diese Augen hinter den dicken Brillengläsern zu schmalen Schlitzen und er zischte: »Dich kenn' ich doch?«

»Sie kennen mich? Woher ...«, da dämmerte es Anna: Der Schuhgeschäft-Mann! Ausgerechnet! Ausgerechnet hier begegnete sie jenem Kerl wieder, dem sie damals diese gründliche Abfuhr erteilt hatte, als sie sich ihre vermaledeiten Segeltuchschuhe gekauft hatte.

Noch ehe sie den Schrecken verdaut hatte, stand der Schuhgeschäft-Mann mit einem großen Schritt vor ihr, packte sie mit beiden Händen an den Haaren, zog sie zu sich heran und keuchte ihr aus zehn Zentimeter Abstand ins Gesicht: »Aah, wie ich davon geträumt habe! Weißt Du, damals, in dem Geschäft? Na sicher weißt Du's noch! Einen Tag später hat mich meine Frau verlassen – Dorothee ist natürlich mit ihr gegangen. Und *DU* bist schuld! Verdammte Zicke, mit deinen Unverschämtheiten hast *DU* ihr diese Flausen in den Kopf gesetzt. Irgendetwas von *Würde* hat sie gefaselt, als sie gegangen ist ...« Sein linkes Augenlid begann unkontrolliert zu zucken. »Warte, kleine Kröte, jetzt zahle ich's dir heim!«

Anna versuchte einen Judogriff anzusetzen, aber Schuhgeschäft-Mann hielt sie so stramm an den Haaren, dass sie keine Bewegungsfreiheit hatte, wenn sie sich nicht selbst skalpieren wollte.

Diese Wut. Plötzlich durchzuckte sie wieder diese seltsame Wut. Sie biss die Zähne zusammen, formte mit der linken

Hand eine Kralle und zog ihrem Widersacher mit einem kräftigen Ruck ihre Fingernägel durchs Gesicht. Schuhgeschäft-Mann heulte auf, schleuderte Anna aber gleichzeitig so heftig zu Boden, dass ihr die Luft aus den Lungen getrieben wurde, als sie mit Wucht auf ihrem Rücken aufschlug.

Schuhgeschäft-Mann schäumte. Das blutige Gesicht zu einer Grimasse verzogen, die Zähne gefletscht, sprang der Mann auf Anna zu und ließ sich mit den Knien voran auf ihren rechten Arm fallen. Wie ein elektrischer Schlag zuckte der Schmerz durch ihren ganzen Körper, raubte ihr die letzten Kraftreserven. Nun kniete der Mann auf Annas Arm, und sie sah, wie er zum Schlag ausholte. Anna wollte schützend ihren linken Arm hochreißen, war zu langsam, wusste, dass sie es nicht schaffen würde, da klatschte etwas Weißes mit Wucht gegen das rechte Ohr ihres Peinigers. Als er jaulend mit der Schlaghand nach dem malträtierten Ohr griff, klatsch, traf im selben Augenblick auch etwas sein linkes Ohr. Waren das nicht weiße *Segeltuchschuhe*?

Annas Blickfeld wurde nun wieder größer, und der schmerzhafte Druck verschwand von ihrem rechten Oberarm, als sich Schuhgeschäft-Mann wimmernd zur Seite fallen ließ und sich beide Ohren hielt. Lang-Gesicht stand schwitzend über ihn gebeugt, drosch mit Annas Schuhen auf seinen Kopf ein und schäumte, während er sein Schuh-Gewitter losließ: *»Wie können Sie es wagen?* Lassen Sie gefälligst das Kind in Ruhe! Sie ... Sie ... !«

Als ein flacher Absatz in voller Fahrt auf Schuhgeschäfts Nase platschte, kugelte er sich, die seltsamsten Laute ausstoßend, außer Reichweite, kam torkelnd auf die Beine und rannte, sich den Kopf haltend, so schnell ihn seine Beine trugen auf und davon.

Anna war mehr als verwirrt. Sie hatte noch lange nicht genug Puste, um weiter zu fliehen. Was würde Lang-Gesicht nun mit ihr tun?

»Ich bin Sandras Mann.«

Oh Gott, er würde ..., *was* hatte er gesagt?

»Aber, aber wie ...?« Anna rappelte sich langsam in eine sitzende Position hoch, rieb sich den rechten Oberarm und fragte verwirrt: »Sie können doch unmöglich Max Klinger sein?«

»Wie? Oh nein! Gott bewahre!«, keuchte ihr Gegenüber, zog mit fahrigen Händen ein weißes Stofftaschentuch aus seiner Hosentasche und tupfte sich das Gesicht ab, während er, immer noch nach Luft schnappend, weiter redete: »Himmel, – pff – kannst Du mir verzeihen, dass ich dich so erschreckt habe? Nein, ich bin nicht der unselige Max, ich bin Ruppert – Ruppert Weinberg. Sandra war mit mir in zweiter Ehe verheiratet.«

Anna ließ sich geradewegs wieder zurücksinken, legte erschöpft einen Arm vor die Augen und wurde von einem stillen Lachkrampf geschüttelt, der mit einer guten Priese Hysterie gewürzt war. Und wegen diesem älteren Herrn, der nun mit besorgter Miene über ihr stand, hatte sie ihre halsbrecherische Flucht durch den halben Friedhof angetreten?

Schließlich hatte sie sich wieder einigermaßen beruhigt und nahm die Hand von Ruppert Weinberg, der ihr hoch half und sie nun ein wenig verwirrt und sonderbar gerührt ansah. Ihre Hand schien er gar nicht mehr loslassen zu wollen.

»Entschuldigen Sie bitte vielmals, Herr Weinberg, aber ich ..., ich hatte tatsächlich geglaubt, dass Sie mir ans Leder wollen.«

»Ach ja, ich weiß, dass Du ein paar sehr schwere Wochen hinter dir hast. Warum hab' ich alter Esel dich auch so ungeschickt erschrecken müssen? Aber ich war selbst so überrascht, dich zu sehen. Schau nur, wie Du jetzt aussiehst.«

Anna brannten viele Fragen auf der Zunge, aber nun blickte sie erst einmal an sich herunter: Überall klebte Erde an ihr, dazu kamen noch ein paar Blätter, etliche Tannennadeln, eine hübsche Sammlung Grasflecken und natürlich diverse Kratzer und Schrammen sowie ein dicker, violetter Fleck auf dem rechten Oberarm. Anna seufzte, klopfte sich so gut es ging den Dreck von der Kleidung und wusch sich an dem Brunnen die Erde von Armen und Beinen.

»Ahm, ich glaube, die sind dir«, meinte Ruppert Weinberg, als er ihre Schuhe auf den Brunnenrand stellte.

»Oh, danke, dass Sie die eingesammelt haben. Aber die haben Sie ja auch gut gebrauchen können? Dabei fällt mir ein: Danke, dass Sie mich von diesem Typen befreit habe.«

»Ein unangenehmer Mensch. Mir scheint, der hat dich gekannt?«

»Ja, mit dem bin ich mal beim Einkaufen zusammenge- rasselt«, erklärte Anna, während sie auf dem Brunnenrand saß und sich ein paar Tannennadeln aus den Haaren zupfte. Dann schlüpfte sie wieder in ihre Schuhe, und während sie die Schnürsenkel zuband, fragte sie wie beiläufig: »Sie waren doch in den vergangenen Tagen schon ein paar Mal an unserem Haus gewesen?«

»Ja, das weißt Du schon? Nun ja, ich war die ganzen Tage unschlüssig, ob ich mit euch reden sollte – und dann auch noch die Polizei vor eurem Haus ...«

Anna sprach in sein Zögern hinein: »Aber nun haben Sie die Gelegenheit, mit mir zu reden. Und Sie können sich vorstellen, dass es einiges gibt, was ich wissen möchte?«

»Hm, aber kommst Du dann nicht zu spät zur Schule?«

Anna sah ihn nachdenklich an und meinte: »Abgesehen davon, dass ich gerade jetzt nichts weniger im Kopf habe als die Schule: Kann es sein, dass Sie sich noch weiter um die Antworten drücken? Nein, die Schulc kann warten, jetzt will ich erst einmal wissen, welche Rolle Sie spielen und was Sie mir über die Ereignisse vor sechzehn Jahren sagen können. Sie wissen schon, damals, in der Hubertusklinik.«

»Ja, nun gut, dann muss es wohl raus, aber es wird dir nicht gefallen«, meinte Ruppert Weinberg, während er Anna fast ängstlich anblickte und das weiße Tuch in seiner Linken zerknüllte.

Anna sah ihn nur unverwandt an.

»Gut, gut«, seufzte er schließlich, »mach dich auf einiges gefasst, ich will dir von Anfang an erzählen, was ich weiß, aber lass uns dazu wieder zu Sahras Grab gehen.«

Mit einem unguten Gefühl im Magen folgte Anna dem grauhaarigen Mann.

Als sie schon bald wieder vor den beiden Gräbern standen, sammelte sich Ruppert Weinberg einen Augenblick und begann: »Ich werde dir zunächst ein bisschen was über meine Frau Sandra erzählen. Du wirst später schon verstehen, warum.

Sieh mich an, Anna. Ich weiß, dass ich nicht gerade eine Schönheit bin und es auch in meiner Jugend nicht war. Auch meine Haare sind ziemlich früh – und gründlich – grau geworden und haben meinem Aussehen ein paar zusätzliche Jahre verpasst – heute bin ich 57. Viel zu lange Jahre meines Lebens war ich nur mit meinem Geschäft verheiratet. Ich habe mit meinem Bruder zusammen eine ganz gut gehende Buchhandlung und ein kleines Antiquariat in Nürnberg. Doch irgendwann wuchs in mir der Wunsch nach einer richtigen Ehe, nach einer Familie, nach einem Kind, etwas Wirklichem, etwas Wichtigem, um das ich mich kümmern und sorgen könnte.

Es war etwa fünfzehn Jahre her, da bin ich zu einer Buchmesse nach Saarfurth gefahren. Die ganze Zeit über saßen zwei junge Paare bei mir im Abteil, die waren so verdammt glücklich, und ich fühlte mich von Kilometer zu Kilometer mieser. Als ich am nächsten Morgen zu dieser Buchmesse in der Kongresshalle ging, musste ich feststellen, dass ich nicht der Einzige war, der sich an diesem Tag schlecht fühlte: Ganz in der Nähe der Halle saß eine junge, mehr als ärmlich wirkende Frau auf einer Bank und weinte still vor sich hin, die Hände auf den Knien, den gesenkten Blick ins Leere gerichtet. Die Passanten gingen vorbei. Ich folgte einer Eingebung, setzte mich zu ihr – redete mit ihr. Zunächst blieb sie still, und ich wurde langsam unschlüssig. Doch dann begann auch sie zu sprechen. Und so erfuhr ich, wer sie war. Der Fall war mir noch aus der Presse bekannt, die Gerichtsverhandlung lag noch nicht lange zurück.

Über Max Klinger und über den Tod ihrer Tochter schien Sandra nicht sonderlich gerne reden zu wollen, diesen Teil ihres Lebens schob sie zu diesem Zeitpunkt noch weit von sich, und wir sprachen erst etliche Monate später darüber. Aber sie war am Ende.

Sie war nirgends willkommen, Arbeit fand sie auch keine mehr, zumal sie nie eine richtige Ausbildung erhalten hatte.

In der Zeit nach ihrer Gerichtsverhandlung hatte sie zwar in kurzer Folge ein paar Männer kennengelernt, die ihr Hilfe und Freundschaft anboten, doch die waren alle sehr schnell wieder aus ihrem Leben verschwunden, nachdem sie erreicht hatten, was sie wirklich wollten.

Ja, sie war am Ende. Ihre letzte Wohnung in einem billigen Haus hatte sie schnell wieder verlassen, nachdem die anderen Mieter erfahren hatten, wer sie war, und so schlief sie seit kurzem in einem Obdachlosenheim. An dem Morgen, als ich sie traf, hatte sie sich um eine Putz-Stelle in der Kongresshalle bemüht, wieder erfolglos. Offenbar hatte sie auch keine Ahnung, was sie noch unternehmen konnte. Während der Unterhaltung hatte ich durchaus bemerkt, dass sie praktisch keine Bildung besaß. Ihr ganzes Leben war sie unterdrückt gewesen, zuerst von ihren Eltern, dann von Max, und nun war sie in die Freiheit verstoßen.

Ich fragte sie, was ihre nächsten Schritte wären. Sie wusste es nicht. Sie kam mir so hilflos und alleine vor.

Ja, und dann machte ich ihr einen Vorschlag: *Kommen Sie mit mir nach Nürnberg*, sagte ich, *und heiraten Sie mich.*«

»Aber das geht doch nicht!«, rief Anna, schwankend zwischen fasziniertem Entsetzen und belustigter Rührung.

»Tja, das war wohl etwas verrückt, was?«, meinte Weinberg mit melancholischem Lächeln, dann fuhr er fort: »Doch es kam noch etwas verrückter: Ich sagte zu ihr, mir sei durchaus klar, dass ich etliche Jahre älter wäre als sie und dass mein Aussehen und meine Statur auch nicht eben überwältigend seien. Aber ich sagte auch, dass ich nicht arm war und dass ich gut für sie sorgen und sie anständig behandeln wollte, falls sie in meinen Vorschlag einwilligte.

Ich versprach ihr ein eigenes Konto mit monatlichen Einzahlungen und außerdem sollte sie sich eine Ausbildung aussuchen dürfen, die ich ihr finanzieren würde. Aber ich stellte auch Bedingungen: Sie müsste fleißig sein und Kurse besuchen, und sie sollte eine Therapie machen, die ihr bei der Bewältigung ihrer Vergangenheit helfen könnte. Ja, ... und noch etwas wollte ich, nach ein, zwei Jahren, wenn wir uns aneinander gewöhnt hätten: Ein Kind.« Dann sah Ruppert Weinberg Anna in die Augen und fragte mit unsicherer Stimme: »Bist Du jetzt entsetzt?«

Anna starrte ihn fasziniert an, zog langsam die Arme hoch und antwortete kopfschüttelnd: »Tut mir leid, aber ich weiß es nicht. Ich habe wirklich keine Ahnung, was ich davon halten soll. Und sie willigte *tatsächlich* ein? Das konnte doch nicht gut gehen, oder?«

Jetzt lächelte Ruppert Weinberg, als er sagte: »Oh doch, Sandra willigte ein, und es ging gut – es ging tatsächlich gut! An jenem Tag drückte ich ihr 500 Mark in die Hand und sagte ihr, wann ich am nächsten Abend nach Nürnberg zurückfahren würde. Sie sollte sich von dem Geld ein paar ordentliche Sachen kaufen, sich über Nacht ein Hotelzimmer nehmen, sich ein wenig pflegen und am nächsten Tag rechtzeitig am Bahnhof sein. Ehrlich, schon wenige Augenblicke später war ich der festen Überzeugung, dass ich Sandra und ebenso die 500 Mark nie wieder sehen würde. Aber als ich am nächsten Abend zum Bahnhof kam, wartete sie schon auf mich. Sie kam mit nach Nürnberg. Sie wurde meine Frau.

Zu Beginn war es nur eine Art Zweckbündnis. Zudem war Sandra für mich gewissermaßen auch das Kind, das ich mir so sehr wünschte. Und, oh je, natürlich war diese Ehe auch *der* gesellschaftliche Skandal in meiner Umgebung – und das sogar, obwohl wir ihre Vergangenheit geheim hielten. Aber ich versteckte meine Sandra nicht, auch wenn es einige wirklich *sonderbare* Szenen gab.

Wir hielten uns beide an unsere Abmachungen. Obwohl es ihr Mühe bereitete, biss sich Sandra fleißig durch etliche Abendkurse. Ja – und sie entdeckte sehr schnell *die Bücher*! Später überlegte sie einmal, dass sie sich vielleicht deshalb auf die Bücher stürzte, weil ihr die Welt der geschriebenen Worte nicht wirklich wehtun konnte, nicht diesen Schmerz enthielt wie die harte Welt, die sie kennengelernt hatte. Aber wie dem auch sei: Irgendwann begann ihr das Wissen selbst Spaß zu machen. Sie fing an, ihre Fortschritte mit Stolz zu genießen, und bald kannte sie auch unsere Buchhandlung besser als ich selbst.«

»Aber was wurde aus ihr?«, warf Anna ein, »ich meine: Schließlich sind *Sie* hier, nicht Sandra. Es ging also letztendlich doch nicht gut?«

Ein Schatten zog über Ruppert Weinbergs Gesicht, als er antwortete: »Vor vier Jahren ist sie verschwunden.«

Als er Annas »Wust' ich's doch«-Gesichtsausdruck sah, fügte er hastig hinzu: »Oh nein, nicht so wie Du denkst. Sie hat mich nicht verlassen. Du musst wissen: Wir wurden Freunde. Die besten Freunde. Und so unglaublich es auch scheinen mag, aus der Freundschaft wurde Liebe. Nein, wir waren viel zu eng miteinander verbunden, als dass sie mich einfach verlassen hätte. Ihr muss etwas passiert sein und ...«, er schluckte heftig, »... das habe ich noch nie laut gesagt, aber ich glaube nicht, dass sie noch lebt. Und es tut verdammt weh.« Dann straffte er sich und sein Gesicht wurde hart: »Nein, es ist sogar mehr: Wenn ich ehrlich bin, ich glaube es nicht nur, ich *weiß*, dass Sandra tot ist, denn sonst hätte sie sich bei mir gemeldet. Natürlich war die Polizei bei mir, und ich habe irgendwie den Eindruck, die verdächtigen mich noch heute.« Bitterkeit schwang in seiner Stimme mit, als er kopfschüttelnd hinzufügte: »Die glauben doch tatsächlich, ich hätte meiner Sandra etwas angetan.«

Anna fragte atemlos: »Und seit Sandra verschwunden ist, pflegen Sie das Grab ihrer Tochter?«

»Ja, ich pflege dieses Grab. Früher hatten wir mal an eine Umbettung gedacht – weg von Max. Aber dann wollten wir doch kein Aufsehen erregen. So haben wir dann nur die billige Grabplatte gegen diesen Grabstein hier ersetzt. Und mit der Grabpflege hatten wir eigentlich eine Gärtnerei beauftragt, aber vor sieben Jahren hatten wir damit begonnen, ein-, zweimal im Jahr selbst vorbei zu kommen, um nach dem Rechten zu sehen.«

Anna wunderte sich. Wieso erst seit sieben Jahren? Und warum schien er so besorgt, dass sie Sandra, trotz deren Versagens als Mutter, in einem guten Licht sah? Und das wichtigste: Warum interessierte er sich eigentlich für sie?

Ein hauchzarter, ein schrecklicher Verdacht wollte Gestalt annehmen, ein Verdacht, von dem sie nichts wissen wollte, den sie augenblicklich wieder in den hintersten Winkel ihres Unterbewusstseins verbannte.

Ruppert Weinberg bemerkte ihr Stirnrunzeln, fuhr aber fort: »Außerdem tue ich es auch für Sandra. Natürlich hatte ich alle Hebel in Bewegung gesetzt, aber sie blieb verschwunden. Und da kein Leichnam gefunden wurde, gibt es

kein Grab, also ist für mich dieses Grab auch zum Gedenk-
stein für Sandra geworden. Dass ich heute Morgen schon so
früh hier war, das war wohl reiner Zufall. Ich bin sehr früh
aufgewacht und verspürte eine innere Unruhe, die mich ohnehin am Weiterschlafen gehindert hätte. Zuerst wollte ich
etwas im Hotel-Pool schwimmen, aber dann dachte ich mir:
Warum nicht gleich zum Friedhof gehen? Ich habe den
Mietwagen am nächsten Eingang abgestellt und erstmal
einen kleinen Sack Torf hergebracht und um die Pflanzen
verteilt, dann bin ich nochmal zum Auto, um die Gartenschere zu holen. Als ich wieder zurückkam, war ich mehr als
überrascht, dich hier in vor dem Grab zu sehen. Was dann
passiert ist, weißt Du ja.«

Weinberg schwieg eine Weile, dann setzte er zwei-, dreimal zum Sprechen an, brachte aber keinen Ton heraus.

Anna half ihm: »Und nun wollen Sie mir erzählen, woher
Ihr Interesse für mich kommt? Denn dass die kleine Sahra
am selben Tag wie ich ins Krankenhaus eingeliefert wurde,
dass sie gestorben ist, während ich noch in Lebensgefahr
schwebte, das kann ja wohl nicht alles sein?«

Eine mit Pollen beladene Biene summte vorbei. Noch im-
mer hing ein leichter Geruch von feuchter Erde in der Luft.
Irgendwo hämmerte ein Specht. Ruppert Weinberg sah dem
Mädchen in die Augen. Er sagte: »Es war nicht Sahra, son-
dern die kleine Anna, die damals gestorben ist. Sahra lebt. –
Du bist Sahra.«

Ein eisiger Bleimantel umhüllte sie, zerrte sie zu Boden,
presste ihre Brust mit Macht zusammen.

»Lüge! Gemeiner Lügner!«, wollte sie schreien, wegren-
nen, nach Hause rennen zu *IHREN* Eltern, zu *IHRER* Familie, das wollte sie. Doch irgendein Teil ihres Gehirns teilte
ihr in kalter Analyse mit, dass sie nicht tat, was sie wollte,
dass sie stattdessen, am ganzen Körper zitternd, auf dem Boden saß, die Beine angewinkelt, die Fußknöchel mit weißen

Fingern umklammert, den Kopf auf die Knie gelegt. Irgendjemand sagte etwas, aber sie verstand es nicht. Dann saß jemand neben ihr, legte einen Arm um ihre Schultern und hielt sie fest.

Nach zehn Minuten fiel ihr ein, dass es wohl Ruppert Weinberg sein musste, der neben ihr saß, der Mann, der ihr diese ungeheuerliche Geschichte erzählt hatte.

Sie hob eine Hand, deutete auf den Grabstein mit Sahras Namenszug, stammelte: »Das heißt, da liege ..., da liege ICH? Ich meine, ich meine, ich ..., ich bin nicht ich?«

Ihre zitternde Hand wanderte zu Max Klingers Grab: »Dann ist das da *mein Vater???* Oh Gott, nein.«

Nun wünschte sich Anna einen Funken der ihr bekannten Wut herbei, um diesen Weinberg anzuschreien, ihm zu sagen, was er mit seinen Lügengeschichten tun könne. Der Funke kam nicht. Matt flüsterte sie: »Ich glaube Ihnen kein Wort.«

Sanft sagte Ruppert Weinberg: »Als Sandra und ich davon erfuhren, da wollten wir es zunächst auch nicht glauben, da kannst Du ganz sicher sein, Sahra.«

»*Nein!*«, schrie Anna entsetzt auf und fügte keuchend, mit zitternder Stimme hinzu: »Nennen Sie mich nicht Sahra, auf gar keinen Fall!«

Dann lehnte sie sich erschöpft gegen Ruppert Weinberg, hatte keine Kraft mehr für Emotionen und nahm stattdessen mit kühler Sachlichkeit seine Erklärung zur Kenntnis, als wäre nicht sie, sondern irgendeine andere, ein fremdes Mädchen, der Mittelpunkt seiner Geschichte.

Weinberg sagte leise: »Entschuldige, Anna. Ich werde dir erzählen, wie wir davon erfahren haben. Es ist sieben Jahre her, da bekamen wir Besuch von einem alten, sehr kranken Mann. Er kam einfach so in unsere Buchhandlung hereinspaziert, stellte sich als Lutz Heidmann vor und sagte, dass er uns dringend privat sprechen müsse. Doch es herrschte gerade Hochbetrieb, und so bat ihn Sandra, die schon seit mehreren Jahren in unserer Buchhandlung mitarbeitete, dass er doch noch mal zum Feierabend wiederkommen solle, wenn es wirklich so dringend sei.

Der Mann zögerte, nickte aber schließlich und verließ den Laden wieder. An dem Tag herrschte wirklich viel Betrieb, deshalb hatten wir die kurze Episode am Abend schon fast wieder vergessen. Doch pünktlich zum Ladenschluss betrat der alte Mann erneut unser Geschäft und wartete geduldig, bis wir die Türe hinter dem letzten Kunden abgeschlossen und noch ein paar Worte mit unserer Angestellten gewechselt hatten. Dann gingen wir in unser Büro.

Er legte uns seinen Ausweis vor und zeigte Unterlagen, die bewiesen, dass er bis zu seiner Pensionierung ein hoher Verwaltungsangestellter der Hubertusklinik in Saarfurth gewesen war. Sandra und ich mussten ziemlich erschrocken dreingeblickt haben, denn er beruhigte uns gleich, dass dies kein Erpressungsversuch sei – er hatte unseren ersten Gedanken erraten. Und dass er niemandem etwas von Sandras Vergangenheit verraten wolle, fügte er auch gleich hinzu.

Natürlich waren wir erst einmal skeptisch, denn all die Jahre, seit Sandra nach Nürnberg gekommen war, hatten wir nie jemandem in ihrer neuen Heimat, nicht einmal meinem Bruder, etwas über ihre unselige Ehe mit Klinger und deren Folgen erzählt. Und wir machten uns schon Sorgen, was wohl geschehen würde, falls in Nürnberg etwas über Sandras Vergangenheit herauskommen sollte.

Wir fragten unseren Besuch also, was er denn nun eigentlich wolle. >*Mein Gewissen erleichtern<*, war seine Antwort, >*ich bin froh, dass es mir doch noch gelungen ist, Sie ausfindig zu machen, Frau Weinberg. In ein paar Monaten, vielleicht auch nur Wochen, wäre es zu spät gewesen.<* Denn, so waren seine Worte, sein Blut würde sich nicht so verhalten, wie es gesundes Blut eigentlich tun sollte, und dass er deswegen nicht mehr lange zu leben hätte. Dann erzählte er seine Geschichte: Damals, vor sechzehn Jahren, war ein junger Chirurg und guter Freund zu ihm gekommen und hatte ihn um einen Gefallen gebeten.«

»Doktor Peter Alban?«, unterbrach Anna ihn matt.

»Genau«, nickte Ruppert Weinberg, »Dr. Alban erklärte ihm, dass er ein Kind davor bewahren wollte, entweder im Heim zu landen oder in asozialen Verhältnissen aufzuwachsen. Es ging um das kleine Mädchen, das so schrecklich von ihrem Vater zugerichtet worden war – davon hatte Heidmann natürlich schon gehört, denn es war *das* Tagesgespräch im Krankenhaus. Alban erzählte ihm nun von dem anderen Mädchen, das zuerst eingeliefert worden war, das aber nach seinem schweren Unfall nicht mehr gerettet werden konnte. Allerdings war der Tod des Kindes noch nicht registriert, die Eltern noch nicht ausfindig gemacht.

Alban hatte nun den phantastischen Plan, das geschlagene Kind, falls es überleben sollte, den Eltern des verunglückten Kindes unterzuschieben. Wenn es funktionierte, so glaubte er, würde den Eltern viel Leid erspart bleiben und die Chancen für die Zukunft des Kindes würden sich um ein Vielfaches verbessern.

Heidmann war zunächst skeptisch, ob der Austausch gelingen könnte, aber Alban überzeugte ihn, als er seinen Plan schilderte: Beide Mädchen waren fast gleich alt ...«

»Fast?« unterbrach Anna.

Weinberg verzog seinen Mund, antwortete: »Genau genommen hast Du deinen Geburtstag bisher immer sechs Tage zu früh gefeiert.«

»Und das soll ja bekanntlich Unglück bringen«, murmelte Anna bitter.

Weinberg fuhr fort: »Eure Haarfarben waren kein Problem, denn das andere Baby hatte noch keine Haare gehabt. Die Farbe der Augen stimmte in etwa überein.

Eure Gesichter waren natürlich nicht identisch, aber eine, wenn auch grobe, Ähnlichkeit gab es schon. Albans Plan war es nun, dass dich Kathrin und Lars Silvan aus angeblich medizinischen Gründen so lange nicht richtig zu sehen bekommen sollten, bis sie die Unterschiede im Aussehen ganz von selbst auf dein Wachstum, auf die inzwischen gewachsenen Haare und vielleicht auch auf die Folgen des Unfalls zurückführen würden.

Der Doktor gaukelte deinen Eltern sogar vor, dass Du einen Rückfall gehabt hättest und noch ein Eingriff nötig gewesen sei, nur damit er dich noch länger durch Bandagen unkenntlich machen konnte.

Tja, und Lutz Heidmann kam ins Spiel, weil er dafür sorgen sollte, dass bei den Formalitäten alles glatt ginge und dass in den Unterlagen nichts Verdächtiges auftauchen würde. Nach einigem hin und her stimmte Heidmann dem Plan zu. Als sich Max Klinger in der folgenden Nacht das Leben nahm, bestärkte das Heidmann noch in seinem Entschluss.

Aber die Jahre zogen ins Land, und die Gewissensbisse kamen. Er versuchte, sein Gewissen zu beruhigen, indem er manchmal unauffällig ein Auge auf dich hatte, um sich zu überzeugen, dass es dir gut ginge. Aber das hielt nicht lange vor. Denn der Grund für seine Gewissensbisse warst auch nicht so sehr Du – dir ging es ja in deiner neuen Familie gut –, sondern Sandra. Sicher, Sandra war einst ihrer Verantwortung als Mutter nicht gerecht geworden. Aber in der Gerichtsverhandlung war herausgekommen, dass Max der Hauptschuldige und Sandra vor allem ein Opfer und keinesfalls im eigentlichen Sinn eine Täterin gewesen war.

Heidmann musste immer wieder daran denken, dass Sandra noch irgendwo mit der Vorstellung lebte, sie sei für den Tod ihres Kindes zumindest mitverantwortlich. Und er, Heidmann, hatte die Möglichkeit, sie wenigstens von diesem ungeheuren Schuldgefühl zu befreien.

Wie recht er hatte! Durch ihr neues Leben, ihre neuen Fähigkeiten und mit Hilfe einer Therapie erreichte es Sandra zwar, dass sie mit dieser Schuld, die für sie ja ganz real war, leben konnte, aber man kann eine Schuld halt nicht einfach ausradieren. Du hättest sie sehen sollen, wie glücklich sie war, als wir endlich begriffen, was uns Heidmann da erzählt hatte!«

Anna wollte wissen: »Warum haben Sie sich nicht schon früher bei mir gemeldet?«

»Oh, im ersten Moment wollten wir nichts weiter, als zu dir nach Saarfurth fahren. Aber Heidmann hatte uns auch erzählt, wie Du hier lebst, und das gab uns dann zu denken. Schließlich kamen wir her und behielten dich einige Tage im Auge, zogen vorsichtig Erkundigungen ein. Wir waren wahnsinnig glücklich, als wir sahen, wie prächtig Du dich entwickelt hattest. Aber wir merkten auch, wie glücklich Du in deiner Familie bist – und ich sage bewusst *deine Familie*.

Nun war guter Rat teuer. Was sollten wir tun? Vor Gericht ziehen? Unmöglich! Ohnehin war uns klar, dass Du nie – so sehr wir es uns auch gewünscht hätten – freiwillig mit uns nach Nürnberg kommen würdest. Wieso solltest Du auch für zwei dir völlig fremde Menschen deine Familie aufgeben? Die zweite Frage war dann, ob wir dir überhaupt etwas sagen sollten. Die Silvans würde es schmerzen, zu erfahren, dass ihre leibliche Tochter damals gestorben ist. Und Du? Ich merke ja, wie schlimm Du jetzt, in diesem Augenblick, an dem leidest, was ich dir gesagt habe. Wir wollten dein Glück nicht gefährden und beschlossen deshalb, lieber überhaupt nichts zu sagen, wenn sich nicht vielleicht mal eine besondere Gelegenheit ergeben sollte.

Wir schauten nur ab und an in Saarfurth vorbei, um zu sehen, wie es dir ginge.«

»Und gleichzeitig haben Sie sich dann auch noch um das Grab hier gekümmert?«, wollte Anna wissen.

»Ja«, lächelte Weinberg traurig, »weißt Du, es mag sich seltsam anhören, aber irgendwie waren wir der Überzeugung, dass wir es den Silvans schuldig wären. Wenn sie Sandras Tochter so gute Eltern waren, dann wollten wir uns um ihre Tochter sorgen. Und schließlich hatten wir uns schon von Anfang an um dieses Grab gekümmert. Ich weiß nicht, ob Du das verstehen kannst, aber nur weil wir nun die Wahrheit wussten, wollten wir dieses tote Kind hier nicht verstoßen.«

Anna wusste nicht genau warum, aber auf irgendeine Weise nahm der letzte Satz Weinbergs wenigstens einen Bruchteil der Last von ihren Schultern.

Wie aus heiterem Himmel lag Anna plötzlich eine Frage auf der Zunge. Und sie sprach sie aus, bevor sie sich noch richtig über deren Bedeutung im Klaren war: »Wie war das eigentlich mit Ihrem großen Wunsch an Sandra – ich meine ...?«

Ruppert Weinbergs ernstes Gesicht wurde plötzlich weich. Er antwortete sanft: »Du hast eine kleine Schwester, na ja, Halbschwester, ein süßes kleines Ding von fünf Jahren, Du würdest sie bestimmt mögen.«

Auch das noch! In Annas Schädel brummte es fürchterlich, aber in irgendeiner Ecke war auch ein Pünktchen Freude versteckt, und sie musste einfach fragen: »Wie heißt sie denn?«

Nun wurde Weinberg tatsächlich ein bisschen rot als er antwortete: »Petunie.«

An diesem Tag konnte Anna nichts mehr überraschen. Sie bemühte sich, Weinberg soetwas wie ein Lächeln zu schenken, und wenn es ihr wieder etwas besser ginge, so beschloss sie, dann wollte sie sich wirklich über ihre Halbschwester freuen, um diesem ganzen Chaos wenigstens etwas Gutes abzugewinnen.

Dennoch wusste Anna keine Antwort, als Weinberg nun fragte: »Wirst Du es den Silvans ..., wirst Du es deinen Eltern sagen?«

Als Anna schwieg, machte er den Vorschlag: »Wenn Du es möchtest, dann kann ich zu ihnen hingehen und ...« »*Nein*, auf keinen Fall!«, schreckte Anna auf und fügte etwas ruhiger hinzu: »Meine Eltern müssen es wohl erfahren, denn wenn nur ich es wüsste, ich glaube, dann würde ich über kurz oder lang wirklich durchdrehen. Aber ich brauche etwas Zeit. Außerdem will ich zuerst mit meinem Freund darüber reden.«

Dann fragte sie abrupt: »Warum haben Sie sich nun eigentlich doch bei mir gemeldet?«

»Gemeldet? Du bist ja geradezu in mich hinein gelaufen ...«

»Ich dachte eher, ich sei vor Ihnen davongelaufen«, warf Anna bissig ein.

Weinberg wandte kurz verlegen seinen Blick ab, fuhr aber fort: »... und dass ich dir nicht ganz unbekannt war, habe ich ja an deiner Reaktion auf unsere Begegnung gemerkt. Ich vermute mal, dass den Polizisten, die euer Haus bewachen, meine Extrarunden um das Viertel schließlich doch noch aufgefallen sind? Na ja, aber ich war ohnehin drauf und dran, mich zu offenbaren. Seit Sandras Verschwinden bin ich nicht mehr zur Ruhe gekommen. Und als ich dann von dem Doppelmord in der Hubertusklinik las und auch von der ganzen Mordserie in Saarfurth, bei der ein Teenager die Polizei verständigt hatte, da habe ich mir gedacht, dass es nun an der Zeit sei, in deiner hübschen Stadt mal wieder nach dem Rechten zu schauen.

Hier dann die Polizei vor eurem Haus – da war mir klar, dass Du irgendwie in diese ganze Geschichte verwickelt bist. Und ich frage mich natürlich die ganze Zeit, ob das Verschwinden deiner Mutter ...« – Anna zuckte zusammen –

»... ich meine, ob Sandras Verschwinden nicht auch irgendwie mit den Morden hier zusammenhängt? Außerdem glaube ich, ihr solltet das alles wissen, weil euer ganzer Ärger ja auch mit dem Babytausch zusammenhängen könnte.«

Na klar! Annas Erschöpfung wurde für einen Augenblick von der naheliegenden Erkenntnis verdrängt, dass all die teuflischen Nachstellungen vielleicht gar nicht Anna, sondern Sahra galten. Aber das war ja immer noch sie! Was nutzte ihr also ihr neues Wissen? Langsam begann Annas Kopf wirklich zu schmerzen: Nun war ein Rätsel gelöst, von dessen Existenz sie nicht einmal etwas geahnt hatte und das sie am liebsten wieder aus ihrem Gedächtnis streichen würde, doch auf die brennende Frage, wer hinter ihr her war, wusste sie noch immer keine Antwort. Konnte sie diesem Weinberg überhaupt trauen? Oder trieb er nur ein böses Spiel mit ihr, um sie zu quälen? Wenn sie wenigstens Sandra selbst getroffen hätte, aber Weinberg glaubte ja, dass sie tot sei. Tot! Ihre leibliche Mutter! Anna wehrte sich dagegen, aber sie war zu angeschlagen, um die Trauer zu hindern, sich wegen dieser Frau in ihr auszubreiten. Ihre Kopfschmerzen wurden noch schlimmer.

Schnell stand sie auf und ging ein paar Schritte den Weg hinunter, bevor sich der überraschte Ruppert Weinberg aufgerappelt und sie eingeholt hatte. Als er ihr eine Hand auf die Schulter legte, blieb sie stehen und sagte mit dünner Stimme: »Bitte. Ich möchte nach Hause. Ich kann nicht mehr.«

Weinberg sah sie besorgt an und meinte: »Das war doch dein Rad, das ich da vorhin am Haupteingang gesehen habe, als ich auf der Suche nach dir war? In deinem Zustand werde ich dich bestimmt nicht mit dem Fahrrad nach Hause fahren lassen.«

Er führte Anna zum Seiteneingang des Friedhofs und bugsierte sie auf den Beifahrersitz seines Mietwagens, dann

fuhr er noch am Haupttor vorbei, um ihr Rad in den Koffer-
raum zu laden. Ihm lagen eine Unmenge von Fragen auf der
Zunge, aber die hob er sich für eine spätere Gelegenheit auf,
denn er machte sich ohnehin bereits Vorwürfe, weil er das
Mädchen für diesen Tag schon weiß Gott mehr als genug be-
lastet hatte.

Anna fühlte sich fiebrig. Sie fragte sich, wie sie es
schaffen sollte, ihren Eltern in die Augen zu schauen. Ihre
Angst wuchs, je näher das Ende der kurzen Fahrt heran
rückte. So verlief die Fahrt schweigend, bis Weinberg
schließlich mit einem Seitenblick auf Anna fragte: »Und ich
soll wirklich nicht mit rein kommen?« Sie schüttelte heftig
den Kopf. »Also gut, dann lasse ich dich kurz vor dem Starweg aussteigen. Die Polizisten vor eurem Haus müssen mich
ja nicht unbedingt sehen.«

Als er anhielt, steckte er Anna noch seine Karte zu, auf
deren Rückseite er schnell die Adresse des Hotels geschrieben hatte, in dem er abgestiegen war. Dann sagte er noch:
»Ruf mich an, wenn Du deinen Eltern alles erklärt hast oder
wenn Du sonst irgendwie Hilfe brauchst.«

Er sah ihr besorgt nach, wie sie, das Fahrrad schiebend,
in den Starweg einbog. Es war Freitagmorgen, 7.15 Uhr.

*

Lars Silvan griff sich ein Brötchen und fragte seine Frau:
»Sag mal, wird es nicht allmählich Zeit für Anna? Vielleicht
sollte ich mal nachsehen, ob sie verschlafen hat?«

Kathrin Silvan setzte ihre Kaffeetasse auf dem Terrassen-
tisch ab, sah auf ihre Armbanduhr und meinte: »Ich kann mir
kaum vorstellen, dass sie noch schläft,« dann zog sie spiele-
risch an Tommys Ohr, der zu ihrer Linken gerade andächtig
ein großes Stück von einem dick bestrichenem Marmeladen-
brötchen abbiss, »unser Junior hier hat nämlich schon sehr

früh und sehr laut seinem sonderbaren Musikgeschmack Ausdruck verliehen.«

»Bschonderbar? Ihr hab' ja kein' Ah-ung!«, entrüstete sich Tommy, während er weiter mampfte. Dann hob er einen erdbeermarmeladigen Zeigefinger und dozierte: »Alle Welt hört *Die Doktoren*, und nur weil ihr zu gruftig seid, um den Sound und die messerscharfen Texte zu verstehen, deswegen sind die doch noch lange nicht sonderbar.«

»Hört, hört«, grinste Lars seinen Sohn an, »jetzt gehören wir also schon zum alten Eisen. Aber kannst Du mir verraten, wie es einem Gruftie wie mir gelingen kann, seinen vor jugendlicher Kraft strotzenden Sohn immer wieder im Tischtennis zu schlagen? Mit den Kids von heute ist wohl nicht sehr viel los, wie?«

»Bah«, Tommy rümpfte die Nase, »das hast Du nur deiner größeren Reichweite zu verdanken, wart' nur ab, bis ich noch ein Stück gewachsen bin!«

Lars wandte sich an seine Frau und feixte: »He, he, Junior verwechselt mal wieder Reichweite mit Geschicklichkeit, Technik und Können!«

»Ihr und euer Tischtennis!«, seufzte Kathrin, »man sollte euch einrahmen lassen! Aber jetzt gehe ich doch mal schauen, wo Anna so lange bleibt.«

Als Kathrin gerade die Treppe zu den Zimmern ihrer Kinder hoch gehen wollte, hörte sie überrascht, wie die Haustür aufgesperrt wurde. Sollte Anna etwa schon unterwegs gewesen sein? Kathrin ging in die Diele. – Tatsächlich, da kam Anna herein und blieb wie angewurzelt stehen, als sie ihre Mutter sah.

Kathrin hielt erschrocken die Luft an: Was war mit Anna geschehen? Schmutzig und zerzaust, mit Kratzern an Armen und Beinen und einer grauen Gesichtsfarbe stand sie ihr wie ein Häufchen Elend gegenüber.

Kathrin trat schnell auf sie zu, um sie in ihre Arme zu schließen und musste überrascht feststellen, wie Anna vor der Berührung zurückzuckte.

»Kind, was ist passiert?«, fragte Kathrin besorgt.

Einen kurzen Moment schien es ihr, als wollte sich Anna doch noch in ihre Arme schmiegen, aber als Kathrin ihr in die niedergeschlagenen Augen blicken wollte, wandte sie sich mit gesenktem Kopf zur Seite. Dann hörte Kathrin ihre Tochter mit zitternder Stimme sagte: »Ich ..., ich bin nicht ...«, ihre Stimme schien stecken zu bleiben, und es folgten keine weiteren Worte.

Kathrin fasste Anna bei den Schultern, drehte sie mit sanftem Druck zu sich herum und hob ihr Kinn an, um ihr in die Augen zu sehen. Ihr Herz begann wild zu hämmern, als sie das tränennasse Gesicht ihrer Tochter sah.

Kathrin hatte ihre Stimme selbst kaum unter Kontrolle, als sie unter äußerster Anstrengung ruhig sagte: »Liebling, was ist passiert? Wo warst Du? Hat dir jemand was getan?«

Anna schüttelte den Kopf, entzog sich dann mit einer raschen Drehung ihrer Mutter und lief die Treppe zu ihrem Zimmer hinauf. Kathrin wollte ihr gleich hinterher, ging dann aber doch erst zu Lars auf die Terrasse.

Als Lars das blasse Gesicht seiner Frau und ihre zu Fäusten verkrampften Hände sah, sprang er alarmiert auf und stand mit zwei Schritten neben ihr. Auch Tommy merkte, dass etwas nicht in Ordnung war: »Was ist? Stimmt etwas nicht mit Anna?«

»Tommy«, sagte Kathrin, »für dich wird es Zeit. Ab in die Schule!«

»Ja, aber ...«

»Tommy!«

Tom platzte schier vor Neugierde, allerdings wusste er: jetzt war nicht der geeignete Augenblick für einen Widerspruch. Er nahm seine Tasche, die neben der Terrassentür gelehnt hatte. Doch dann drehte er sich ruckartig, wie in einem plötzlichen Schreck, noch einmal zu seiner Mutter und fragte stockend: »Bitte, sag mir wenigstens ... – Anna geht's doch gut, oder?«

Kathrin rang sich ein Lächeln ab: »Keine Angst, es ist nichts Ernstes.«

Doch Toms Zweifel waren ihm anzusehen, als er sich auf den Weg machte. Hastig berichtete Kathrin nun ihrem Mann von ihrer beunruhigenden Begegnung mit Anna, dann gingen sie eilig zu ihr. Als sie ihr Zimmer betraten, lag Anna im Bett, fest in ihre Decke eingewickelt, das Gesicht der Wand zugekehrt. Kathrin setzte sich auf den Bettrand und bat: »Liebling, sag uns doch, was dir fehlt.«

Halb von der Bettdecke erstickt kam es zurück: »Mir ist nicht gut, kann heut' nicht in die Schule.«

»Lass doch mal die Schule beiseite«, meinte nun Lars, »und sag uns, wie wir dir helfen können. Sollen wir Doktor Kühn anrufen?«

Die Antwort war ein unverständliches Gemurmel, dann: »Brauche nur etwas Ruhe.«

Aber damit gaben sich Annas Eltern nicht zufrieden. Sanft wurde sie von Kathrin auf den Rücken gedreht, die dabei überrascht feststellte, dass sich Anna einfach in ihren Kleidern ins Bett gelegt hatte. Kathrin legte ihr die Hand auf die Stirn und rief erschrocken: »Schatz, Du glühst ja!«

Lars ging ins Bad, um ein Fieberthermometer zu holen, als es an der Haustüre klingelte. Schnell brachte er das Thermometer seiner Frau und ging dann, um zu öffnen.

*

Spock war überrascht, als ihm auf sein Klingeln hin von Lars Silvan geöffnet wurde. Normalerweise kam Anna gleich selbst, wenn er sie für den gemeinsamen Schulweg abholte. Seine Überraschung wandelte sich in Sorge, als Lars sagte: »Anna kann heute nicht in die Schule, sie hat Fieber.«

»Ist es was Ernstes? Kann ich zu ihr?«, fragte Spock und wusste gleichzeitig, dass es um mehr ging, als um eine harmlose Sommergrippe.

»Sie muss sich erst etwas erholen«, antwortete Lars ausweichend, »aber schau doch heute Mittag nochmal vorbei – sie freut sich bestimmt.«

Voll Sorge machte sich Spock auf den Schulweg. Er wusste, dass es ein langer Schultag werden würde.

*

Als Kathrin das Fieberthermometer nach zehn Minuten aus Annas Mund zog, trug das keineswegs zu ihrer Beruhigung bei. »Neununddreißig-acht«, sagte sie erschrocken zu Lars, der nun doch ihren Hausarzt anrufen wollte, aber Anna nahm sich zusammen, setzte sich im Bett auf, um zu zeigen, dass es nicht so schlimm sei und protestierte: »Nein, glaubt mir, der Doktor wird auch nichts finden. Außerdem weiß ich, warum es mir im Moment nicht so gut geht, nur bitte: Ich muss mich erst etwas ausruhen, bevor ich es euch erzähle.«

Kathrin, keineswegs beruhigt, fragte: »Und dir hat wirklich niemand weh getan?«

»Nein«, antwortete Anna bitter, und Tränen glitzerten wieder in ihren Augen, »ganz im Gegenteil, sie hatten es nur gut gemeint.«

Lars musste sich zurückhalten, um nicht mit all den Fragen über Anna herzufallen, die auf seiner Zunge brannten. Stattdessen sagte er: »Also gut, erhol dich erst mal. Aber wenn es dir besser geht, musst Du uns sagen, was passiert ist.«

Anna nickte müde und ließ sich wieder in ihr Bett zurück sinken. Kathrin ging nun aus dem Zimmer, kehrte aber nach wenigen Augenblicken mit zwei feuchten Tüchern und zwei Handtüchern zurück. Sie machte Anna zwei Wadenwickel, um wenigstens etwas gegen das Fieber zu unternehmen, dann drückte sie ihr noch einen Kuss auf die Stirn und verließ mit Lars den Raum.

Ein Ring zog sich um Annas Herz, als sie sich fragte, ob sich ihre Eltern auch noch so liebevoll um sie kümmern würden, wenn sie erst einmal die Wahrheit erfahren hätten. Dann schlief sie erschöpft ein.

Als Kathrin eine Stunde später nach Anna sah, schlief sie tief und fest. Kathrin konnte sogar die Wadenwickel wechseln, ohne ihre Tochter zu wecken. Lars hatte beschlossen, heute nicht ins Büro zu gehen, auch wenn dann einige Arbeit liegen blieb. Doch seine Frau sollte jetzt nicht alleine bleiben, außerdem wollte er da sein, wenn Anna aufwachte.

Am Mittag kam ein sichtlich beunruhigter Spock vorbei, doch Anna schlief noch immer. Wenigstens konnte Kathrin ihn in einer Beziehung beruhigen: Als sie das letzte Mal nach Anna gesehen und ihre Stirn gefühlt hatte, war die Temperatur gesunken.

*

Anna erwachte gegen halb drei. Sie war durstig und fühlte sich kraftlos, aber ihre Kopfschmerzen waren verschwunden, und von dem Fieber schien, wenn überhaupt, nur noch wenig übrig geblieben. Vor allem aber konnte sie wieder klar denken.

Ein paar Staubflocken tanzten im Licht der Sonnenstrahlen, die durch die Ritzen der nicht ganz geschlossenen Rollläden fielen. Anna beobachtete die Staubflocken. Was wohl ihre Bahn bestimmte? Da trieb eine sachte durch den Raum, sank plötzlich herab, um nach ein paar Zentimetern wieder aufzusteigen und – schwups – war sie aus dem Lichtstrahl verschwunden, während an einer anderen Stelle ein neues Flocken-Pärchen in das Licht tanzte. Anna blieb noch zwei Minuten liegen, beobachtete, fühlte sich merkwürdig entspannt und merkte, dass sie den nächsten Stunden nicht mehr ganz so angstvoll entgegen sah.

Es musste sein.

Sie stand auf, zog die Rollläden zur Hälfte hoch, tappte in ihr Bad, drehte den Kaltwasserhahn am Waschbecken auf, schöpfte das Wasser und trank in langen Zügen bis ihr Durst gestillt war, dann betrachtete sie sich in dem großen Spiegel über dem Waschbecken. Sie sah sich an, konnte aber keinen Unterschied zu dem Mädchen entdecken, das sie gestern noch gewesen war – ein bisschen blasser und erschöpfter vielleicht, aber ansonsten war sie immer noch dieselbe.

Wie zum Test sagte sie zu ihrem Spiegelbild: »Hallo, Sahra.«

Als keine Antwort kam, zog sie der Spiegelung eine kleine Schnute und erklärte ihr dann: »Natürlich wird es anders sein, wenn ich es ihnen erzählt habe, aber anders heißt schließlich nicht schlechter, oder? Und verstoßen werden sie mich bestimmt nicht.«

Mit einer kalten Dusche versuchte sie, wieder etwas Schwung in ihren Körper zu bringen und das Pochen aus ihrem rechten Oberarm zu vertreiben, auf dem inzwischen ein fast acht Zentimeter großer Fleck mit unregelmäßigen Rändern in allen Regenbogenfarben schillerte. Dann wickelte sich Anna in ihr großes Badetuch und föhnte ihre Haare trocken. Zurück in ihrem Zimmer, wählte sie schließlich ein leichtes, beiges Sommerkleid aus ihrem Kleiderschrank.

Einen letzten Aufschub wollte sie sich noch gönnen, bevor sie ihren Eltern die Wahrheit sagte: Sie wollte zuerst mit

Spock sprechen, wollte, dass er sie in die Arme nahm, sie tröstete und ihr Mut machte.

Kathrin und Lars hatten im oberen Stockwerk die Türen klappern gehört, und gerade als Anna in ihre gelben Espandrilles schlüpfte, klopfte es an ihre Tür.

Lars kam herein und rief bei ihrem Anblick erfreut: »He, Liebes, Du siehst ja schon viel besser aus! Und Du kannst wirklich schon aufstehen?«

Anna fiel es doch noch schwer, ihm in die Augen zu sehen. Dennoch nickte sie und meinte: »Ja, ich fühle mich wieder besser, aber ihr müsst euch, bitte, noch ein klein wenig gedulden. Ich möchte erst noch mit Spock reden.«

So gerne Lars Patrick auch mochte, in diesem Augenblick versetzte ihm die Eifersucht einen Stich. Anna sah ihn nun doch direkt an und meinte: »Es ist nur ..., na ja, wenn ich euch nachher alles erzählt habe, dann wirst Du verstehen, warum ich es zuerst mit Spock besprechen wollte.«

Lars war erstaunt, wie spielend Anna seine kleinen Ängste durchschaut hatte – und er freute sich, dass sie ihn so gut kannte. Er nickte und sagte: »O.k., bleib Du nur oben, ich werde Spock anrufen und ihn bitten, herüber zu kommen.«

Anna verstand das Zeichen ihres Vaters: Er war ihr nicht böse, er vertraute seiner Tochter. So bekamen Angst und Wehmut neue Nahrung.

*

Eine gute Stunde, nachdem Spock in Annas Zimmer verschwunden war, kam er blass und langsam die Treppe herunter und ging durch die breite Diele ins Wohnzimmer. Kathrin, Lars und auch Tommy, die unruhig gewartet hatten, standen von der Couch auf und starrten Spock mit großen Augen entgegen. Der Fernseher lief leise, aber keiner hätte später zu sagen gewusst, was sie sich angesehen hatten.

Patrick sagte: »Anna möchte jetzt mit Ihnen reden, und Tommy soll es auch gleich hören.«

Lars und Kathrin wurden von Spock mit einem harten »Augenblick noch!« zurückgehalten, als sie eilig an ihm vorbeigehen wollten. Ernst sagte er: »Anna hat etwas herausgefunden, und sie hat Angst, Ihnen damit weh zu tun. Ich habe ihr gesagt, Sie würden sie auch weiterhin lieb haben, ganz egal, was auch passiert ist. Stimmt das?«

Verwirrt antwortete Lars: »Aber sicher.«

*

Zweifel, Hoffnung, Angst, aber auch Erleichterung, nachdem sie es hinter sich gebracht hatte: Wie eine Flipperkugel flitzten und klingelten Annas Gefühle nach allen Seiten, dass es ihr fast schwindelig wurde. Sie hatte ihre Begegnung mit Ruppert Weinberg geschildert, und sie hatte es tatsächlich fertig gebracht, hatte ihren Eltern erzählt, dass sie nicht ihre leiblichen Eltern waren, erzählt, dass die kleine Anna damals bei dem Autounfall ums Leben gekommen war, und während sie das alles berichtete, war es der großen Anna nicht leicht gefallen, ihre Tränen zurückzuhalten.

Lars hielt die Visitenkarte von Ruppert Weinberg in der Hand und betrachtete sie ungläubig, den linken Arm hatte er um Kathrin gelegt, die neben ihm auf Annas Couch kauerte und mit großen, flackernden Augen das Mädchen ansah, das ihr verkrampft gegenüber saß und das diese verrückte Geschichte erzählt hatte. Anna – *tot?* Aber wie denn, da saß sie doch?

Tommys Augen begannen zu brennen, weil er schon sechs Minuten nicht mehr geblinzelt hatte, seinen Blick nicht von dem Mädchen in dem Sessel neben seinem abwenden konnte, von dem Mädchen, das noch vor einer Stunde seine Schwester gewesen war – und nun plötzlich nicht mehr? Aber wieso denn? Eine Sahra kannte er nicht. Das war doch immer noch Anna, seine große Schwester, die er so gerne ärgerte und die ihm half, wenn er sie brauchte.

Annas unsichere Blicke gingen von einem zum anderen. Als das Schweigen länger wurde, stieg in ihr eine Vision hoch: Sie sah ihr Leben in dieser Familie und doch neben ihr, sie sah ein verkrampftes Miteinander, in dem verzweifelten Bemühen, unverkrampft zu sein, sie sah unsichere Blicke und – vielleicht das Schlimmste – ein Zurückzucken vor Berührungen.

Anna spürte eine Welle, die von den Haarwurzeln bis in ihre Zehenspitzen strömte und die jede Energie aus ihrem Körper zu saugen schien. Als sie nun auch noch die Tränen bemerkte, die über die Wangen ihrer Mutter liefen, wäre Anna am liebsten davongelaufen, doch ihr fehlte die Kraft. So stellte sie stattdessen die einzige Frage, die ihr zu stellen blieb, eine ganz einfache Frage, die über ihre Zukunft entscheiden würde. Sie wollte ihre Familie ansehen, sie wollte ihrer Stimme einen festen Klang geben, sie senkte den Kopf, schloss die Augen und hörte eine dünne, fast piepsende Stimme fragen: »Habt ihr mich noch lieb?«

Anna behielt die Augen geschlossen, wartete auf eine Antwort und fürchtete sich vor der Kälte. Sie spürte Hände, die sich um ihre Arme schlossen, sich stützend in ihren Rücken legten und sie aus ihrem Sessel hochzogen, Hände, die sie an warme Körper heranzogen, herandrückten, sie umarmten und streicheln, sie spürte gemurmelte Liebkosungen. Sie spürte Gesichter an ihrem Gesicht und Tränen und Küsse, und sie öffnete ihre Augen und sah ihre Eltern, und sie war glücklich. Die Welle flutete zurück und gab ihr ihre Kraft wieder.

»*He*, und ich?«, Tommy zog energisch an Annas Arm, dann drängte er sich zwischen sie und seine Eltern, tat etwas, was er noch nie zuvor gemacht hatte: Er umarmte seine große Schwester und gab ihr einen schmatzenden Kuss auf beide Wangen. Dann sah er sie an und fragte neugierig: »Sag mal, müssen wir dich jetzt Sahra nennen?«

»Nein, nein«, lachte seine Schwester, während sie sich ein paar Tränen aus den Augenwinkeln wischte, »ich bin Anna, und ich bleibe Anna.«

Dann wurde sie ernst, sah ihre Eltern an und sagte: »Hätte es keinen Austausch gegeben und ich wäre ins Waisenhaus gekommen, vielleicht sogar bei Sandra geblieben, dann wäre ich heute Sahra. Aber es kam anders. Die, die ich hier geworden bin, das *ist* Anna. Außerdem glaube ich ..., ich weiß nicht, aber ich habe das Gefühl, ich bin es der anderen Anna schuldig, dass ich ihren Namen behalte.«

Kathrin lächelte wehmütig und fragte: »Und Du wirst es verstehen, dass dein Vater und ich traurig sind, wegen unseres toten Babys? Du weißt, dass wir dich nicht weniger lieb haben, auch wenn wir ein bisschen Zeit für das andere Kind, für unsere Trauer brauchen, die es damals nicht bekommen hat?«

Als Antwort umarmte Anna erneut ihre Eltern und wollte dann wissen: »Und ihr habt nichts dagegen, dass ich irgendwann, wenn alles ausgestanden ist, meine Halbschwester kennenlerne? Ich möchte sie gerne einmal sehen.«

»*Petunie!* Was für ein sonderbarer Name«, meinte Kathrin kopfschüttelnd, »natürlich sollst Du sie kennenlernen – und wir werden sie auch kennenlernen. Ehrlich, ein Kind mit *so* einem Namen, das muss man ja mal gesehen haben.«

Tommy rief nun ganz aufgeregt: »He, sagt mal, hab' ich dann nicht auch irgendwie eine kleine Schwester?« Dann zeigte er auf Anna und fuhr grinsend fort: »Ich meine, mit der großen da ist es manchmal so schwiiiierig, und eine kleine Schwester wäre da mal eine feine Abwechslung.«

»Na so was«, lachte Anna, »gerade gibt er mir noch einen Kuss, und jetzt wird dieser Dreikäsehoch schon wieder

frech.« Dann zog sie ihren Bruder am Ohr und meinte:
»Aber gut, wenn Du mir versprichst, dass Du sie nicht zu
sehr ärgerst, dann sollte es eigentlich auf irgendeine Art
möglich sein, dass Petunie auch deine Schwester wird. Bei
all dem Durcheinander kommt es darauf nun wirklich nicht
mehr an.«

*

Heike und Roland hatten nicht schlecht gestaunt, als sie
die Geschichte von Annas Herkunft erfahren hatten. – Dagegen war Anna keineswegs überrascht gewesen, als sie erfuhr, dass Heike und Roland nun ein Paar waren. Als sich
die beiden das erste Mal im Beisein von Anna und Spock –
demonstrativ – küssten und zu ihnen hinüber schielten, waren sie fast ein bisschen enttäuscht, dass ihre Freunde keine
großen Augen machten. Stattdessen riefen Anna und Spock
nur wie aus einem Mund: »Na endlich!« und brachen in Gelächter aus, als sie die erstaunten Gesichter von Heike und
Roland sahen.

Schon am Samstag hatten die Silvans Ruppert Weinberg
zu einem langen Gespräch eingeladen und auch Hauptkommissar Pauli dazu gebeten. Beide blieben zum Abendessen,
und es wurde sehr spät, bis sie das Haus verließen. Weinberg
wäre gerne noch länger in Saarfurth geblieben, aber andererseits wollte er auch wieder zurück zu seiner Tochter, die immer in der großen Familie seines Bruders lebte, wenn er unterwegs war.

Hauptkommissar Pauli war aus dem Staunen gar nicht
mehr heraus gekommen. Jetzt zermarterte er sich den Kopf,
wie der Austausch der Kinder mit den jüngsten Morden im
Zusammenhang stehen könnte und auch mit dem Verrückten, der hinter Anna her war. So ganz traute Pauli diesem
Weinberg nicht über den Weg, und er bat seine Kollegen in

Nürnberg, ihn noch einmal gründlich unter die Lupe zu nehmen und auch den Fall der verschwundenen Sandra Weinberg wieder aufzurollen. Überhaupt würde er sich erst dann von dieser verrückten Geschichte restlos überzeugen lassen, wenn Dr. Alban den Austausch der Säuglinge eingestehen würde. Aber Alban war noch immer nicht aus den USA zurückgekehrt. Albans Kollegen und vor allem die Verwaltung seines Krankenhauses wurden langsam unruhig. Dabei, so überlegte Pauli, hatte der Doktor vermutlich nicht viel zu befürchten, denn als Straftat betrachtet war der Austausch der Kinder sicher schon verjährt.

Zur Erleichterung der Silvans willigte Pauli sofort ein, als sie ihn baten, die Herkunft Annas nicht publik zu machen. Es gab auch so genug Probleme, und Anna konnte gut und gerne auf Nachstellungen der Sensationspresse sowie auf scheele Seitenblicke in der Schule verzichten.

Lars hatte schon am Montag alle nötigen Schritte eingeleitet, um Anna offiziell adoptieren zu können. Schließlich wollte er nicht, dass plötzlich irgendwelche Schwierigkeiten auftraten, nur weil dem Amtsschimmel nicht genüge getan wurde.

*

In einer ruhigen Minute, als Anna mit ihren Freunden zusammensaß, überlegte Roland laut: »Es ist schon seltsam: Eigentlich dachte ich, es ginge bei der ganzen Sache darum, einen verrückten Mörder oder was auch immer zu erwischen. Und jetzt stellt sich heraus, dass Anna eine Antwort auf eine Frage finden musste, von deren Existenz sie gar nichts geahnt hatte.«

»Was heißt hier *musste*?«, warf Heike ein, »letztlich könnte Anna sicher auch ganz gut damit leben, wenn das Rätsel ihrer Herkunft unentdeckt geblieben wäre.«

»Nein, Heike, ich denke, Roland hat recht«, warf Patrick ein, »vielleicht erkennen wir ja im Moment die Zusammenhänge noch nicht, aber ich bin sicher, dass wir mit der Enthüllung von Annas Herkunft, so schmerzhaft das auch gewesen war, einen wichtigen Sieg errungen haben.“

»Einen Sieg?«, fragte Heike skeptisch, »einen Sieg wozu?“

»Offenbar hast Du eine Kleinigkeit vergessen«, war es Anna, die antwortete: »Wir haben noch einen Mörder zu fangen.«

Epilog

Der Mann hätte Rupert Weinberg Gewissheit verschaffen können: Weinbergs Frau Sandra lebte tatsächlich nicht mehr. Der Mann musste es wissen, denn schließlich war er es gewesen, der sie vor vier Jahren umgebracht hatte. Mit einem handlichen Stück Stahlrohr hatte er es beendet. Noch immer konnte er einen angenehmen Schauer heraufbeschwören, wenn er an das Knacken ihres Schädels dachte. Es war ein schöner Tod gewesen – aus seiner Sicht. Aus ihrer wohl eher weniger.

*

Vier Tage waren vergangen, seit sich Anna ihren Eltern offenbart hatte, und keine ihrer Ängste hatten sich bewahrheitet. Im Gegenteil: Anna glaubte sogar, dass die gemeinsam überstandene Krise sie noch enger zusammenrücken ließ, – falls das überhaupt möglich war. Und ihre Freude war riesengroß gewesen, als ihre Eltern Patrick gestern das »Du« angeboten hatten, weil er doch nun auch irgendwie zur Familie gehöre. Anna konnte es zwar selbst kaum fassen, aber sonderbarerweise fühlte sie sich ausgezeichnet. Und genau das war auch ihre einzige Sorge: Sie wusste, wenn es *ihr* gut ginge, dann würde das ihrem unbekannten Feind absolut nicht gefallen, und er würde sich schon sehr bald wieder etwas einfallen lassen, um etwas gegen Annas gute Laune zu unternehmen.

Sie sollte recht behalten.

ENDE

Wie geht es weiter?

Der Atem der Toten

von N.O. Pity

Werden Anna und ihre Familie herausfinden, welches Monster in Menschengestalt hinter dem Mädchen her ist?

In *»Der Atem der Toten«*, dem zweiten Teil der dreiteiligen Reihe (Teil 3: *Der Hass der Toten*), zieht der unheimliche Mörder sein Netz noch enger um Anna und ihre Freunde. Schritt für Schritt will er die Qualen steigern und das Mädchen vernichten. Er bringt anzügliche Bilder seines Opfers in Umlauf, hält eine tödliche Geburtstags-Überraschung bereit und hetzt ihr und Patrick ein paar Schläger auf den Hals, während er selbst auf brutale Weise noch ein paar alte Rechnungen zu begleichen gedenkt.

Doch Anna, die erneut von sonderbaren Träumen heimgesucht wird, wehrt sich. Dabei kommt ihr zugute, dass sie endlich Dr. Peter Alban findet, der ihr enthüllt, wie Max Klinger 16 Jahre zuvor den Tod gefunden hatte.

Anna will der ganzen Sache ein Ende bereiten und lässt sich schließlich auf ein Treffen mit dem Mann ein – um ihm eine Falle zu stellen. Doch es ist eine Falle, die ihr sehr leicht selbst zum Verhängnis werden kann.

Hier eine kleine Leseprobe aus »Der Atem der Toten«:

Wieder und wieder sah er die Szene vor sich, so farbenprächtig, so nah: Erst kam der Einschlag. Für den Bruchteil einer Millisekunde war nur das Loch im Kleid zu sehen, doch schon färbte sich der zerfetzte Stoff rot, nachdem der Pfeil die Haut durchstoßen hatte und links, etwas unterhalb der Achsel, in die Rückenmuskulatur des Mädchens eingedrungen war. – Er versuchte, sich in Anna hineinzuversetzen, den Schmerz, den Schock zu spüren, die Angst in jenem ersten Augenblick, als sie noch nicht wissen konnte, wie schwer sie verletzt war und was sie getroffen, was ihr Fleisch zerrissen hatte.

Dann wachte der Mann auf. Er wollte den Traum festhalten, doch vergeblich. Die Bilder waren verschwunden. Aber dieses Gefühl ... Der Mann schauerte wohlig zusammen und verspürte Befriedigung.

DER ATEM DER TOTEN erscheint im Februar 2017 im Armbrustverlag.

DER HASS DER TOTEN, dritter und letzter Teil der Tod-Reihe, erscheint im April 2017.

***

Weitere Romane im Armbrustverlag:
(www.Armbrustverlag.de)

♦ **»Halana und der Turm des Schwarzen Herzogs«** /
  »Halana und der Bruder des Schlafenden Gottes«,

Fantasy-Zweiteiler von Marco Reuther mit ungewöhnlichen Helden, überraschenden Wendungen, dunklen Geheimnissen und natürlich mit einem großen Abenteuer.

Wie fängt man einen Zauberer? Ein nicht ganz alltägliches Problem, das die junge Kriegerin Halana lösen muss – wenn auch keineswegs freiwillig. Doch das Geheimnis ihrer Herkunft fordert seinen Tribut.

Halanas Feinde sind der mächtige Herzog Cosa, die blutrünstige Bruderschaft der elf Gebote – und Verrat. Ihre Verbündeten sind ein schüchterner Zauberer auf der Suche nach dem Bruder des Schlafenden Gottes, ein einbeiniger Koch, eine Hebamme, ein paar Gaukler und ein falscher Hofnarr. Eine ideale Truppe also, um zwei Nationen und ein Kind zu retten – und um dorthin zu gelangen, wo niemand sein will: in den Turm des Schwarzen Herzogs.

♦ Für Leser von 9 bis 99:
»Klara Plotzky und der Elfenvampir«
von Marco Reuther

Verwegen und furchtlos geht die zwölfjährige Klara dem gefährlichen Rätsel von Schloss Tunkelhagen auf den Grund und legt sich sogar mit Vampirelfen an! Und wenn es sein muss, erträgt sie sogar Elfenvampire.

Dass Klara in ihrem Kampf auch ein paar sehr seltsame magische Fähigkeiten verpasst bekommt, die mitunter nach hinten losgehen, macht es ihr und ihren Freunden

nicht eben leichter, sich mit merkwürdigen Wesen aus einer fremden Welt herumzuschlagen und ein Elfenreich zu retten.

Und das alles nur wegen einer Strafarbeit …

Fantasy:
♦ »Des Königs Verräter – Die Entführung«
von Marco Reuther

Kein guter Start ins Wochenende, wenn man in eine fremde Welt entführt wird, in der einem ein paar un- freundliche Attentäter auf den Fersen sind, nur weil man ein Ora- kel betrügen soll, um gegen haushoch über- legene Feinde kämpfen zu dürfen ...

Der Autor

N.O. Pity stammt aus dem kleinen Ort Olterego* in Alaska – nach eigenem Bekunden ist das dort, wo Alaska am dunkelsten ist, weswegen er auch nach Deutschland ausgewandert sei (»Well, for me ist das lichtdurchflutete Saarland like the Toskana for einen Deutschen.«) Zudem war Norbert Oliver Pitys Karriere als Schrüffeljäger auf einem Tiefpunkt angelangt, wes-
halb er sich der Schriftstellerei zuwandte und in der vorliegenden Reihe mit ein paar Litern Blut und einem dezidierten Blick auf zwischenmenschliche Beziehungen dafür sorgte, dass die empfohlene Altersfreigabe auf 16 Jahre heraufgesetzt wurde.

Des Weiteren betont Pity, dass ihm der Armbrustverlag freiwillig die Veröffentlichung seiner Romane angeboten habe, alles andere seinen böswillige Gerüchte, deren Urheber übrigens auf mysteriöse Weise verschwunden sind.

* Der Ortsname entstammt der Sprache der Nesuah-Hcnüm-Indianer, er bedeutet in etwa: *Kleine-Lichtung-auf-der-die-häßlichen-Pilze-wachsen-die-so-schön-wuschisch-im-Kopf-machen.*

Impressum

Die Sprache der Toten – Teil 1 der Tod-Reihe
Die Reihe besteht aus 3 Teilen
(auch als E-Book erhältlich)
Alle Rechte vorbehalten
© Dezember 2016 Armbrustverlag, Püttlingen
www.armbrustverlag.de
Herstellung: BoD – Books on Demand, Norderstedt
Covergestaltung: Armbrustverlag
Fotos:
- Mädchen: Karel Miragaya/Agentur 123RF
- Mad Doctor: Nomad Soul/Agentur Shutterstock
- Original-Illustration Armbrust (im Logo):
  Mikhail Avdeev (Bildagentur 123RF)
Satz: Armbrustverlag
Schrift: Times New Roman

Bibliografische Informationen der Deutschen Nationalbibliothek:
Die Deutsche Nationalbibliothek verzeichnet diese Publikation
in der Deutschen Nationalbibliografie, detaillierte bibliografische
Daten sind im Internet über http//:dnb.dnb.de abrufbar.

ISBN: 978-3-946966-08-1

Armbrust
Verlag